煉獄姫
Ren Goku Hime
藤原 祐
illustration:kaya8

「つまらないわ。早くお外に出たい」

「姫様、おやつですよー」
「仕事は明日です。もう少し我慢して下さい」

「じゃあ私はここね」
「うー、キリエはずるい……」

「どうですアルト、勝ってますか?」
バッ
えいっ
?!
あ

「さあ……行きましょう」

CONTENTS

Designed by Toru Suzuki

藤原 祐

illustration:kaya8

煉獄姫

Ren Goku Hime

序章

墓穴のラプンツェル

それはまるで穿孔《せんこう》する闇《やみ》のようだった。

建物の内周に沿って遥《はる》か地下まで続いている螺旋《らせん》階段である。

昼間であれば、明かり取りとして開けられた地上階の穴から僅《わず》かなりとも光が射《さ》すのだろうか。けれど今は夜。前を歩く侍女《メイド》の背と彼の足元を照らすのは手に持った松明《たいまつ》のみだった。黙《だま》ってましてや、彼らは階段を昇っているのではない。下へ、闇の方へと降りているのだ。

歩《ほ》を進めていると、この建造物の外観《がいかん》が塔の様相《ようそう》を呈《てい》していることすらも忘れそうになる。

とはいえ天地を逆さとするのなら、見下ろすことで塔を見上げている気分にはなるが。

足を踏み外せば最下層まで落下しそうな吹《ふ》き抜《ぬ》けからは、上昇気流に乗って微《かす》かに花のような香りが漂ってくる。それは死に似ていて、死そのものだった。

「まだなんですか？」

内部に入ってからかなり経《た》っている。

案内役の侍女《メイド》に、彼は問うた。

「……もう随分《ずいぶん》と下っているようですけど」

「あとちょっとよ」

何気なく応《こた》えた彼女の声には子供じみた幼さがある。立《た》ち居《い》振《ふ》る舞《ま》いも言葉遣《づか》いも、王宮に仕える者としては格式と気品が足りなさすぎるように、彼には思えた。

とはいえそれも当然だ。彼女はまだたったの十五だったし、侍女《メイド》服を着てはいても、王宮付きの、という訳《わけ》ではない。まともな王宮務めにはこの塔へ立ち入ることなど許されない。

やがてふたりは、階段を下りきった。

塔の底にあるのは、四方天井《てんじょう》を煉瓦《れんが》で囲まれた部屋《へや》だった。

広さは縦横《たてよこ》それぞれ十米《メートル》ほど。部屋、というよりも、小屋、と形容した方が正しいように思える。地下深くに構えられた小さなそれを、中空の円筒《えんとう》がすっぽりと覆《おお》い、内壁がそのまま地上に出てからは塔となっている――造りからしてまともな建物ではない。

六年前に身罷《みまか》った先代王妃のための、慰霊塔《いれいとう》。

国民にはそう知らされていた。

実際、外部から見たこの建物は、城に隣接《りんせつ》して造られた小さめの塔である。第二期プレップ様式特有の絢爛《けんらん》さと繊細《せんさい》さを持った国王の居城《きょじょう》に比べればいささか地味で無骨な装《よそお》いではあるが、生前に質素を好んだ王妃を偲《しの》ぶには相応《ふさわ》しい。誰《だれ》も疑問に思ってはいまい。

だったら、この地下に伸びる空間はなんなのか。

侍女が取り出した鍵《かぎ》と、部屋の入り口に設《もう》けられた鉄格子《てつごうし》がその答えだった。

鈍《にぶ》い金属音とともに鍵が回される。錠《じょう》が解かれ、格子が開いた。

「私はここまで。中には入れないから」

厚めの手巾《ハンカチ》で口許《くちもと》を押さえながら、侍女が一歩下がった。なるほどその通りだろう。階段を下りていた時とは比べものにならないほど花の香りが強くなっている。

そしてそれは、解錠《かいじょう》された格子《こうし》の向こうから洩《も》れ出てきているに違いなかった。

彼は侍女《メイド》に松明《たいまつ》を手渡すと、部屋《へや》の——いや、地下牢《ろう》の中へと足を踏み入れた。

吸う息が更に馥郁《ふくいく》を増す。

花の匂《にお》いによく似てはいるが、一方でこれと同じ芳香《ほうこう》を持つ花は世界のどこを探しても見当たらない。そのとろけるような甘さは、人にとって死の形をしている。

即《すなわ》ちこれは、人体にとって有害な、現世とは別の世界の大気の匂いであった。

この香《かお》りのことは一般にこう形容されている。

曰《いわ》く、煉獄《れんごく》の毒気、と。

彼が部屋の中ほどまで歩んだところで、異変が起きた。

左右の壁《かべ》に据《す》え付けられた燭台《しょくだい》に、火が点《とも》り始めたのだ。

誰《だれ》の手も借りることなく。奥から順番に、厖《ぼう》、茫《ぼう》、妄《ぼう》——左右三つずつ、計六つ。

部屋の中が明るくなり、中の様相が露《あら》わになる。

奥にあったのは、寝台《ベッド》だった。

天蓋《てんがい》に覆《おお》われた豪奢《ごうしゃ》なものだ。薄《うす》みがかった桃色《ももいろ》の敷布《しきふ》も、寝台そのものに施《ほどこ》された装飾も、牢獄《ろうごく》で使うにはあまりに不相応な気品がある。

床《ゆか》には雑多なものが散らばっていた。

首のもげた人形。ぼろぼろになった絵本。ほつれた手鞠《てまり》。それらは、手荒に使われたか或いは使い方を知らず壊《こわ》されたかした、遊び道具だろう。

――寝台《ベッド》の上に腰掛けた、人影《ひとかげ》の。

しゃがみ、足許《あしもと》に落ちていた手鞠を拾い上げた彼に、その人は問うた。


「……あなたは、だぁれ？」


彼は息を呑《の》む。

美しい少女だった。

背丈《せたけ》は六歳という年齢《ねんれい》に違《たが》わず小さいが、それでも美しかった。暗闇《くらやみ》に溶け込んだ真っ黒な部屋着《ネグリジェ》、その袖《そで》と裾《すそ》から伸びた四肢《しし》は痩《や》せて青白く、それ故《ゆえ》に華奢《きゃしゃ》で、刹那的《せつなてき》な儚《はかな》さがある。首の上に乗っかった小さな頭を覆《おお》うのは真《ま》っ直《す》ぐに伸びた豊かな銀髪《ぎんぱつ》。蠟燭《ろうそく》の照り返しを受けて薄く透《す》き通っていた。その隙間《すきま》から覗《のぞ》く双眸《そうぼう》は大きくつぶらで、藍銅鉱《アズライト》の色に輝《かがや》く瞳《ひとみ》だけが闇の中で色を持っている――地下深くにあって、まるで蒼穹《そうきゅう》を憧憬《しょうけい》として見ているかのように。

少女は整《ととの》った鼻梁《びりょう》を微《かす》かに歪《ゆが》め、薄い唇を引きつらせて不機嫌《ふきげん》そうに言った。

「だれってきいてるのよ」

まだ年端《としは》もいかない顔立ちが、途端《とたん》、驚《おどろ》くほど陰鬱《いんうつ》な色を帯びる。

性根《しょうね》が捻《ひね》くれているのか、それとも、元来のものか。

彼は居住《いず》まいをただし、答えた。

「フォグと申します。……姫様」

部屋《へや》の主《ぬし》でもありこの牢獄《ろうごく》に囚《とら》われた身でもある少女に対して——厳《おごそ》かに。

「フォグ？　じゃあ……おまえが？」

「ええ、そうです」

儀礼的《ぎれいてき》に頷《うなず》きながら、彼は跪《ひざまず》く。

「僕が、今日《きょう》からあなたのお世話をさせて頂く者です。アルテミシア＝パロ＝ラエ妃殿下」

今から丁度六年前——公式には生まれ落ちてすぐ先代王妃とともに亡くなったとされている、この国の第一王女の名を改めて呼びながら。

見上げた彼の目を、少女はどうでもよさそうに睥睨《へいげい》した。

「ふうん」

直後、瞳《ひとみ》に宿った感情が昏《くら》く変わる。不機嫌《ふきげん》から、底意地の悪い視線《しせん》へと。

「あなたはほんとうに、イオがいうとおりのひとなのかしら」

牢獄の外に控えた侍女《メイド》が、仕えるべき主の口から出た自分の名に僅《わず》か身をたじろがせる。

それを無視し、少女は寝台《ベッド》から立ち上がった。

右手を水平に、前へ出す。

直後。

花の香《かお》りがむせ返るほどに濃《こ》くなり、そして。

少女──アルテミシアが広げた五指、掌《てのひら》の上に、それは出現した。

硝子杯《グラス》。

まるで闇《やみ》の中から浮かび上がったかのように、その場で無から生まれ出《い》でたかのように。

跪いたまま目を瞠《みは》った彼の表情を見て、少女は莫迦《ばか》にしたような笑《え》みを浮かべる。

「ぶどうは、おすき？」

言葉とともに、硝子杯《グラス》の内側から濃い紫色《むらさきいろ》の液体が、湧《わ》き出るように満ちていく。

恐らくは、葡萄酒《ワイン》。

丁字教《ていじきょう》の旧書にある聖人の起こした奇跡にも似たその業《わざ》はしかし、奇跡などでは決してない。

先ほどから吸気にへばりつく甘い匂《にお》いがその証拠《しょうこ》だった。

花の香り、つまりは尋常《じんじょう》ではない濃度《のうど》を持った煉獄《れんごく》の毒気。

それを練《ね》り上げ、物質を作り出したのだ──彼の目の前にいる、銀髪《ぎんぱつ》の幼姫が。

少女は彼を見下ろし、酒杯を差し出して嗤《わら》う。

「のめるかしら？　フォグとやら」

普通に考えれば、無理難題《なんだい》、と言っていい。

煉獄の毒気は吸い込んだだけで生命を削《けず》る。その毒気で創成した硝子杯《グラス》や葡萄酒《ワイン》もまた同様だった。それは硝子杯《グラス》の形をしていて硝子杯《グラス》ではなく、葡萄酒《ワイン》の貌《かたち》をしていて葡萄酒《ワイン》ではないのだ。一時的にその様相を保ってはいるが、時を置けば再び毒気へと、それも尋常《じんじょう》ではない高《こう》濃度《のうど》のものへと還元《かんげん》される——仮に葡萄酒《ワイン》を口にすれば、喉《のど》の奥、胃腑《いのふ》の中で。

普通に考えれば致死量だろう。どんなに抵抗力の強い人間であっても、昏倒《こんとう》し意識《いしき》を失い寿命が二十年は縮《ちぢ》む。

つまり彼女のそれは、拒絶だった。

貴様《きさま》にこれが飲める訳《わけ》がないのだ、と。

同時に、諦念《ていねん》でもあったのかもしれない。

この程度の毒気に耐えきれない身で、自分に近付くことなどできはしない、と——。

煉獄姫《れんごくひめ》。

事情を知る者から、彼女はそう呼ばれている。

生まれながらに、異世界——煉獄へと繋《つな》がる扉を身の裡《うち》に持った特異体質は、その身体《からだ》に高濃度の毒気を絶えず纏《まと》い続ける。自分を産んだ母親をも殺し、生きるだけで周囲の人間すべてを病ませるため、生まれなかったことにされて地下牢《ろう》へと閉じ込められた、呪《のろ》われた姫。

彼は、そんな彼女の昏《くら》い嘲笑《ちょうしょう》を見て眼を細めた。

無言で手を伸ばす。

「……え」

予想外の反応にきょとんとした少女の手から酒杯を奪《うば》い取ると、微《かす》かに破顔し、そして。

ひと息に――中の葡萄酒《ワイン》を――飲み干《ほ》した。

酒精が胃に落ちるより前に、葡萄酒《ワイン》にかかった術が解け、煉獄《れんごく》の毒気へと還元《かんげん》される。同様に硝子杯《グラス》もまた、まるで泡が破裂するように、甘い匂《にお》いを残して空気へと溶ける。

だが、彼は昏倒《こんとう》もしなければ血を吐《は》きもしない。何故《なぜ》ならそれが、彼がここへ遣《つか》わされた理由でもあるのだから。姫の身体《からだ》からたち薫《かお》る瘴気《しょうき》濃《こ》い牢獄の中にあっても、彼の意識《いしき》ははっきりとしていた。毒気より作られた酒を呑《の》んだとしてもそれはまったく変わらない。

彼は、姫の顔を見上げる。

「どうです？」

彼女は応《こた》えない。

何も言わず、頷《うなず》きも首を振りもしない。

「僕はあなたの隣《となり》にいても、死にません。寿命が縮《ちぢ》んだりもしません」

まるで人形のように硬直し、立ったまま。

その言葉を、じっと聞いていた。

「お父上の……国王様の命《めい》です。あなたの望みに従え、と。だから僕はそうします。そしてそれは、僕自身の意志でもあります」

透き通った銀髪《ぎんぱつ》が微《かす》かに揺《ゆ》れた。

蒼玉《そうぎょく》の瞳《ひとみ》が数度、瞬《またた》いた。

細く白い手足が、小さく震《ふる》えた。

「下僕《げぼく》をお望みならばお使いになられませ。玩具《がんぐ》が欲しければ身を捧《ささ》げましょう。二度と顔を見せるなと仰《おっしゃ》るのならそう致します。お命じください。そうすれば、僕は……」

彼はそこで唐突《とうとつ》に口を噤《つぐ》む──少女の薄《うす》い唇が、動く気配《けはい》を察して。

彼女は、目を逸《そ》らした。

次いで、こっちを上目遣《うわめづか》いに見た。

ゆっくりと、怖《お》ず怖《お》ずと。

さっきまでの、人を小莫迦《こばか》にしたような拒絶や諦念《ていねん》はどこにも見られない。それどころか、真逆の──恐怖と期待とをまぜこぜにした顔で、手を伸ばしてくる。

小さな指先が、彼の頬《ほお》へ触れた。

鼻孔《びこう》をくすぐる花の香《かお》り。

少女の身体《からだ》の裡《うち》に開いた異世界の扉より洩《も》れ出てくる、煉獄の毒気。

それは彼にとって、死の香りなどではまったくない。

弱々しい声が、牢獄《ろうごく》に響《ひび》いた。

「へいき、なの？」

「はい」

「あなたは、しなないの？」

「はい」

「わたしがそばにいても？」

「はい」

「わたしが、さわっても？」

「はい」

少女はしゃがみ込んだ。

つぶらな瞳《ひとみ》、その蒼穹《そうきゅう》が淡く色を変える。

暗闇《くらやみ》の中で輝《かがや》く光に、見る間に喜色が灯《とも》っていく。

「……だったら」

そして、彼女は。

「だったらめいれいするわ、フォグ」

彼がここへ来て初めて、年相応の、幼い笑《え》みを浮かべ。

嬉《うれ》しそうに、本当に嬉しそうに——言ったのだった。

「わたしと……ともだちになって」

彼は間を置かず答えた。

「はい、アルテミシア様。仰《おお》せのままに」

笑って、頷《うなず》き、また笑う。

「ならば僕は生涯を、あなたの横で過ごしましょう」

立ち上がって手を彼女の頭に置き。

その美しい銀髪《ぎんぱつ》を、撫《な》でるように梳《くしけず》りながら——。

第一章

銀色の風、もしくは死

その夜、月は白く、少しだけ肌寒く、聖堂は静寂《せいじゃく》に包まれていた。外に人の気配《けはい》はない。そもそもが街の外れ、小高い丘の上である。この聖堂に住まうのは年老いた丁字《ていじ》新教《しんきょう》の牧師たったひとりで、彼は『国王の命《めい》』という名目で外に出されていた。建物の強度調査《ちょうさ》のため一晩ほど立ち退《の》くべし、と。この瑩国《えいこく》において国王は新教教主も兼ねる。牧師に逆らう謂《い》われはないし、疑う様子《ようす》も見せなかった。

もっとも、その命自体が虚偽《きょぎ》であり、本来の目的はまったく違っていたのだが。

聖堂の中では、十数人の煉術師《れんじゅつし》たちが暗闇《くらやみ》に紛《まぎ》れて作業を行っている。

イパーシ＝テテスは、彼らが黙々《もくもく》と働いているのを遠巻きに見ながら密《ひそ》かに溜息《ためいき》を吐《つ》いた。

聖堂の壁《かべ》に背を預け腕を組みながら、微《かす》かな緊張《きんちょう》とともに唇を咬《か》む。

年齢《ねんれい》は十九。煉術師として活動し始めてまだ日が浅い彼は、ここ匍都《ハイト》に住まう他《ほか》の若き煉術師たちとまったく同様、野望に燃《も》えていた。今回の仕事にも意気込んでいる。

即《すなわ》ち、この仕事を踏み台に、成り上がる一歩にしたい、と。

イパーシの生まれは匍都《ハイト》から三百粁《キロ》ほど北に離《はな》れた農村だった。黒麦と馬鈴薯《ばれいしょ》くらいしか育たない痩《や》せた土地で、さしたる特産品もない。元々が貧しい村であったから、煉術の発明に伴う産業革命以降——つまり二十数年前からこっち、長男を除いた子供たちの殆《ほとん》どは間引かれる代わりにここ匍都《ハイト》か、もしくは南にある鉱山へ出稼《でかせ》ぎに行くのが相場となっている。

匍都《ハイト》においては、大概《たいがい》が紡績《ぼうせき》工場勤《づと》めだ。

工場では昼夜の区別なく、煉術を動力とした機械《きかい》が歯車を回し、糸を紡《つむ》いでいる。それらの傍《そば》で働く過程で必然的に、労働者たちは煉獄《れんごく》の毒気も浴び続けることになる。

もちろん機械を回す程度の煉術などごく小さいもので、発散される毒気もさして濃《こ》いものではない。耐性の薄《うす》い者であってもすぐに具合が悪くなったりはしないだろう。――雇い手が、労働者たる子供たちに対して情を持ってさえいればの話だが。

一日、平均十六時間。昼も夜もなく、与えられるのは黒麵麭《パン》の欠片《かけら》や腐りかけの葡萄酒《ワイン》、寝る場所は筵《むしろ》を敷《し》いた小屋の中。十二になってすぐに働きに出された子供たちは、劣悪な環境《かんきょう》も手伝《てつだ》って、耐性の弱い順に病んでいく。

煉獄の毒気が蝕《むしば》むのは、まずは肺、次いで内臓《ないぞう》、それから生命。

大概は半年を過ぎた辺《あた》りから慢性的《まんせいてき》な風邪《かぜ》の症状が出て、一年も経《た》てば咳《せき》に血が混じり始める。やがて肺や喉《のど》が爛《ただ》れて腐り、二年を超えて生きていられる者は半数。定められた三年間の勤《つと》めを全《まっと》うできるのは三割に満たない。

南の鉱山はもっと酷《ひど》いと聞く。採掘用の機械を動かすために必要な煉術は紡績工場とは比べものにならない規模だし、毒気に加えて石粉が肺を冒《おか》すからである。

そういったことを考えると、イパーシは幸運だった。

まずは鉱山ではなく紡績工場へ働きに出されたこと。それから煉獄の毒気に対して生まれつき、高い耐性を持っていたこと。

工場勤《づと》めを生きて終えることができた子供は人生の選択《せんたく》を迫られることになる。里へ帰るか、匍都《ハイト》でまともな働き口を探すか、それとも煉術師《れんじゅつし》の許《もと》へ弟子入りするか。

毒気に冒《おか》されて身体《からだ》の弱り切った者は報酬を手に里へ帰り余生を過ごす。寿命が縮《ちぢ》んだだけで済んだ者は快復《かいふく》を待って都で手に職《しょく》を持つ。

イパーシはそのどちらでもなかった。十二から十五までの三年間、彼は内臓《ないぞう》どころか肺すらも病むことなく健康を保っていたのだ。そういう、毒気に対する耐性が高い子供――百人にひとりかふたりほどいる――には、煉術師の素質がある。

『煉術』。

それは二十三年前に実用化された、産業革命の基盤《きばん》である。

発祥はそこから更に二年、二十五年前へと遡《さかのぼ》る。

とある学者が偶然、この世界のひとつ下の階層に存在する別の世界を発見した。正確《せいかく》に言えば、その世界とこの世界を繋《つな》ぐ穴、即《すなわ》ち異世界への『扉』を開《あ》ける方法を見付けだした。

最初、その世界には何もないように思えた。草木も岩も生物も、天地も。少なくとも目には見えない。何故《なぜ》なら光すらもなかったからだ。洩《も》れ出てくるのは、ただ花の香《かお》りがする奇妙な大気のみ。しかもその大気は毒性を帯びており長く吸い込めば命に関《かか》わる。

普通に考えれば、岩肌に開いた瓦斯洞穴《ガスどうけつ》と同じく危険なだけの代物《しろもの》だ。開くだけ無駄《むだ》の、要《い》らぬ発見だ。しかし——学者はすぐに気付く。そうではない。

その異界には何も存在しないのではない。むしろ逆、すべてがあったのだ。

異界に満ちた大気は、特異な性質を帯びていた。

即ち、外部刺激《しげき》と人の意志に干渉して森羅万象《しんらばんしょう》に変化する、という。

草木を望めば草木に、岩を望めば岩に。それどころか金銀《きんぎん》を含めたあらゆる鉱物に。更には光に、火に、風に、水に、ことによると生物にすらにも。

人々は俄《にわか》に色めきたつ。それは無限の金脈だと思われた。

望めば望むだけ望むものが手に入る、まさに夢の世界、黄金郷《おうごんきょう》だと。

——もちろん、そうそう上手《うま》くはいかなかった。

異界の大気がこの世界の住人にとって毒性を帯びているのと同様に、この世界の大気もまた異界にとっては毒であった。つまり異界から持ち出した大気とそれを練《ね》り上げて創成したあらゆるものは、有機《ゆうき》無機や生物無生物を問わず、現世では時を置かず雲散霧消《うんさんむしょう》してしまう、仮想物質とでも呼ぶべきものでしかなかった。

数年経《た》った後、その仮想物質を現世に固着させる技術も編《あ》み出されはしたが、金一瓦《グラム》を生産するのに金三十瓦《グラム》の費用がかかってしまうような有様《ありさま》で、実用は難《むずか》しい。

とはいえ、一時的、仮想的にでも物質や力場を自在に作り出せるというのは素晴《すば》らしく有用な技術であることに変わりない。要は消える前に使ってしまえばいいのだ。

毒気が人の健康を害すという欠点はあったし、倫理や宗教の観点《かんてん》から社会に波紋を投げかけはしたものの、結局人々はその業《わざ》を受け入れる。

かくして産業革命は成った。他国よりも一足先んじ、ここ瑩国《えいこく》が、世界で初めて。

ただし異界は、黄金郷《おうごんきょう》とは呼ばれなかった。

現世と地獄《じごく》の間に横たわり、現世と天国の架け橋でもある場所——曰《いわ》く、煉獄《れんごく》。

渾沌《こんとん》と混乱、無尽蔵《むじんぞう》の原初が渦巻《うずま》く、知識《ちしき》と悪夢の都、と。


その煉獄から取り出した毒気で万物を創成する業が即《すなわ》ち煉術であり、煉術を使用する人間のことを、一般に煉術師という。

煉獄の大気はすべての生物に対して毒性を持つ。だが、その毒気への耐性には個人差があった。ちょっとばかり濃《こ》いものをひと吸いしただけで気分を悪くする者もいれば、イパーシのように三年間工場勤《づと》めをしてまったく平気な者もいる。無論《むろん》、イパーシが最高峰などではない。それ以上に耐性の高い者も、特に煉術師の世界にはごろごろしていた。耐性の高さは訓練でどうにかなるものではなく、生まれついての才能と言っていい。

故《ゆえ》に二十三年前よりこっち、煉術師は数が少なく、だからこそ儲《もう》かる仕事となっている。

イパーシは十五の歳《とし》に師の許《もと》へ弟子入りした。それから四年——つい半年ほど前に独り立ちし、組合《ギルド》からの仕事を自由に受けられるようになった。いずれは成り上がり、有《あ》り体《てい》に言えば金持ちになりたいと思っている。

　煉術師ならではの高収入な仕事はいろいろある。

　工場を始めとした、国民の生活に必要な各種施設における管理職《かんりしょく》などは企業の金払いがいいし、後進を育成するような立場にもなれば組合《ギルド》から多額《たがく》の給料が出る。煉術そのものの研究に至っては国が雇い主の貴族扱いだ。

　ただし、それらの仕事に就《つ》けるのは煉術師の中でも更にひと握りでしかない。

　企業に取り入る処世術や、弟子を取れるほどの力量や、研究に携《たずさ》われるほどの頭脳や──何より煉術師としての経験《けいけん》が必要になってくる。煉術師たちはそこへ辿《たど》り着《つ》くために、もしくは辿り着けないが故に、自《みず》らの持つ技術を暴力として活用するのが常だった。

　たとえば企業に雇われた用心棒。たとえば治安の悪い土地での警備《けいび》。たとえばもっと直接的な行為──つまりは殺人、そして殺し合い。

　結局のところ、平和的に利用されている煉術などはごく一部でしかない。機械《きかい》の歯車を廻《まわ》すなんて術は初歩の初歩。煉術の多くは、その真髄《しんずい》は、戦闘《せんとう》行為の中にある。

　煉術が発明されてから、国は大きく変貌《へんぼう》した。

　産業革命が起き、企業は貴族に取って代わった。その二十年前に先駆《さきが》けていた市民革命により、長年に亘《わた》り国を統《す》べていた王が威厳《いげん》のみを残し実権を失っていたのも流れを加速させた。

　宗教も同様だった。煉術を外法《げほう》と見なす法王庁を見限り、政府は新教を作り出した。

それらの中で煉術は、血腥《ちなまぐさ》さとともにこそ発展してきたといっても過言ではない。貴族と企業の間で、右派と左派の間で、宗教改革の中で——軋轢《あつれき》に際《さい》して求められてきたのは何よりもまず人殺しの術だった。平和的な技術の発展は、むしろそれらの副産物だろう。

他国との大きな戦《いくさ》はしばらく起きていないものの、それは単にこの瑩国《えいこく》が島国だからだ。争いごとで幅を利《き》かせているのはもはや騎士《きし》ではなく、煉術師《れんじゅつし》であった。ただしかつての騎士のように、正々堂々を旨《むね》としている訳《わけ》ではないが。

と、

「おい、若いの」

聖堂の中央で陣を描《か》いていた仲間のひとりが手を止めて、こっちに歩いてきた。

「手持ち無沙汰《ぶさた》か？」

齢《よわい》三十ほどの精悍《せいかん》な髭面《ひげづら》、笑顔《えがお》の人なつこそうな浅黒い肌の男である。

「ええ、……まあ」

イパーシは頷《うなず》く。実のところ、その通りだった。

聖堂には内外含め、現在二十人の煉術師がいる。なのに自分ひとりだけが割り当てられた作業もなく暇《ひま》を持て余している状況だ。外に配置された見張りと交代したいくらいだった。

「ま、仕方ねえさ。お前じゃこの陣は扱えねえ」

聖堂だというのに紙巻き煙草《タバコ》を取り出してくわえ、紫煙《しえん》を吹《ふ》かす。

イパーシは目を瞠《みは》った。

ただし不作法にではない。男は燐寸《マッチ》を擦《す》らず、煉術《れんじゅつ》で点火したのだ。

恐らくは『灼き水《シエナ6》』。衝撃《しょうげき》に反応して発火、燃焼《ねんしょう》する粘性の液体を創成する煉術である。初歩的な部類に入るが、問題は男の所作。さしたる儀式《ぎしき》もなしにやってのけるのは並大抵のことではなく、それだけでかなりの力量を窺《うかが》わせた。

すべての煉術は、まず煉獄《れんごく》の扉を開くことから始まる。これは現世に穴を開け異世界と繋《つな》ぐという作業だが、これには『鍵器《けんき》』と呼ばれる機械《きかい》があればいい。大概《たいがい》は武器――煉術師の得意によって刀剣や杖《つえ》、弓など様々《さまざま》――に組み込まれている。だから術師の技量が問われるのは主として、開かれた扉から洩《も》れ出る毒気を仮想物質へ置換する過程においてだ。

毒気は人の意思に反応してその姿を変える性質を持ち合わせているが、以心伝心とはいかない。あちら側はやはり異世界、この世とは別の理《ことわり》を持っているのだ。こちらの意思を、向こうにわかりやすいものに翻訳して伝える必要がある。

それは、たとえば言霊《ことだま》による詠唱《えいしょう》。たとえば陣の描画《びょうが》。たとえば動作。

方法は千差万別だ。一定の法則が見られるという意味では異国語に近いかもしれない。煉術の力量は、その『異国語』――儀式をどう使いこなすかによるところが大きかった。つまり、如何《いか》に素早《すばや》く、如何に単純に、如何に確実《かくじつ》に、自分の望む仮想物質を作り出すか。

そういう意味で、男はなかなかの使い手と言える。

イパーシが同じことをしようと思ったら言霊《ことだま》の詠唱《えいしょう》が三から四編《ぺん》は必要だろう。だが男は、気付かれないほどの単純な動作を儀式《ぎしき》とした。

「でしょうね」

そんな男に未熟《みじゅく》と言われれば、反抗する気にもなれない。

「俺《おれ》は若造ですよ、あんたみたいなのに比べれば。……敵じゃなかったのが幸いだ」

「は、素直じゃねえか。気持ちのいい奴《やつ》だな!」

男は愉快《ゆかい》そうに笑い、紫煙《しえん》を吐《は》いた。

「まあそう謙遜《けんそん》することもねえさ。お前だってあと十年もすりゃ、こんな程度のことは簡単《かんたん》にこなせるだろうよ。……それまで生きてればの話だけどな」

男の言葉は正しくある。

煉術師《れんじゅつし》の仕事は、つまるところ人殺し。それは、殺しもすれば殺されもするということだ。

イパーシもこの半年で十五人の煉術師を殺《あや》めた。幸いにもかつての兄弟弟子と剣を交えたことはないが、それすらも時間の問題だろう。

もちろん後悔はないし、罪悪感もない。元々、そんなおめでたい価値観《かちかん》は持ち合わせていない。子が増えれば平気で間引かれるような村で育ち、工場では日常的に友人の死を見てきたのだから。殺すことに抵抗はないし、殺される覚悟もできている。

それに煉術を日常的に使っていれば、常に煉獄《れんごく》の毒気を身に受け続ける。どんなに高い耐性があっても、寿命が削《けず》られていくことには変わらない。男の「あと十年生きられれば」という自嘲《じちょう》気味な台詞《せりふ》にはそういう意味もあった。

あらかた吸い終わった煙草《タバコ》を靴裏で揉《も》み消すと、男が大袈裟《おおげさ》に肩を竦《すく》める。

「それに、どんなに術が器用でも、戦いは別だがね。……だいたいお前、俺たちを守るために呼ばれたんだろ？　煉術はともかく、実戦じゃ俺なんかよりも腕っこきのはずだ」

「……どうでしょうね」

はぐらかしつつも、確《たし》かにそうだ、とは思う。

男の体付きは、精悍《せいかん》ではあったが贅肉《ぜいにく》も多い。手にしている鍵器《けんき》も杖《つえ》であるから、前衛《ぜんえい》ではなく後衛だろう。遠距離《えんきょり》からの攻撃《こうげき》はともかく、切った張ったにおいては自分が負ける謂《い》われはなさそうだ。優《すぐ》れた前衛に必要なのは煉術の上手《じょうず》よりもむしろ剣術である。

「ま、俺は見ての通り、今回は裏方さ」

男は顎《あご》で背後を差した。そこでは仲間たちが相変わらず、黙々《もくもく》と床《ゆか》に陣――男の言葉通り、イパーシには理解できないほど複雑《ふくざつ》だった――を描《か》いている。

彼ら彼女らは、男よりも更に戦いに向いていなさそうだった。痩《や》せこけた身体《からだ》と神経質そうな顔は学者然としている。きっと研究者だろう。巨大かつ複雑な煉術の構築《こうちく》に長《た》けている代わりに戦いの方はからきし、という訳《わけ》だ。

そしてこの男も見かけによらず、どちらかといえばそちら側なのかもしれない。

前衛の煉術師《れんじゅつし》は自分を含め、五人だ。他《ほか》の四人は外で見張りをしている。自分の担当は建物の中。とはいえ、戦う相手が現れるのかどうかはまったく定かでない。

男の人なつこさも手伝《てつだ》って、イパーシは声を潜《ひそ》め、問うた。

「……いったい何なんです？　これは」

陣を描《か》いている煉術師たちを視線《しせん》だけで指しつつ。

「どういう意味だ？」

「俺《おれ》は、組合《ギルド》から何も知らされていないんですよ」

隠《かく》す必要もないので、正直に言った。

自分が受けた依頼は、これまで経験《けいけん》したものの中でも一際《ひときわ》不可解なものだ。

つまり『とある作戦に護衛《ごえい》として参加せよ』これだけ。話を聞いた時にはきっと訳《わけ》ありだろうと思っていたし、成功報酬《ほうしゅう》にしたって口止め料込みでなければおかしいほどの高額《こうがく》だった。

だが、指定の時間に指定の場所へ行き、彼らと待ち合わせ、この聖堂へ連れてこられ今に至り――頭の中にある疑問はどんどん大きくなっていく。

なにかの裏工作だろう、と予想は付く。政治的な、或いは宗教的な。

だが、その正体がはっきりしないからどうも釈然《しゃくぜん》としない。護衛といってもところすることなどまったくなく、ただぼうっと突っ立っているだけというのもおかしな気分だ。このまま戦うことなく終わっても報酬は支払われるであろうことを考えても、その額と自分の仕事はまったく釣《つ》り合っていない。なにせ一カ月は遊んで暮らせる金だ。

それらを男に説明する。あくまで小声で、聖堂の中央で作業している輩《やから》に気を遣《つか》いつつ。

ひと通り聞き終わった後、男は腕組みをして言った。

「組合《ギルド》がなんも言わねえのはいつものことだろう？　奴《やつ》らはただ、自分たちのところに来た依頼を右から左で俺らに仲介してるだけだ。それに守秘義務もある」

「ええ。でも、ここまでのはさすがに初めてです。だからことによると、この仕事のこと……組合《ギルド》自体も内容を把握《はあく》してないんじゃないか、って」

「なるほどな」

男は笑った。イパーシに感心するように。

それからややあって、再び煙草《タバコ》を取り出すと火を点《つ》け、おもむろに言う。

「ご明察だよ、坊主」

イパーシは目を見開いた。

「煉術師組合《ギルド》には、仕事内容は護衛任務だ、としか言ってねえ。あとは、こっちの求める条件――ま、年齢《ねんれい》とか腕っ節とかだが――それを満たす奴を見繕《みつくろ》って寄越《よこ》してくれ、ってな」

「……なるほど」

そんな不透明な条件で組合《ギルド》が依頼を斡旋《あっせん》したことも驚《おどろ》きだが、恐らくはそれだけ高額の斡旋料を積《つ》んだのだろう。むしろイパーシの懐《ふところ》に入る分など麺麭《パン》の端《はし》でしかないのかもしれない。

「それで、お前はどうすんだ？」

と——男が不意に、真面目《まじめ》な顔になった。

「確《たし》かにお前は何も知らされちゃいねえ。ただ、って、こ、と、は、だ。雇い主である俺《おれ》たちは、お前が何も知らないことこそを望んでるんだよ。だったらこっち側の事情に首を突っ込むのはどうなんだ？　雇い主の要求にきっちり応《こた》える、それが玄人《くろうと》ってもんじゃねえのか？」

「そうですね、あんたの言う通りだ。でも……やっぱり俺は、信頼できない雇い主の下じゃあ命を賭《か》けて戦えませんよ。正直なところ」

男の妙な迫力に気圧《けお》されつつも、イパーシは退《ひ》かなかった。

「……言うじゃねえか」

眼を細める男。それはどこか満足げですらあった。

「若いねえ。そういうの、嫌いじゃねえぜ俺は」

だからイパーシも笑う。

「若者に若いなんて言っても、褒《ほ》め言葉になりませんよ」

ある種の余裕だった。

その余裕は、力量差によるものだ。実際のところ——いざとなれば自分は、あっちで作業している研究者はもちろんこの男を斬《き》り殺すことができる。その自信が態度を強くしていた。

「もしよかったら、教えてもらえませんか？　今あんたたちが描《か》いている陣は、いったいどんな煉術《れんじゅつ》を発動させるものなのかを。そして……その煉術を今ここで発動させる目的を」

詰問《きつもん》にも似た口調《くちょう》に、場の空気が硬くなる。男から笑《え》みが消え、イパーシもまた同様に唇を引き結び、緊張《きんちょう》に呼吸を浅くした。

やがて男が腕組みのまま息を深く吐《は》き、言葉を発しようとした。

が、それよりも僅《わず》かに先。

ぎぃ、と。

軋《きし》んだ音を立てて聖堂の扉が開き、その場の静寂《せいじゃく》を破った。

イパーシは小さく舌打ちする。興《きょう》を削《そ》がれた。せっかく話が聞けると思ったのに、見張りの奴《やつ》ら、いったい何の用で――そう思いながら出入り口を見遣《みや》り、

「……ん」

眉《まゆ》を、ひそめた。

そこに立っていたのは、見張り役の仲間たちではなかった。

人数はふたり。それも、少年と少女だ。

少年。年齢《ねんれい》は十六か七か、イパーシよりも幾分《いくぶん》年下に見える。貴族階級の特徴を持った、ただしごく質素な服装をしていた。自分のような貧民出身から見ればろくでもなく、一方で本物の貴族から見れば失笑を買うような、そんな格好《かっこう》だ。

背中、腰の後ろからは剣の鞘《さや》らしき物が覗《のぞ》いて見える。つまり、武装していた。

しかし少年の武器よりも、イパーシが目を奪《うば》われたのはその隣《となり》に立つ少女だった。

恐らくは少年よりも更に年下、十四、五。

窓から射《さ》し込む月光と扉の横で焚《た》かれている篝《かがり》火《び》とを受け、彼女の姿は夜の黒に浮かんでいた。闇《やみ》の中に溶けきれないほどの輝《かがや》きを持つ長い銀髪《ぎんぱつ》と、病的なほど細い手足、ぞっとするほど整《ととの》った、けれどあまり表情のない目鼻立ち。

服装の異様さも際立《きわだ》っていた。

大きく広がった裙《スカート》は装飾の繊細《せんさい》さといい布地の高級さといいどこぞの貴族のようであるが、その豪奢《ごうしゃ》な作りとは裏腹に、無骨な金属製の、黒い草摺《タセット》が縫《ぬ》い付けられている。むしろ舞踏着《ドレス》を模した鎧《よろい》、と形容した方がいいかもしれないくらいだ。

対して上半身を覆《おお》う布地は薄《うす》い。まるで下着のような袖無《そでな》しの衣が身体《からだ》にぴったりと張り付いているだけで、上着すら羽織《はお》っていないのだ。裙《スカート》と同じ意匠《いしょう》の長手袋《ドレスグローブ》が二の腕までを包んでいるが、艶《なま》めかしさを助長はしても覆《おお》い隠《かく》してはまったくいない。

予期しないふたりの人物の出現に、その場にいた全員が動きを止めていた。それはつまり、彼女たちが招かれざる客であることを意味している。

「……なん、だ」

ややあって、研究者のひとりが震《ふる》える声をあげた。

「なんだ、きみたちは」

その質問に返ってきたのは、詰問《きつもん》じみた少年の声だった。

「シギィ＝カーティス、並びにその一派ですね」

イパーシには、シギィ＝カーティスがこの場の誰《だれ》を指すのかわからなかった。が、全員の気配《けはい》が明らかに強張《こわば》る。少年は確認《かくにん》もせず、慇懃《いんぎん》に告《つ》げた。

「僕たちは王属煉術師です。この意味がおわかりですか？」

それと——同時。

「坊主っ!!」

夜の空気を裂き殺すほどの大音声《だいおんじょう》で、横にいた男が叫ぶ。

「そいつらは……敵だ！」

言葉に、イパーシは腰の剣を抜き放った。それは四年間の訓練と半年の実戦経験《けいけん》が身に付けさせた反射行為。身構え、腰を落とし、遠くのふたりを睨《にら》み付ける。

剣の鍔《つば》に内蔵《ないぞう》された鍵器《けんき》、その釦《ボタン》に指をかける。力を込めて押し込むと、鍵器が作動する時にたてる独特の甲高《かんだか》い音、それに伴って立ち上る、鼻孔《びこう》をくすぐる花の匂《にお》い。

鍵器の中で煉獄《れんごく》の扉が開き、毒気を発散し始めたのだ。

次いで小さく早口に、幾《いく》つかの単語を呟《つぶや》く。

「赤／焦《こ》げ跡《あと》／帳《とばり》／へばりつけ／！」

それは、言霊《ことだま》。

発した単語の音に反応して、煉獄《れんごく》の毒気が変化を始める。それは粘性の青い液体となり、イパーシが構えた両手剣、その幅広の刀身にまとわりつく。

さっき男が煙草《タバコ》の火を点《つ》ける時に使ったのと同じ煉術――第六冠術式《だいろつかん》『灼き水《シエナ6》』。冠位が低い割に殺傷力の高い、言わば煉術戦においての常道だ。剣に塗《ぬ》ることで、斬撃《ざんげき》と同時に発火、相手を焼き切ることのできる刃《やいば》となる。

同時、隣《となり》にいた男も術を起動させていた。

男の掲げた杖《つえ》の周囲に、先端を鋭《するど》くした氷柱《つらら》が五本、並んで浮いている。こちらは第四冠術式『凍み矢《アイン3》』。文字通り、氷を矢として意のままに飛ばす、かなりの高等術だ。

「行け！」

男が短く叫んだ。

大人《おとな》の男の腕ほどもある氷柱が揃《そろ》って少年と、それから少女へ飛ぶ。三十を過ぎているであろう彼にとって相手は年端《としは》のいかない子供であるにも拘《かか》わらず、その声には躊躇《ちゅうちょ》も容赦も見られない。人としてはともかく、煉術師としては立派な覚悟と言える。

イパーシも剣を握り、腰を沈めた。『凍み矢《アイン3》』に反応もできず貫かれるのでなければ、回避《かいひ》行動を取るはずだ。その時を狙《ねら》って距離《きょり》を詰め、斬《き》って焼く。

着弾まで十分の一秒もない。なのに相手ふたりには動く気配《けはい》がなかった。

自分の出る幕はないか、そう思った刹那《せつな》、

「え……？」

イパーシは、いや、その場にいた全員が、目を見開いた。

「……ふん」

少女が小さく、つまらなさそうに鼻を鳴らす。

それだけを見れば可愛《かわい》らしくも小憎らしくも見える仕草《しぐさ》。

しかし伴うのは、けたたましい音だった。少女と、その横にいた少年の眼前——突き刺さろうと飛来した氷柱たちが、まるで見えない壁《かべ》にぶつかったかのように止まり、破砕《はさい》される。

第七冠術式『障壁《エレール2》』。文字通り、物理的防御力を持った不可視の壁を構築《こうちく》する煉術だ。

しかし少女にも少年にも、言霊《ことだま》の詠唱《えいしょう》を始めとして儀式《ぎしき》らしい儀式はまったく見られなかった。『障壁《エレール2》』は発動の際《さい》に強度や規模、厚さなどを細かく定義する必要があり、冠位の低さに比して儀式が煩雑《はんざつ》になりやすいことで知られる。少量の『灼き水《シエナ6》』で煙草に火をつけるのとは訳《わけ》が違うのだ。なのに、どうやって——いや——待て。

イパーシの胸に疑念が浮かぶ。

そもそもこいつらは、鍵器を起動した様子すらなかったのではないか？

「なにやってる、坊主！」

横で不意に、男が切迫した声をあげた。

「次だ、さっさと行きやがれ！」

「……っ」

疑念は焦燥《しょうそう》に塗《ぬ》り潰《つぶ》された。こちらの攻撃《こうげき》が防がれたのは事実、だったら早急に再び仕掛けなければならない。『灼き水《シエナ6》』の塗られた剣を手に走り出す。

少年の方か、少女の方か。

一瞬《いっしゅん》の躊躇《ちゅうちょ》の後、前者を選《えら》んだ。

狙《ねら》われていることがわかったのだろう、少年が背、腰から剣を抜く。

剣というよりも、小さめの湾刀《わんとう》、と形容した方がいい代物《しろもの》だった。曲がりくねった刀身は短く、三十糎《センチ》ほどか。内反《うちぞ》りに刃《やいば》があり、少年はそれを逆手《さかて》に持っている。

術を発動している様子《ようす》はない。ならば間合いを活《い》かし、刺突《しとつ》を。相手は軽装、どこを狙ってもいい――そこまでを一歩の時間で計算し、目前で足を止めた。

既《すで》に自分の間合い。相手を見据《みす》えて真《ま》っ直《す》ぐに、少年の腹を狙う。

その寸前、止めていた息を大きく吸ったイパーシは、しかし。

、、、、、、、、
喉を焼く強烈な甘い香りに、思わず咳《せ》き込みそうになった。

「ぐ、っ……!?」

――これは。

煉獄《れんごく》の毒気。それも、かなり高濃度《こうのうど》の。

つまり、扉が開いている。少年だろうか。さっき湾刀を握った際《さい》に鍵器《けんき》を作動させたか。

刃先が振れる。動きが止まる。少年は無表情でイパーシの剣を打ち払った。思っていたよりも重い衝撃《しょうげき》に剣が跳《は》ね、ぶつかった部分に塗りつけられていた『灼き水《シエナ6》』が衝撃で発火する。

一歩下がり、剣を振って炎を消しつつ、イパーシは呼吸を整《ととの》えた。

胸、肺が痛む。煉術師《れんじゅつし》になれるほどの耐性がある身にも堪《こた》える、それほどの濃度だった。

「今の……は」

再び間合いを取りながら呼吸を整えようとする。

と、少年の隣《となり》にいた少女がこちらをぼんやりと眺めながら、ぽつりと言った。

「……フォグ」

その単語は少年の名であったらしい。呼ばれ、彼が視線《しせん》を少女へ向けた。

「どうしました、アルト？」

少女に問う。丁寧《ていねい》な物腰だった。まるで、少女の従者であるかのように。

――アルトに、フォグ。

イパーシはふたりの名を心中で繰《く》り返しつつ、警戒《けいかい》の中で会話の続きを待つ。

彼女は、とんでもないことを口にした。

「これ、全部殺せばいいの？」

「な……っ⁉」

思わず、息を吞《の》む。

年端《としは》もいかない少女が。

自分と後衛《こうえい》の男、ふたりの煉術師《れんじゅつし》に加えて他《ほか》の研究者たち。合計十五人を前にして、まるで何でもないことのように──。

「ええ、そうです」

少年は鷹揚《おうよう》に頷《うなず》いた。これも、何でもないことのように。

「やり方は問いません。あなたの好きなようにやっていいですよ」

冗談《じょうだん》ではない。いや、冗談にもほどがある。

この娘は幾《いく》つだろう？　十三か、十四か、十五か。仮に煉術師だったとしてもそれほど術に長《た》けているようには見えない。そもそも、それ以前に──少女は、鍵器《けんき》らしきものを持っている様子《ようす》がない。

鍵器もなしに煉獄《れんごく》の扉を開けるはずがない。杖《つえ》はおろか、短刀すらも。完全な徒手空拳《としゅくうけん》だった。それとも裙《スカート》の中に隠《かく》し持ってでもいるのか。

「わかったわ」

こともなげに少女は応《こた》え、こちらに向かって一歩を踏み出す。

イパーシは剣の柄《つか》を握る五指に力を込めた。

どういうことだ、という疑念の前に、ふざけるな、という怒りが湧《わ》いている。

この小娘と餓鬼《がき》は、自分たちを——俺《おれ》を侮《あなど》っているのか。

確《たし》かにイパーシは、煉術師の中でも駆《か》け出《だ》しかもしれない。煉術の熟練度《じゅくれんど》では背後の男のような手練《てだ》れに敵《かな》わないかもしれない。だが、剣術の腕には自信がある。対煉術師戦における経験《けいけん》もそれなりに積《つ》んできた。自分より四つも五つも下の女に負ける謂《い》われはない。

それが自信でなく傲慢《ごうまん》であることに、イパーシは気付かなかった。

『灼き水《シエナ6》』は既《すで》に大気に溶け、消《き》え失《う》せている。

だから再び鍵器を操作《そうさ》し、扉を開いて毒気を呼び出す。

「夢現《ゆめうつつ》／楔《くさび》／縁《えにし》／引き裂く／病／或いは、飛び散れ」

言霊《ことだま》。さっきよりも遥《はる》かに多い編《へん》を紡《つむ》ぎ、

「黒金《くろがね》／白銀《しろがね》／銅《あかがね》／集《つど》い／こぞって／蠢《うごめ》け……！」

イパーシの持つ刃《やいば》の周囲に、目視できないほど小さな鉄片たちが現れて並び始めた。鋭《するど》く尖《とが》ったそれらは各々《おのおの》が独立して高速回転し、奇怪な高音で周囲の空気を震《ふる》わせ始める。

『断裂鋼《オータム11》』。十年ほど前、実験のために無差別殺人を繰《く》り返し極刑《きょくけい》となった狂気の煉術師、レイド＝オータムの発明した第四冠《だいよんかん》術式。回転する微細な刃《やいば》たちは『障壁《エレール2》』はおろか、鋼《はがね》の鎧《よろい》さえも削《けず》ることができる——イパーシの切り札だった。

標的は娘に切り替えた。さっきまではたとえ敵といっても少女を殺すのは忍びない、などと思っていたのだが気が変わった。

「おい！」

背後にいる男に向かって、背中越しに叫ぶ。

「援護《えんご》してくれ！」

「……ああ」

男の低い返答。

とはいえ待つつもりはない。それは暗に「お前の手伝《てつだ》いなど必要ない」という意思表示でもあった。黙《だま》って見ていろ、こんな奴《やつ》ら、自分だけで片を付けてみせる、と。

――仮に。

イパーシがもう少し経験《けいけん》を積《つ》んでいれば、気付けたかもしれない。

さっきの『障壁《エレール2》』が、鍵器《けんき》を起動した素振《そぶ》りすらなく発動されたことの異常さに。

少年との攻防の際《さい》に吸った、高濃度《のうど》の毒気に対する違和感に。

外に見張りの煉術師《れんじゅつし》五人がいたにも拘《かか》わらず、少年と少女があっさりと正面から聖堂へ侵入してきたというその事実が意味することに――。

少女は身構えるイパーシと、それからその背後で再び『凍み矢《アイン3》』を起動させた後衛《こうえい》煉術師の男、更には集まって立ちすくむ十三人の研究者を睥睨《へいげい》し、
ふ、と。笑った。

イパーシはそこで、視界に妙なものを見る。

彼女の上半身――身体《からだ》にぴったりと張り付いた、下着じみた袖無《そでな》しの薄着《うすぎ》。それはどうやら身体の前半分しか覆《おお》っていない、前掛《エプロン》にも似た奇妙な形状をしているらしい。

つまり少女の背は剝《む》き出《だ》しの裸。そして背から続くなだらかな肩に、黒い文様のようなものがちらりと在った気がしたのだ。

いや、気のせいではない。

刺青《いれずみ》かと思ったが、やはり違う。さっきまでは確《たし》かに存在しなかった。唐突《とうとつ》に浮かび上がってきた。しかも文様それ自体が、動いている。

恐らく肩口から覗《のぞ》いているものは端《はし》、氷山の一角に過ぎないのだろう。背中にはもっと複雑《ふくざつ》なものが浮かんでいるはずだ。幾何学《きかがく》的とも言える直線《ちょくせん》で構成されたそれは、一見して不規則な図表じみている。線の一本一本が生きているように蠢《うごめ》き、先端に至っては少女の肌から離《はな》れ独立し、今や虚空《こくう》へ向かって伸びつつあった。

三次元に移ろう描画《びょうが》。或いは、線で描かれた揚羽《あげは》の紋。

それはどこか、この聖堂の床《ゆか》に描《か》かれたものと共通する特徴を有している。

煉術を起動する際に使う儀式《ぎしき》のひとつ――『陣』のような、特徴を。

「……、冗談《じょうだん》じゃねえ」

イパーシの背後で男が呟《つぶや》いた。場の空気を無視し、まるで笑っているかのような声だった。

「なんだ、こいつは？　煉術を使って煉術陣を描いてやがる……」

そもそも煉術陣《れんじゅつじん》は、言霊《ことだま》や動作などでは賄《まかな》えないほど高度な煉術を使用する際に用いられる儀式《ぎしき》だ。言霊や動作を片言の異国語と形容するなら陣は書物と言っていい。実際、五十糎《センチ》四方の陣で起動できる煉術は一般に言霊で百編《ひゃっぺん》、動作では十分ほどのものに相当する。

だがその分、陣の形状は緻密《ちみつ》かつ複雑《ふくざつ》になってしまう——専門の人間が長大な計算を経《へ》た上でしか構築《こうちく》できないほどに。さっきまで研究者たちが集まって行っていた作業がいい例だ。

だがこの少女はいともあっさりと、その陣を自《みずか》らの背に描《か》きつつある。

計算をすることもなく、しかも、煉術を使って。

ならばその、陣を描くための煉術はどうやって構築《こうちく》している？　言霊？　動作？　その様子《ようす》はない。まさか、自分の意志、ただそれのみで直截的《ちょくせつてき》に、煉獄《れんごく》へと干渉しているのだろうか。

「莫迦《ばか》な……」

煉獄は異世界だ。

異世界には異世界の理《ことわり》がある。故《ゆえ》に、煉獄の毒気から仮想物質を創成するには、自分の意思を異なる理に翻訳《ほんやく》し向こうに伝えなければならない。

その翻訳自体を必要としないということは。

加えて、陣自体を即興的《そっきょうてき》に作り出してしまうという行為は、

まるで——煉獄の言語を母国語として喋っているに等しい。

いつの間にか少女の周囲に、青い物体が浮かんでいた。

その数、十五。水晶のような形をした固形物だった。

色味は『灼き水《シエナ6》』に近い。しかしそんな生ぬるいものでないのは、彼女の背から宙へ広がった陣の大きさを見ればわかる。目測で、たぶん言霊《ことだま》百五十編分ほど。

イパーシは、自《みずか》らの行動に後悔した。

『断裂鋼《オータム11》』など起動している場合ではなかったのだ。やるべきだったのは、可能な限り分厚くて大きな『障壁《エレーヌ2》』を作り身を守ることであったのに。

少女が、呟《つぶや》いた。


「――『ほのお』」


刹那《せつな》。

十五の青い水晶が、イパーシたちに向かって飛来した。

速度は大砲に近い。背後の研究者たちは反応することもできない。

水晶が次々と彼らに突き刺さっていく。

若い男の腹部に。中年女の頭部に。老爺《ろうや》の肩に。若い女性の腰に。イパーシは飛《と》び退《の》き躱《かわ》そうとした。が、弾丸は中空で軌道を変え、イパーシを追尾する。それでもどうにか持ち前の反射神経で身をよじるも、右腕が犠牲《ぎせい》になった。

肘辺《ひじあた》りに着弾、貫通、腕を切断。弾丸はそのまま背後にあった机へとめり込む。

どうにか命拾いして床《ゆか》へと転がったイパーシの鼓膜を、轟音《ごうおん》が揺《ゆ》さぶった。

「く……あっ！」

全身に吹《ふ》き付ける痛み。それは火傷《やけど》、つまり熱風《ねっぷう》。

水晶たちが着弾と同時、盛大に、刺さった人間ごと爆発《ばくはつ》したのだった。

恐らく、中身は高濃度《こうのうど》の『灼き水《シエナ6》』。もしくはそれ自体を圧縮《あっしゅく》し固体化していたのだろう。

そんな代物《しろもの》を十五個も創成し、しかも高速で撃《う》ち出し、更には軌道制御も。

冗談《じょうだん》ではない。第二冠《だいにかん》術式に匹敵《ひってき》する威力だ。つまり戦術兵器相当――本来ならば複数《ふくすう》の術者が協力し長時間かけて構築《こうちく》しなければ起動できない、高等煉術《れんじゅつ》。

爆散した水晶の欠片《かけら》たちも、当然ながら発火する性質を持っていた。壁《かべ》や床や天井《てんじょう》を燃料《ねんりょう》にして聖堂は炎に包まれ始める。

「あ、か……ぐ」

それを後目《しりめ》に、イパーシは床へと這《は》いつくばる。

死にはしなかったものの、もはや戦える状態ではなかった。

右腕は肘《ひじ》から先を失い、出血が夥《おびただ》しい。運の悪いことに、爆風と一緒《いっしょ》に飛んできたらしき大きな木片が深々と太腿《ふともも》に刺さってしまってもいる。おまけに服は焦《こ》げつき、背中の大部分には火傷。治療《ちりょう》煉術を起動しようにも武器は行方《ゆくえ》不明ときている。

まあ、仮に武器があったとしても、これだけの負傷を煉術《れんじゅつ》で治すことはできない。治療煉術はせいぜいが代謝《たいしゃ》を早めてやる程度。煉術で創成できるのはあくまで仮想物質であるから、仮に失った肉や骨を埋めたとしても、数分と待たず毒気へと還《かえ》ってしまうだけなのだ。

周囲は火の海。逃げることすら叶《かな》わない。

はっきり言って、終わりだった。

「ふたり仕《し》留《と》め損《そこ》ねたわ」

炎の壁の向こう、少女が少年へ報告していた。

戦術兵器並みの煉術を放ち十数人を一瞬《いっしゅん》で虐殺《ぎゃくさつ》したというのに、眉《まゆ》ひとつすら動かさず。

その異様さにおののきながら、彼女の発した言葉の意味を考える。

ふたり仕留め損ねた、と。

ひとりは自分……なら、もうひとりは？

軋《きし》む身体《からだ》を仰《あお》向けにして背後を確認《かくにん》しようとし、やめる。確認するまでもない。あの研究者どもが助かるはずはない。助かるとしたら、あいつ以外にはない。

思わず笑いが込み上げる。

「……く、ははっ」

浅黒い肌をした髭面《ひげづら》の、馴《な》れ馴《な》れしい煉術師。

こちらが援護《えんご》を頼んだのへ頷《うなず》いておきながら、自分はさっさと逃げる算段をしていたという訳《わけ》だ。恐らくは聖堂が炎に包まれる瞬間のどさくさに紛《まぎ》れたのだろう。

「問題ありませんよ」

少女に返答しつつ、少年は建物の中央——陣が描《か》かれている辺《あた》りでしゃがみ込んでごそごそとしていた。調査《ちょうさ》でもしているのだろうか。

やがて床《ゆか》から何かを拾いつつ立ち上がり、少女に微笑《ほほえ》みかける。

「目的は達しました。帰りましょうか」

彼女がイパーシを指差し、少年に問うた。

「これはどうすればいい？　フォグ」

「はっ……これ、とは酷《ひど》いな」

失血のせいで混濁《こんだく》し始めた意識《いしき》を総動員し、イパーシは笑った。

どうも自分を始めとしてこの場にいた者たちは全員、最初から人間扱いされていなかったようだ。言ってみれば蟻《あり》を潰《つぶ》すようなものか。ならば罪悪感はもちろん、表情すら動かなくても無理はない。——まあ、それも当然だ。こんなふざけた力を持った存在、こっちも同じ人間だとは思えない。化《ば》け物《もの》を前に慈悲《じひ》を求めるなど愚の骨頂だろう。

「連れて帰らなくていいの？」

言葉とは裏腹に口調《くちょう》は無垢《むく》。

そんな彼女に、少年は首を振る。

「必要ありません。命令はこの聖堂で行われている儀式《ぎしき》を潰《つぶ》すことだけです。それに……どうせ彼は何も知りませんよ」

「ご名答だよ、坊主」

知った顔で滔々《とうとう》と語る少年が腹立たしかったので、イパーシはあの男の真似《まね》をして偉《えら》ぶってやった。鼻で笑い、小莫迦《こばか》にする。

「残念……だったな。逃げたあいつなら、全部知ってたはずなのに」

「僕らには関係ありませんね。あとは警察軍《ヤード》が捜査《そうさ》するでしょうし」

そういえばさっき、こいつは王属煉術師《れんじゅつし》を名乗っていた。

——つまりはこの国、それも王宮付きの親衛隊《しんえいたい》か。

だったら自分たちがこんな目にあった理由も想像できる。

自分が護衛《ごえい》しようとしていた連中は国家転覆《てんぷく》でも企《くわだ》てていたのだろう。あの陣は大方、この辺り一帯を吹《ふ》き飛ばすようなとんでもないものだったに違いない。

或いは、煉禁術か。

「止《とど》めが必要ですか？」

思いを巡《めぐ》らせていたイパーシに、少年がそんなことを問うてきた。

炎は聖堂を覆《おお》い尽くしていて、建物自体がいつ崩《くず》れ落ちてもおかしくない。

だから、首を振った。

「いらん。どうせ、……時間の問題、だ」

意識《いしき》はもはや朦朧《もうろう》としている。わざわざ敵に介錯《かいしゃく》されるのは癪《しゃく》だった。

「そうですか」

少年はあっさりと引き下がった。

未練も執着も同情も、送る言葉すらもなし。まったく潔《いさぎよ》い。

イパーシは溜息《ためいき》を吐《つ》く。そんな彼に、もはや少年は見向きもしなかった。

†

「じゃあ行きましょうか、アルト。お疲れ様でした」

少年――フォグは丁寧《ていねい》な口調《くちょう》で、少女を促《うなが》した。

そして踵《きびす》を返し、聖堂の扉、もはや半ば火に包まれた出入り口へ向けて歩き始める。

が、ややあって立ち止まり、怪訝《けげん》そうに振り返った。

少女――アルトが足を止めたまま、動こうとしなかったのだ。

「どうしたんです？」

フォグが問う。

アルトは彼を睨《にら》みつけた。

どこか機嫌《きげん》を悪くしたように唇を尖《とが》らせ、そのまま黙《だま》って、

「……ん」

むくれたままぞんざいに、片方の手を彼へ差し出した。

「もうお仕事は終わったんだから、いいでしょう？」

フォグは困ったように小さく肩を竦《すく》め、それから自分の髪の毛を軽く弄《いじ》り──諦《あきら》めたように、けれど優《やさ》しく笑うと、彼女の手をそっと握った。

アルトの表情が途端《とたん》、華《はな》やぐ。

さっきまでとは一転、さも嬉《うれ》しそうに、上機嫌に。

そうして少年と少女は手を繋《つな》ぎ合い、炎に包まれた聖堂を去っていく。

「ね、帰ったら遊技《ゲーム》をしましょう、フォグ」

「いいですけど、何を？」

「『世界征服《リスク》』がいいわ。あなたはミランダ侯、私はヴィネッタ姫よ」

「わかりましたよ、アルト」

自《みずか》らが作った惨劇《さんげき》を背後に、まるで幼い恋人同士のように。

その様子《ようす》を失いかけの意識《いしき》で眺めながら──。

死にゆく煉術師《れんじゆつし》、イパーシ＝テテスは何故《なぜ》か、故郷のことを思い出していた。

兄と両親に済まないと思う。来月から仕送りが途絶《とだ》えてしまう。

あの貧しい村は相変わらず生まれた子供を口減らしに出しているのだろうか。自分のような子供がまたここへ来て、自分と同じように死んでいく。それを思うと少しだけやるせない。

そういえば――イパーシが密《ひそ》かに憧《あこが》れていた、従姉《いとこ》の幼《おさな》馴染《なじ》みはどうしているだろう？

自分よりも一年早く、彼女はここ匍都《ハイト》へと出稼《でかせ》ぎに出された。だからイパーシもそれを追った。同じ場所へ行けば簡単《かんたん》に再会できると信じていた。あの小さな村のつもりで、塋国《えいこく》首都の広さも住む人の多さも知らずに。

当然、希望虚《むな》しく彼女とは別の工場へ配属され、再会できないまま七年。とうに死んでしまっているのではないかと恐くて、煉術師になってからも本格的に捜すことができなかった。

――元気かな、トリエラ。

もし彼女が死んでいたら、天国でまた会えるかもしれない。

この国が新教でよかった。正統丁字教《ていじきょう》では、煉術を使った者は異端者として地獄《じごく》行きだ。

そんな、希望とも絶望ともつかないことを思いながら、青年の意識は途切《とぎ》れる。

後に残るのは炎と死体、それから倒壊間際《とうかいまぎわ》の聖堂だけだった。

第二章

王いまし城の箱庭に

ここ瑩国《えいこく》において、首都である匍都《ハイト》は経済的にも、そして政治的にも国の中枢《ちゅうすう》と言える。

それは産業革命を周辺列国より遥《はる》かに早く成し遂げた先進国としての誇りを持つ瑩国の歴史そのものであり、創世より一度たりとも他国の侵略を許したことのない不可侵の証《あかし》であり、まさに誉《ほまれ》と呼ぶに相応《ふさわ》しい都市であるということだ。

だが一方で、その匍都《ハイト》を包んでいるのはまさしく渾沌《こんとん》だった。

まずは街の東部、海岸沿いに乱立する工業地帯。

三十年前には誰《だれ》も想像だにしていなかった煉瓦造《れんがづく》りの無機質《むきしつ》な建造物たちは、屋根の下でただひたすらに機械の歯車を回している。動力源たる煉獄《れんごく》の毒気は日々煉術によって生産され、余剰分を排気口から吐き出し続ける。殆《ほとん》どは西風によって海へと運ばれ消えるが、一部が気流の澱《よど》みと地形のせいで南部の窪地《くぼち》へと溜《た》まり、そこに住む人々に頽廃《たいはい》と病を与えていた。

俗に『灰色街《はいいろがい》』と呼ばれる地域である。

労働者階級の中でも特に、人のやりたがらない仕事を進んで受けざるを得ないほど貧しい者たちが居《きょ》を構えている。工場地域の河川に入っての泥ひばりはまだ恵まれていて、怪《あや》しい物では女衒《ぜげん》や夜鷹《よたか》、更には阿片《あへん》売り、ひいては掏摸《すり》や人攫《ひとさら》いまで。襤褸《ぼろ》を纏《まと》い荒《あば》ら屋に寝起きする彼ら彼女らの健康状態は、工場で働く出稼《でかせ》ぎたちより少しはましといった程度だ。

灰色街とはまったく反対側、北には貴族街がある。

企業の経営者から成り上がった者、地方に先祖からの土地を持つ由緒《ゆいしょ》正しい血統の者、それぞれ素性《すじょう》は様々《さまざま》だが、彼らは工場から出る毒気の影響《えいきょう》もなく、灰色街の下賤《げせん》な輩《やから》の顔も見ることなく、茶を飲み舞踏会《ぶとうかい》を楽しみ悠々《ゆうゆう》快適と社交に勤《いそ》しんでいる。

貴族街と灰色街に挟《はさ》まれ、西側に横たわるのは市民区域。つまり、中産階級の街である。労働者階級の中でも平均的な生活水準の者たち、つまり国民の実に八割の人間が住まうその区域は、自然、匍都《ハイト》の面積《めんせき》の半分ほどを占める。

その一画には『特区《シティ》』と呼ばれる隔離《かくり》地区があった。煉術師組合《ギルド》を含めた国内すべての組合《ギルド》を統括した上で国の商《あきな》いを取り仕切る総合商社『レキュリィの宴《うたげ》』が本部を構える場所だ。たとえ国家機関《きかん》と言えどもここでの横暴《おうぼう》は許されない。治安維持《いじ》すらも『レキュリィの宴』の私設警察《けいさつ》が行っており、貴族が入ってすら無事には済まないともされる。

正確《せいかく》に言うなら——市民区域の一画に『特区《シティ》』があるのではない。逆だ。商売を営む者たちやそれに携《たずさ》わる職人《しょくにん》たちが特区《シティ》の周辺へ集《つど》い、そうして商人たちを取り巻く形で一般市民たちもまたその近辺に居を構え、経済が発展し街が形成されていったという訳《わけ》である。

工業地帯。

灰色街。

貴族街。

市民区域。

その四つが混じり合い、同時にその四つを俯瞰《ふかん》する——甸都《ハイト》の中心部。

およそ二百年ほど前に建立《こんりゅう》された、この国でも有数の歴史を持つ建造物がそこにある。

即《すなわ》ち、王の住まう城。

造られた当時、それは王とともに首都そのもの、ひいては国そのものであった。しかし、今となってはもはや城も王もただの象徴でしかない。

かつての絶対王政時には国家そのものであった『王』は、産業革命の更に二十年ほど前に起きた市民革命によりその権威を失墜《しっつい》させていた。国民が王制を捨て去らず象徴として奉《たてまつ》り政《まつりごと》に利用することを選《えら》んだのは、果たして王家にとって幸いだったのだろうか。

以来四十余年。

今の瑩国《えいこく》において国家機構《きこう》の実質は、城の周囲に建ち並んだ議会堂《ぎかいどう》と庁舎たちである。貴族と市民の一部から選ばれた議員たちが、工業地帯を制御しながら灰色街《はいいろがい》を睥睨《へいげい》し、貴族街におもねりつつも市民街の機嫌《きげん》を取る——それがこの国の政治であり、議会だった。

とはいえ、王とてただの飾り物という訳《わけ》ではない。

王家が完全に排斥されなかったのは、つまり彼の血筋に一定の価値があったからだ。たとえば市民革命時、絶対王政下にあった諸外国の反感を押さえる際《さい》。たとえば煉術《れんじゅつ》発明時、煉獄《れんごく》の力を外法《げほう》とする法王庁から離反《りはん》し新教を設立する際。たとえば現在、生活格差の激《はげ》しい国民たちの感情を愛国心で誤魔化《ごまか》す際。王と王家は要所要所で歴史に大きな影響力《えいきょうりょく》を有している。

この国が体裁的《ていさいてき》に立憲君主制《りっけんくんしゅせい》を標榜《ひょうぼう》しているのは、そんなことが理由だった。

現在の王は、第四ラエ王朝第三代当主、トーマス＝ミル＝ラエ。

フォグの雇い主であると同時に、アルト――アルテミシア＝パロ＝ラエの、父親である。

†

廊下の窓に嵌《は》められた硝子絵画《ステンドグラス》はこの土地に舞《ま》い降りる天使を形取《かたちど》ったもので、それは宗教改革前に国教であった旧教の文化を今に残すものだ。

壁《かべ》と天井《てんじょう》に彫《ほ》り込まれたのは薔薇《ばら》の彫刻。第二期プレップ様式特有のきめ細やかな紋様《もんよう》。ところどころに飾られている東洋の壺《つぼ》やら北方製の版画やらは、異文化らしい風変わりなものではあるが専門家の見立てだけあって城の内装と見事に調和《ちょうわ》している。

敷《し》かれた絨毯《じゅうたん》だけが、建物に比して新しい。一流の職人《しょくにん》の手により拂国《ふっこく》のリスタニア方式で手間をかけて織《お》り上げられており、確《たし》か五年ほど前に取り替えたもののはずだ。

だが、それらの豪奢《ごうしゃ》かつ煌《きら》びやかな諸々《もろもろ》には、どうにも苦手《にがて》意識《いしき》がある。

廊下を粛々《しゅくしゅく》と歩きながら、いつ来てもここは居るだけで疲れる場所だな――と、フォグはそんなことを考えていた。我《われ》ながら不敬である。

ただ実際、自分の着ている安物の貴族服と腰に負った湾刀《わんとう》は、王宮に相応《ふさわ》しい格好《かっこう》とはお世辞《せじ》にも言えない。服装の方は半ば故意ではあったが、せめて武器だけは置いてくるべきだったかと後悔する。ここへ来る度《たび》、いつも後悔している。

つまりまあ、佩刀《はいとう》をやめるつもりはないということなのだけれど。

「……ん、フォグくんか」

廊下を進んでいると、前から来た人物がこっちを認め、声をかけてきた。

骨張った顔つきに立派な顎鬚《あごひげ》を蓄《たくわ》えた老人は、現代的な背広姿《スーツ》で杖《つえ》を片手に悠々《ゆうゆう》と歩いてくると、威圧するようにフォグの前へ立った。

「どうも、メネレック貴族院議員《ぎいん》」

フォグは心中で顔をしかめつつ、笑顔《えがお》で礼をする。

「きみは確《たし》か昨夜《ゆうべ》、仕事だったのではなかったかね？」

わかりきったことを問うてきた彼に、頷《うなず》いた。

「ええ、ですからその報告にあがってきたところです」

「なるほど。朝早くからご苦労」

労《ねぎら》う気配《けはい》など微塵《みじん》も感じられない、皮肉めいた口調《くちょう》。

メネレックは憮然《ぶぜん》として続ける。

「それにしても、まったく陛下にも困ったものだな。きみのような者にわざわざ謁見《えっけん》を許すことなどあるまいに。きみもきみだ、陛下にご拝謁《はいえつ》を賜《たまわ》るのだぞ。なんだね？　そのみすぼらしい格好《かっこう》は。ましてや不浄を腰に差して王宮を歩くなど、下賤《げせん》な……」

「お言葉ですが、メネレック様」

うんざりしたので、フォグは彼の言葉を遮《さえぎ》る。

「あなたからすればみすぼらしいかもしれませんが、僕の身分からすれば正装に足る衣服です。逆に一介の騎士《きし》ごときが着飾ったところで身分不相応なだけでしょう。……それに、不浄とは聞き捨てがたい。これは僕の、陛下に対する忠誠の証《あかし》、陛下に捧《ささ》げた剣です。佩刀は許されているのですから、あなたに咎《とが》められる謂《い》われはありませんよ」

「ふん。口だけは達者だな。なにが騎士だ、卑《いや》しい煉術師《れんじゅつし》め」

忌々《いまいま》しそうにメネレックは吐《は》き捨てた。

「陛下のご厚情に感謝《かんしゃ》するがいい。煉獄《れんごく》の毒気が王宮に染《し》みつかないように気を付けろ」

――まったく。

フォグは密《ひそ》かに溜息《ためいき》を吐《つ》いた。

これで喧嘩を売っているつもりがないのだから、恐れ入る。

メネレックは伯爵《はくしゃく》。先祖代々の、言わば生まれついての貴族だ。そして彼に限らず貴族というのは基本的に、貴族でない人間が人格を持っているとは夢にも思っていない。

だからこういう口調になり、こういう態度になる。一応王属として騎士の身分を持つフォグはこれでもまだまともに扱われている方だろう。もっとも、向こうに言わせれば騎士などは所詮《しょせん》一代限りの、本物の貴族とはとても言えない紛《まが》い物《もの》なのだろうけど。

正直なところ、時代錯誤《さくご》も甚《はなは》だしい行為だと思う。

だから議会《ぎかい》ではいつも、貴族院と国民院で議論《ぎろん》が紛糾《ふんきゅう》する。貴族院の連中の殆《ほとん》どが国民院の主張を理解せず、見当外れな法律や政策ばかりを押しつけることになるのだ。

ともあれ、ここで彼と言い争っても仕方ない。

「はい、それは無論のこと」

フォグが仰々《ぎょうぎょう》しく一礼して道を空けると、メネレックは満足したように鼻を鳴らし、再び歩《ほ》を進め始める。何のことはない、単に難癖《なんくせ》をつけたかっただけなのだ。

通り過ぎていった老人の後ろ姿を一瞥《いちべつ》しつつ、顔を上げた。

今のは少し大人《おとな》げなかったかもしれないと反省する。

メネレックは確《たし》かに伯爵《はくしゃく》だし、彼自身は恐らくその地位をたいしたものだと思っているに違いないのだが、今の瑩国《えいこく》はあくまで立憲《りっけん》君主制である。政治的な観点《かんてん》から見れば彼は貴族院に属する議員のひとりでしかなく、派閥《はばつ》の中でたいした影響力《えいきょうりょく》も持っていない。つまり、有《あ》り体《てい》に言ってしまえば『ただの一票』に過ぎないのだ。

身分自体はそこそこ高いから王の覚えだけは多少めでたいが、国家を裏で動かす立場にはない。フォグのことも、表向きの立場——王宮付きの煉術師《れんじゅつし》としか思っていないはずだ。

そしてだからこそ、フォグは彼と面倒《めんどう》を起こす訳《わけ》にはいかなかった。

適当に彼のご機嫌《きげん》を取ってやり過ごすのが一番いい。それができずについ噛《か》みついてしまった。自分は少し、苛立《いらだ》っていたのかもしれない。

玉座《ぎょくざ》の間で、突き上げを食らったばかりなのだ。

さっきまでフォグをあげつらっていたのは、メネレックのような小物とは違う。貴族院の中でも王権派のお偉方《えらがた》、つまり議会で多大な影響力を行使できる者たち数名だった。爵位も伯爵どころではない。公爵、ひいては大公爵。つまり王家と姻戚《いんせき》関係にある者たちばかり。当然、フォグがただの騎士《きし》ではないことも、アルトの素性《すじょう》も知っている。

もちろん彼ら彼女らといえど、現在のこの国で何もかもを自由にはできない。王権派議員をすべてまとめても貴族院の四分の一。国民院を含めれば全議席数の六分の一しか動かせない計算だ。フォグのような者に対して必死に発破《はっぱ》をかけるのもそれを自覚しているからだろう。

昨夜《ゆうべ》のことだ。

かねてより諜報部《ちょうほうぶ》が調査《ちょうさ》していた、過激派《かげきは》による破壊《はかい》活動の計画が明らかになった。それは新教の聖堂に対する無差別破壊。目論《もくろ》んでいるのは、大企業による国民からの搾取《さくしゅ》を憎む極左思想者たちだという。企業を標的にしているのに何故《なぜ》聖堂を爆破《ばくは》しようと思ったのかは理解しがたいが、恐らく、煉術《れんじゅつ》の使用を正当化する新教も敵だと見なしたのだろう。……一方で爆破に煉術を使うというのが矛盾《むじゅん》している気もするが。

とにかくその破壊活動を未然に防ぐため、王属煉術師が鎮圧《ちんあつ》に駆《か》り出された。

本来なら警察軍《ヤード》が対処すべき案件のはずだが、王宮の権力を拡大したい議員《ぎいん》たちが『新教の教主は国王なのだから王属軍が主導《しゅどう》すべき』と我《が》を通したらしい。結果、フォグとアルトも王属煉術師《れんじゅつし》として街外れの聖堂のひとつへと出動する羽目《はめ》になった。

そこまではいい。

問題は――アルトが、聖堂を焼き払ってしまったことである。

爆破《ばくは》計画を未然に防ぐため出動させたら、その者の手で建物が全焼したという訳《わけ》だ。これほど本末転倒な話もない。警察軍《ヤード》に対する王権派の面目は丸潰《まるつぶ》れだろう。

そうして一夜明け、フォグは彼らのお叱《しか》りを受けることになった。ねちねちとした説教とそれから恫喝《どうかつ》でたっぷり二時間。王の朝の執務がなければまだ解放されていないかもしれない。

だが実際のところ、フォグからしてみればそのお叱りもまた予想していたことでもある。

つまりフォグは昨夜《ゆうべ》、アルトに、半ば故意に聖堂を焼かせたのだった。

昨夜、聖堂に集まっていた過激派《かげきは》集団を前にして、自分はアルトに言った。

――やり方は問いません。あなたの好きなようにやっていいですよ、と。

高濃度《こうのうど》結晶化した『灼き水《シエナ6》』を弾丸にして放つ――アルトが飾り気もなく単純に『ほのお』と呼ぶあの術は、彼女の得意であり、対多数戦闘《せんとうじ》時の手癖《てくせ》みたいなものだ。そして彼女には、建物を無傷にことを済ませようなどという判断力など皆無である。

好きにやれ、と言えばあれを使うのはわかりきっていたし、その結果聖堂がどうなるかに至っては、フォグにとって自明以前の問題だった。

それをした理由はただひとつ。

こんなことにアルトを使って欲しくないからだ。

国王のために働くのはまだ許せる。王が今の地位を守ることはアルトの安全に繋《つな》がるし、何より彼女自身もそれを望んでいた。だが王権派の権力拡大のため、しかもこんな些事《さじ》にアルトを引っ張り出すなど、冗談《じょうだん》ではない。

アルトが煉術師として働き始めてから二年近くになる。本来は、王がどうしても彼女の力を必要とした時にだけそうするという、言わば最終手段だったはずだ。けれど最近はどうも、その勅命《ちょくめい》が気軽に出されてしまう傾向があった。理由はわかっている。王権派の中で、王個人の立場が弱くなってきているせいだ。

今回はそれに釘《くぎ》を刺す意味で、王権派に対して牽制《けんせい》を行った形になる。

つまり、アルトをお前たちの自由にできると思うな、と。

確《たし》かに彼女は優秀《ゆうしゅう》な煉術師だ。呼吸をするように毒気を練《ね》り、第二冠《だいにかん》以上の煉術を単独起動できる、恐らくはこの国でも三本の指に入る実力を有しているだろう。

だけどそれは、彼女自身が望んだことではない。

彼女の力はすべて、身体《からだ》の裡《うち》に煉獄《れんごく》の扉を持つという特異体質が原因だ。自分では制御できないその扉のせいで常に高濃度の毒気を発散し続け、近寄る者を死に追《お》い遣《や》る呪《のろ》われた身体。

産みの母をも殺し、王族でありながら——いや、王族に生まれてしまったからこそ——地下牢《ちかろう》に幽閉《ゆうへい》され、挙《あ》げ句《く》、権力闘争《とうそう》の道具に使われている。

自《みず》らを中心とした派閥《はばつ》の中にあってなお我《が》を通すことができない王には少しばかり同情しないでもない。だが、彼がアルトに対しての防波堤となってくれないのであれば、仕方ない。せいぜい、使いにくい厄介者《やっかいもの》だと思われておけばいい。聖堂の爆破《ばくは》を防ぐために焼き払ってしまうような存在であれば、少しは王権派もアルトを使うのに躊躇《ちゅうちょ》するだろう。

まあ、お目付役である自分がこうして長々と説教を受ける羽目《はめ》にはなるのだけど。

とにかく朝から疲れた。

幸い、今日《きょう》はもう午後まで用事はない。自分の家に一度帰って、それから塔に行こうか。

そんなことを考えながら、城の中庭へと出た。

中央に苑池《えんち》のある、小さいながらも雅《みやび》な風景式庭園だ。芝生《しばふ》も花畑も手入れが行き届いており、大理石で造られた純白の橋が苑池を飾ってもいる。

その橋の上にいた少女がこっちを認めて嬉《うれ》しそうに飛《と》び跳《は》ねた。

「フォグさま！」

長く伸びた亜麻色《あまいろ》の髪は父親譲《ゆず》り。柔和《にゅうわ》な顔立ちはどちらかといえば母親似だろう。けれどその笑顔《えがお》はいかにも快活そうで、十二という年齢《ねんれい》相応のやんちゃさがある。繊細《せんさい》な刺繍《ししゅう》の入った衣裳《ドレス》は地味ながら品がよく、ともすれば身分に比して質素にも見える。

行儀《ぎょうぎ》が悪いとたしなめた方がいいのだろうかと、フォグは少し迷う。が、彼女は恐らくそんなお説教など聞きもしないだろう。その証拠《しょうこ》に、一緒《いっしょ》に池を見ていた貴族が慌《あわ》てて止めるのも構わず、こっちへと走ってくる。

「危ないですよ」

フォグは一応、注意だけはしておいた。

やっぱり聞きはしない。

「おはようございます！　ご機嫌《きげん》、いかが？」

少女——瑩国《えいこく》の公式第一王女、マーガレット＝パロ＝ラエ——は、フォグの面前で勢いよく立ち止まると、そのまま裙《スカート》の裾《すそ》をつまんで礼をした。みっちり仕込まれているのだろう、直前までのお転婆《てんば》から一転、実に様《さま》になっている。

「マーガレット様こそ、ご機嫌麗《うるわ》しく」

フォグも丁寧《ていねい》に一礼した。が、

「もう、またそんな他人行儀に。マグと呼んでくださいっていつも申しているのに」

マーガレットは唇を尖《とが》らせ、不満げな顔をする。

「何度も申し上げますけど、姫様。僕は一介の王属煉術師《れんじゅつし》、ただの騎士《きし》身分です。本来、姫様が僕のような者にこうして気安くするなど……」

「池に行きましょう？　昨日《きのう》、お父様《とう》が新しい魚を放してくださったのよ」

二度目の注意もまるで無視された。

「ね、ほら！」

それどころか、遠慮《えんりょ》なくフォグの腕に手を回してくる。

「草魚《そうぎょ》っていうんですって。うんと東の大きな国が生まれ故郷なのよ」

「いや、その……」

彼女は昔からこうなのだ。

どういう訳《わけ》かフォグのことがお気に入りらしく、会う度《たび》にこうしてじゃれついてくる。子供の頃《ころ》はまだよかったが、そろそろ彼女も異性との付き合い方をわきまえる年齢《ねんれい》である。ましてや王族、醜聞《しゅうぶん》などと思われでもすればこっちの身までが危ない。

「あの、姫様」

そんなにくっつかれると僕が怒られます、と言おうとしたが、遅かった。

「おい、下郎。不敬だぞ……マーガレット様から離《はな》れろ」

さっき彼女と一緒《いっしょ》に池のそばにいた貴族がようやく追いついてきて、マーガレットに引っ張られるフォグの前に立ちはだかり、睨《にら》んでくる。

こちらも馴染《なじ》みの顔だった。

名をキアス＝メネレックという。年齢《ねんれい》は十六。名字《みょうじ》通り、メネレック伯爵《はくしゃく》の孫《まご》である。

「どうも。さっきそこでお祖父《じい》様にお会いしましたよ」

フォグは頭を下げたが、相手は忌々《いまいま》しげに舌打ちするのみ。鋭《するど》い視線《しせん》と細い目鼻立ちがうんざりするほど祖父によく似ていた。

そういえば、以前聞いたことがある。

メネレック伯爵《はくしゃく》はもっと上、つまり公爵《こうしゃく》か大公爵の地位を欲しがっていて、そのために自分の孫とマーガレット王女との婚姻《こんいん》を画策している、と。

時代錯誤《さくご》も甚《はなは》だしい。爵位などもはや意味のない時代なのに、昔が忘れられずにかつての栄光を取り戻そうとでもいうのか。莫迦《ばか》げているとしか言《い》い様《よう》がない。

そもそも、王家の政治的地位をこれからも保っていくためにはマーガレットが他国のやんごとない血筋から婿《むこ》を取るのが必須《ひっす》条件といえる。国内の貴族と婚姻などしても国民の求心力は得られない。確《たし》か王もそのつもりだったはずだ。

だがこの孫はどうも、祖父の妄言《もうげん》を真《ま》に受けてしまっているらしい。

「離《はな》れろと言っているんだ、下郎！　いつまでもそのつもりなら……」

まるで王女を守る騎士《きし》のつもりか、フォグに対してあからさまな敵意を見せてくる。

「勘弁してください、キアス様」

フォグは苦笑しつつ、マーガレットの手をやんわりとふりほどいた。

実際、この王女になつかれるのはまったく本意ではないのだ。

立場的なものもあるが、もっと別の、つまり心情的なものが大きい。

何故《なぜ》ならフォグにとって、本来、第一王女としてこの庭園で無邪気にはしゃいでいるべきはマーガレットなどではないという思いがあるからだ。

先代王妃との間に生まれた、真の第一王女——腹違いの姉であるアルトの存在を、彼女は知らない。正確《せいかく》には、会ったことはあるがそれが自分の姉であるとは露《つゆ》ほども想像していない。

フォグと同じ立場の人間、つまり父親の下で働く王属煉術師《れんじゅつし》だと思っている。

もちろんそれはマーガレットのせいではない。後から生まれた彼女に、罪はない。

だけどやはりアルトの世話役である自分は、彼女と仲良くはできないと思うのだ。

「僕は卑《いや》しい煉術師。お情《なさ》けで騎士待遇を与えられた、下賤《げせん》の者です」

フォグは笑い、一歩下がって恭《うやうや》しく礼をした。

「姫様にこうして覚えめでたくして頂いているだけでも望外のこと。それにここは王宮内です。淑女の護衛《エスコート》が誰《だれ》のお役目かは自明でしょう、次期伯爵様」

王宮に表だっての出入りを求められ始めて二年。

こうして心にもないことを心にもない顔で口にするのにも慣《な》れた。たとえ権力の大半が議会《ぎかい》に移ったといっても、城中は未《いま》だ前時代の理屈がまかり通っている。作り笑顔《えがお》と下げる頭は処世術として必須《ひっす》なのだ。もちろん、面従腹背《めんじゅうふくはい》ではあるけれど。

「ふん、覚えめでたいだと？　ふざけたことを言うな。貴族の生まれでないだけならまだしも親すら知れぬ薄汚《うすぎたな》い孤児が……貴様《きさま》など、陛下と姫様の手慰《てなぐさ》みに過ぎん」

それでもキアスは腹の虫が治まらないようで、祖父譲《ゆず》りの皮肉を吐き捨てる。ただしこちらは敵意満々だ。そういう意味ではまだ孫《まご》の方が厄介《やっかい》なのかもしれない。

言い争うつもりはなかった。彼に言われたことは実際、なにひとつ間違ってはいない。親もおらず血筋すら定かでないような自分が、城の外庭に小屋を構えることを許され、あまつさえ騎士《きし》身分まで与えられているのだ。王の酔狂《すいきょう》で飼われていると蔑《さげす》まれるのも当然である。

フォグは笑顔《えがお》を崩《くず》さずに「それでは」と一礼、踵《きびす》を返し中庭を突っ切ってその場を辞《じ》す。我《わ》が儘《まま》を無視されたマーガレットは不満げだったが、元々が明るい、言い方は悪いが能天気な性格をしている。今日《きょう》の無礼もあと小一時間もすればすぐに忘れてくれるだろう。

「やれやれ」

中庭を出てふたりの姿が見えなくなったところで、フォグはひとりごちた。

「……うちの姫様とは、大違いだ」

言葉とは裏腹、表情が緩《ゆる》んでいるのがわかる。彼女のことを考えるといつもそうだ。

やはり僕は——三歩歩く度《たび》に皮肉を躱《かわ》さなければならない王宮の中庭よりも、闇《やみ》深く降りた檻《おり》に囲まれた塔の箱庭《はこにわ》の方が性に合っているのだな、などと思った。

†

慰霊塔《いれいとう》とその周囲にある庭園の管理全般を任されている侍女《メイド》。

それが、王宮におけるイオ＝テリーヌの対外的な立ち位置だ。

もちろん庭園に勤《つと》める専任の庭師は至って真面目《まじめ》で、イオが管理せずとも怠《なま》けたり仕事に手を抜くことはまったくない。慰霊塔もあと二十年は人の手が入らなくて問題ないから、いつ必要になるともしれない大工仕事の見積《みつ》もりなどしても無駄《むだ》なだけ。故《ゆえ》に傍目《はため》から見ればこれはとんでもない閑職《かんしょく》であり、十五の齢《とし》から九年近くこの地位に就《つ》き続けている彼女は、同僚《どうりょう》の侍女《メイド》たちからやっかみ半分、哀《あわ》れみ半分の目で見られることが多い。何せ楽をして給料をもらう代わりに、城に出入りする貴族に見初《みそ》められて玉《たま》の輿《こし》に乗る可能性がまったく皆無なのだ。親しい友人からは、人生詰《つ》んだ女、などと揶揄《やゆ》されることもある。

無論《むろん》、それはまったくの誤解だ。それも、解く訳《わけ》にはいかない類《たぐい》の。

イオの仕事は——もちろん慰霊塔と庭園の管理もあるにはあるのだが——本来、もっと重要で、かつ命がけのものだった。だからこそ慰霊塔の傍《そば》に専用の住居を与えられているし、給金も侍女長《メイド》とは比べものにならないほど高額《こうがく》なのだ。

即《すなわ》ち、塔の地下に暮らす瑩国《えいこく》第一王女、アルテミシアの身の回りの世話である。

生まれながら身体《からだ》の裡《うち》に煉獄《れんごく》への扉を持ち、呼吸するように高濃度《こうのうど》の毒気を発散する悲劇《ひげき》の姫は、王族であったが故に死なせられもせず、かといって公《おおやけ》に存在を知られる訳《わけ》にもいかず、こうして地下深くでひっそりと生活させられている。

イオが高い給料をもらっているのは、自身の生命の値段と口止め料という意味もあった。アルテミシアの世話をするということは、工場などとは比べものにならない濃度の毒気を日々吸い込み続けるということでもある。更には絶対に秘密を露呈《ろてい》させる訳にはいかない。公式には死亡したことになっている第一王女が生きているのが、ましてや父親たる国王の手によって地下に幽閉《ゆうへい》されているのが世間に知れたら、国がひっくり返るほどの醜聞《しゅうぶん》になる。

とはいえ実際のところ、イオは自分のこの役目に不満を持ってはいなかった。

それどころか、楽しくてたまらない。

理由はふたつある。

まずひとつめは、この仕事が自分にとって天職《てんしょく》と思えるから。

イオは煉獄《れんごく》の毒気に対して、数万人にひとりとも言えるほどの高い耐性を持っていた。彼女も地方者の例に洩《も》れず十二の歳《とし》から三年間工場に勤《つと》めたのだが、周りがばたばたと死んでいく中でぴんぴんしていたし、工場勤めの後に受けた煉術師《れんじゅつし》の適性試験《しけん》にも高い数値を示した。

毎日煉術を使い続けても六十まで生きられるだろう、と言われたほどだ。

だが、イオは煉術師になるのがどうしても厭《いや》だった。戦うのが恐《こわ》かったし、自分はそれほど頭がよくないというのはわかっていたからだ。頭が悪く毒気への耐性が高い煉術師の末路は悲《ひ》惨《さん》である。出世もできず、ただひたすら、殺されるまで戦い続けるのみ。毒気が寿命を蝕《むしば》まなくても剣に貫かれれば元も子もない。

かといって、田舎《いなか》に帰っても家族の食《く》い扶持《ぶち》を減らすだけだし、手に職《しょく》を付けるほどさした る特技もない。困り果てていたそんな折、彼女は国から声をかけられたのだった。しかも仕事 は、少女ひとりの世話。喜んで飛びつくしかないではないか。

ふたつめの理由は、その『少女』――アルテミシアだ。

初めて彼女に引き合わされたのは、工場勤めを終えて二カ月後だった。今考えればもし仕事 を断っていたら口止めのために殺されていたんじゃないかと思うがまあそれはそれとして、彼 女に出会った瞬間《しゅんかん》、イオは天啓《てんけい》を得たかのような衝撃《しょうげき》を受けた。

有《あ》り体《てい》に言えば、めちゃくちゃ可愛《かわい》かったのである。

透《す》き通るような銀髪《ぎんぱつ》は、市民区域の商店に陳列されていた人形ががらくた同然に霞《かす》むほどの 美しさだった。日に当たらず育った細い手足と肌は白磁《はくじ》のようで、滑《なめ》らかさに目が眩《くら》むよう。 整《ととの》った目鼻立ちはいつか肖像画で見た先代王妃にそっくりで、気品の中にも愛嬌《あいきょう》があり、同時 にうっとりするような魅力《みりょく》を持っていた。

身体《からだ》から立ち上る甘い毒の香《かお》りも、高貴さを引き立てているのではとすら思えたほどだ。

九年前からこっち、イオはアルテミシアに魅了されてしまっている。日々成長し、それに伴 いどんどん美しさを増していく彼女に拝謁《はいえつ》するのは天上の幸せとすら言っていい。

それはむしろ崇拝《すうはい》に近かった。或いは、アルテミシアの身体に流れる支配者の血が自分を引 きつけているのかもしれない――父親の血筋はもちろん、母である前王妃もまた王族。東の大陸にある拂国《ふつこく》王家の出である。

残念なのは、いかなイオであっても牢獄《ろうごく》の中に立ち入るのが叶《かな》わないということだ。

塔の地下最深部はどうにか耐えられるが、アルテミシアの暮らす檻《おり》の向こうは毒気の濃《こ》さが更に段違いで、それは耐性の高いイオの身体をも蝕《むしば》むほどだった。五米《メートル》の距離《きょり》に近付けはしても、触れることができないのは本当にもどかしい。

もっとも王族に触れるなんてそんな恐れ多い真似《まね》、仮に毒気がなくてもできたとは思えないが。田舎《いなか》育ちなのでそういうところは気が小さい。

そうして——アルテミシアの背負った悲劇的《ひげきてき》な体質を気にするほどの想像力もなく、イオ＝テリーヌは今日《きょう》もまた、塔の地下、牢獄へと、鼻歌交じりで朝食を運びに行く。

城の調理場《ちようりば》から届けられたのは麵麭《パン》と南瓜《かぼちゃ》の汁物《スープ》。名目上は前王妃への供え物であるそれは、日に三度作られてイオに手渡される習慣《しゆうかん》である。

と、木籠《バスケット》を両手に塔へ入ろうとした時、背後から自分を呼ぶ者があった。

「イオさん」

いつもの少年の声だった。だから振り返り、応《こた》える。

「あら、おはようフォグ」

フォグは自分と同じく、アルテミシアの世話係である。ただしイオが生活全般の面倒《めんどう》を見るのに対し、彼は遊び相手という役割だった。

「昨日《きのう》はお疲れさま。仕事、大変だったんじゃないの？」

イオは問うた。口調《くちょう》は気安い。

実際、もう長い付き合いだった。九年ほどになる。

彼はイオよりも更に類《たぐ》い稀《まれ》な、煉獄《れんごく》の毒気に対して完全な耐性を持つ人間。つまり、アルテミシアに触れても命を縮《ちぢ》めずに済む、現在のところ唯一《ゆいいつ》の存在だ。

最初のうちはそのことに嫉妬《しっと》もしたが、アルテミシアが喜ぶ姿を見るにつけ、考えは改まっていった。今ではイオにとって、秘密を共有できる大事な友人になっている。

フォグは笑い、頷《うなず》く。

「むしろ今朝《けさ》の方が疲れましたよ、王宮へ呼び出しで。ついでに寄ったんです」

「いいんじゃない？　アルトも喜ぶわ」

アルテミシアのことを、イオとフォグは対外的にそう呼んでいる。

この渾名《あだな》を付けたのはイオだ。

本来、アルテミシアという名には『ミーシャ』という愛称を使うのが普通である。が、生まれてすぐ身罷《みまか》った第一王女『アルテミシア』の名は既《すで》に知れ渡ってしまっているからそう呼ぶ訳《わけ》にもいかない。そこで、敢《あ》えて風変わりに略し、更に敬称を付けないことで外でも名を口にできるようにしたのだ。幸いなことに、アルテミシアも嫌《いや》がっていない。

もちろん塔の中では『アルテミシア様』もしくは『姫様』と呼んでいるが、フォグは変わらず『アルト』で、それはこの少年に対してイオが感じている数少ない不満のひとつである。

鍵束《かぎたば》を出し、塔の入り口を開けた。フォグとふたりで並んで入っていく。

もちろん、地上一階から上りの階段——屋上には前王妃の慰霊碑《いれいひ》がある——へ進むのではなく、隠《かく》し扉から地下へと進む。

螺旋《らせん》階段は長い。自然、ふたりは気の抜けたどうでもいい会話を始める。

「それ、朝食ですか？」

「そうよ」

「中は？」

「いつも通り。麺麭《パン》と汁物《スープ》。南瓜《かぼちゃ》」

「また南瓜ですか。昨日《きのう》もだったじゃないですか」

「なんか、仕入れすぎたって言ってたわ、リットン料理長が。幾《いく》ら向こうは供え物って思ってるからって、さすがにちょっと手を抜き過ぎとは思うけど」

「言ってみたらどうです？」

「供え物に趣向《しゅこう》を凝《こ》らせって？　あのねフォグ、あんた私の頭が疑われてもいいの？」

「アルトが飽《あ》きます。それに比べれば、イオさんの頭の具合が疑われるくらいは、まあ」

「……言ってくれるわねあんた」

この少年はとにかく何につけても、すべてがアルテミシア優先《ゆうせん》なのだった。

「ま、いいわ。疑われときますわよ。あ、前王妃様の御霊《みたま》に気を遣《つか》え、って言えばいいのかな？　熱烈《ねつれつ》な信奉者と思われるかもしれないけど」

しかしそれは、自分も同じである。

「拂国《ふっこく》の血でも入ってるってことにすればいいんじゃないですか？」

冗談《じょうだん》で混ぜっ返すフォグに、笑った。

「ますます頭が疑われるだけよそれ」

イオの緑《みどり》がかった茶色《ちゃいろ》い髪は、瑩国《えいこく》南部に住まう山岳民族の特徴が強く出ている。金髪碧眼《きんぱつへきがん》の多い拂国民とは似ても似つかない。

「とにかく、明日《あした》は違う奴《やつ》で頼みますよ」

「だから私に言わないでって。責任持てないわよ」

「それもイオさんの仕事ですよ」

「あんたねえ……」

そんな気の抜けたお喋《しゃべ》りをしつつ、螺旋《らせん》階段を下りていく。

今日《きょう》のような晴れた日には明かり取りの窓から射《さ》す光がそれなりにあって、松明《たいまつ》がなくても足許《あしもと》がなんとか見える。もっとも、この階段を毎日のように上り下りしているイオは、もはや目を閉じていても足を踏み外すことはないだろうけれど。

やがて階段を下りきって、最下層——アルテミシアの部屋《へや》へと到着する。

慣《な》れというのは恐ろしいもので、この牢獄《ろうごく》を『部屋《へや》』と呼ぶのに違和感を持たなくなって久しい。出入り口に取り付けられた鉄格子《てつごうし》も、アルテミシアが起きている時にだけ火が点《つ》く壁《かべ》の燭台《しょくだい》も、もはやすべてが不気味なものではなくなっている。

自分も部屋の中に入れればもっといいのに、とは思う。それは叶《かな》わぬ夢でもあった。部屋の前にいてすら甘い花の匂《にお》いはむせ返るようで、あまり深く吸い込むと気分が悪くなる。無理矢《むりや》理《り》それを我慢《がまん》して彼女を抱《だ》き締《し》めることはできるが、一回の抱擁《ほうよう》でたぶん三日は寝込み寿命が三年は縮《ちぢ》むだろう。イオ自身はともかく、アルテミシアがそれをよしとはしない——優《やさ》しい娘なのだ。

だから、あとは背後にいるもうひとりに託すことにする。それを知っているのは、自分を含めてふたりだけだけれど。

鉄格子の鍵《かぎ》を開け、振り返り、木籠《バスケット》を差し出した。

「はい」

「じゃあ、あとよろしく」

†

イオに開いてもらった扉を開け、フォグは牢獄の中へと踏み入った。

ここには、地下にありがちな黴臭《かびくさ》さがない。暗闇《くらやみ》を好む虫の類《たぐい》もいない。原因は立ち込めた花の香《かお》り――つまり煉獄《れんごく》の毒気が強すぎて、黴や虫すらもが生きていられないのだ。あちらの世界の大気は、人間だけでなく動物や植物を含めた生物すべてに害を及ぼす。例外は、完全な耐性を持つアルトと自分のみ。

「アルト?」

暗闇《くらやみ》の中、姿が見えなかったので名を呼ぶが返事はない。一歩進むごとに濃《こ》くなる甘い匂《にお》いを吸い込みながら、寝台《ベッド》の前に立った。

薄《うす》い布団《ふとん》にくるまって、彼の王女は静かに寝息をたてていた。

寝ている時ですら、彼女の身体《からだ》の裡《うち》にある異界への扉は閉じることがない。アルトの意志では制御できず、常にあちらとこちらを繋《つな》ぎ、毒気を放出し続けている。

つまり、彼女自身が鍵器《けんき》のようなものだ――それも、引き金が入ったままの。

国中を探しても前例がない特異体質、らしい。

そもそも煉獄の扉は、現世において特定の条件を満たした時にのみ開かれる。

条件を満たす因子は複雑多岐《ふくざつたき》に亘《わた》る。たとえばある気温と湿度の下で。たとえばある強さの磁気《じき》によって。たとえばある物質の組成構造に導《みちび》かれて――条件すべてが解明されている訳《わけ》ではないが、基本的には場所や物質に依存していることが多い。

古来より瓦斯《ガス》洞穴《どうけつ》と思われていた場所が実は、などというのはよくある話だし、煉術師《れんじゅつし》の武器に内蔵《ないぞう》された鍵器などは、煉獄の扉を内包する構造を持った特殊合金を加工して作られている。その合金の内部に存在する扉は衝撃《しょうげき》に呼応して開く特性があり、故《ゆえ》に鍵器には、撃鉄《げきてつ》と連動する釦《ボタン》や引き金、把手《とって》などが備え付けられているのが一般的だ。

アルトの場合、彼女の身体《からだ》の構造そのものが条件を満たす因子らしい。

著名な研究者に何度か調《しら》べさせたが、正確《せいかく》にはわかっていない。内臓《ないぞう》の配置か、血流か、細胞の状態か、もしくは血脈か、ひいてはもっと根源的な、魂の形とでも言うべきものか。そうした、身体と心を形作る要素の複数が絡《から》み合い――煉獄への扉を繋《つな》げ、しかもその扉を開きっ放しに保っているのでは、と考えられている。

母親の胎内《たいない》にいた時からそうであったから、彼女自身は煉獄の毒気に害されるということがない。もし耐性がなければそもそも生まれる前に死んでいた。完全な耐性は、身体の裡《うち》に扉があったから必然的に身に付いたのか、或いは奇跡に奇跡が重なったのか。

ちなみに、自身から立ち上るこの噎《む》せ返りそうな甘い香《かお》りをアルトは自分で知覚できない。それどころか、煉獄の毒気の中にあって彼女の嗅覚《きゅうかく》はごく正常に働くのだった。

その証拠《しょうこ》に、彼女は傍《そば》に立ったフォグの気配《けはい》ではなく焼きたての麵麭《パン》の香りで目を覚ました。薄《うす》く目を開け、こっちを一瞥《いちべつ》し、

「……いいにおいがする」

目を擦《こす》りながら、ゆっくりと寝返りを打つ。

「おはようございます、アルト。朝ご飯ですよ」

「ん」

アルトは上半身を起こした。

枕《まくら》に拡《ひろ》がっていた長い髪が、まるで水銀《すいぎん》を散らしたかのように背中へ流れ落ちる。

「ご飯、何？」

「麺麹《パン》と、それから南瓜《かぼちゃ》の汁物《スープ》です」

それでもまだ寝ぼけ眼《まなこ》のまま、眉《まゆ》を少ししかめ、

「お水が飲みたいわ」

フォグはその要望に応《こた》えるべく、木籠《バスケット》を布団《ふとん》の上に置いて踵《きびす》を返した。

寝台《ベッド》の枕元にある棚《たな》、そこに置かれた硝子盃《コップ》を手に取ってから、部屋《へや》の隅に備え付けられた井戸へ。手押し喞筒《ポンプ》を使って硝子盃《コップ》に水を注《つ》ぐ。

既《すで》にアルトは木籠《バスケット》の中から取り出した麺麹《パン》を囓《かじ》っていた。

水の入った硝子盃《コップ》を手渡すと、眠そうな顔をして言う。

「髪、梳《す》いて」

いつもの習慣《しゅうかん》だった。

棚の引き出しを開けて櫛《くし》を取り出す。背後へ立ち銀色《ぎんいろ》に歯を通した。まるで水を掻《か》いているかのように、櫛はするりと髪を流れていく。梳く必要など、本当はないほどに。

少しの間そうしていると、やがてアルトが肩を小さく動かす。もういい、という合図だ。

フォグは櫛を置いた。

「麵麭《パン》だけじゃいけませんよ」

木籠《バスケット》の中で汁物《スープ》の入った陶器が手つかずになっているので、それとなく注意した。

「いらない」

唇を尖《とが》らせるアルト。

「昨日《きのう》も同じだったじゃない。それに私、南瓜《かぼちゃ》は嫌いだわ。だって甘いもの」

「甘いって、砂糖《さとう》菓子は好きじゃないですか」

「黄色《きいろ》くて甘いのは厭《いや》なの」

「どういう言《い》い訳《わけ》ですか……」

彼女のこうした我《わ》が儘《まま》はいつものことだ。というよりも、基本的にアルトはフォグに対して聞き分けるということがない——外で煉術師《れんじゆつし》として働いている時を除いては。

無理もない、とは思う。

アルトの世界は狭い。

日々を過ごすのはこの薄暗《うすぐら》い地下牢《ちかろう》、殆《ほとん》ど外に出ることがない身だ。

実際、煉術師として働き始める二年前まで——外の世界に関するアルトの知識《ちしき》は書物で得たものしかなかった。空も月も太陽も街も、彼女にとっては空想の中の出来事だったのだ。

もっともこれは、現在でも大差はない。地上へ出る時には必ず任務を帯《お》びている。ゆっくりと外を散策する余裕などなく、空や太陽や月や街を見ることはあっても、ただそれだけ。

背伸びしながら蒼穹《そうきゅう》を見上げる楽しさも知らず、陽光の眩《まぶ》しさに眼を細めたりもしない。月明かりを浴びて歩くのは夜の散歩ではなく暗殺へ赴《おもむ》くため。出歩く時に眺める街並みにしても、そこに住む人々は風景と同じただの物体くらいにしか思っていないだろう。

それは、敵に対しても同様だ。アルトは戦った相手を殺すことにまったく抵抗がない。大事にしていた人形が壊《こわ》れた時の方がまだ心を痛ませるくらいだ。

今も昔も、アルトが『他者』として尊重するのは、たった三人だけだった。父親である王、侍女《メイド》のイオ、それから世話役の自分。中でも、本当の意味で心を通わせられるのは——触れ合うことのできるのは——たったひとりだけ。

だからこそ、アルトはフォグにすべてを見せる。

牢獄《ろうごく》にいる時には我が儘を。外にいる時には従順さを。傲慢《ごうまん》に振《ふ》る舞《ま》うこともあればやけに弱気であったり、屈託のない笑顔《えがお》を浮かべることもあれば陰鬱《いんうつ》に機嫌《きげん》を悪くすることもある。本来、普通の人間が広い社会の中で使い分ける様々《さまざま》な顔を、ひとりの個人にさらけ出すのだ。

「まったく……お昼になって、お腹《なか》が空《す》いたただなんて言わないでくださいよ」

だからフォグは、いつもその我が儘を通させてしまう。

ちなみに『南瓜が嫌い』というのはこの場限りの嘘《うそ》である。アルトの嫌いなものは日によって、気分によって変わる。要するに何となく気に入らないから駄々を捏ねているという、言ってみればちょっとした鬱憤《うっぷん》晴らしなのだった。

食事を終えると、アルトは寝台《ベッド》から立ち上がった。

ようやく本格的に目が覚めたらしい。

牢獄《ろうごく》の中を見渡し、壁《かべ》に備え付けられた燭台《しょくだい》のひとつひとつに視線《しせん》を合わせていく。花の香《かお》りが濃《こ》くなり、蠟燭《ろうそく》に次々と炎が灯《とも》った。

そして部屋《へや》が明るくなった後、中央にある揺《ゆ》り椅子《いす》へと腰掛け、

「ね、フォグ」

期待で胸をいっぱいにした顔で、彼女は尋《き》いてきた。

それは任務で外に出た次の日に必ず行われる、お決まりの質問だった。

「昨日《きのう》のお仕事……お父様《とう》は何て仰《おっしゃ》っていた？」

とても無邪気に、まるで子供のように。

何故《なぜ》ならそれはアルトが考える、自《みずか》らの存在理由だからだ。

父親に、褒《ほ》めてもらうこと。

抱かれたことも頭を撫《な》でてもらったこともなく、ましてやこの地下に来たことすらなく、ごくたまに行われる謁見《えっけん》ですらも親子としてではなくあくまで王と配下の煉術師《れんじゅつし》として。それなのにアルトはいつも、父を慕《した》い、愛している。

だからフォグの答えは、いつだって決まっているのだ。

「ええ」

結果はどうあれ。

「陛下は、たいへんお喜びでしたよ」

たとえ今日《きょう》のように、王が「あまり余を困らせるな」などと言っていたとしても――。

「本当？」

「もちろんです。アルテミシアはよくやってくれている、と」

「そう。よかったわ」

喜びを噛《か》み締《し》めるように、揺《ゆ》り椅子《いす》の上で膝《ひざ》を抱え丸まって、ふふ、と。

嬉《うれ》しそうに、本当に嬉しそうに、アルトは笑う。

胸が痛まない訳《わけ》がない。自分の言葉は、態度は、何から何まで嘘《うそ》まみれだ。

もし昨夜《ゆうべ》フォグがアルトに『好きにやれ』と言わなければ、聖堂が燃《も》えていなかったら、王はアルトを玉座《ぎょくざ》の間に寄越《よこ》して、言葉のひとつでもかけていたかもしれない。

その未来と機会《きかい》を奪《うば》ったのはフォグ自身で、同時に、だからこそこうして嘘を吐《つ》く。王が喜んでいただなどと、アルトを喜ばせるためだけに。

けれど一方で――こうも思うのだ。

アルトがどんなに父を慕《した》っていたとしても、父が彼女を娘として愛することはない、と。

玉座《ぎょくざ》に座っている王はいつも仮面を被《かぶ》っている。君主という重責を背負うため、国の象徴という重圧に耐えるため、感情や本音というものを威厳《いげん》によって覆《おお》い隠《かく》している。彼が王宮で見せる一切の喜怒哀楽《きどあいらく》はすべて『王としての演技』に他《ほか》ならない。

それはアルトを労《ねぎら》って笑顔《えがお》を見せる時であっても同様だった。つまり、笑顔ですら仮面。仮にも自分の娘に対して、彼はあくまで『王』という役割で以《もっ》て接していた。親が子を褒《ほ》めているのではない。王が家臣を褒めているのだ。

その行為自体が、純粋な愛情と形容するにはほど遠い。ましてや王は、執務の時以外はアルトに決して会おうとはしないのだった。

前王妃——つまりアルトの母親のことを心底《しんそこ》愛していたとも聞く。だからこそ、その面影《おもかげ》を強く残したひとり娘であり同時に最愛の人を死なせた元凶《げんきょう》である彼女にどう接すればいいのかわからないのかもしれない。そういう意味では同情もしよう。

だけどフォグは、王の家臣である以前にアルトの世話人である。

故《ゆえ》に、王へは牽制《けんせい》を与え、アルトには嘘で誤魔化《ごまか》す。

後悔はない。あるとすれば、それは罪悪感だけだ。この嘘は、彼女を喜ばせると同時、余計に任務へ——つまり人殺しへと駆《か》り立てることにもなっているのだから。

「ねえ」

アルトが期待を込めるような声でこっちを見てきた。

「次のお仕事はいつかしら。私、またお父様《とう》に褒めてもらえる？」

「そうですね」

胸に微《かす》かな痛みを覚えながらも、フォグは頷《うなず》いた。

「近いうちにまた、外に出ることになるかもしれません」

その言葉はさっきまでと違い、真実である。

無論《むろん》、外に出るということは即《すなわ》ち、アルトがまた人殺しを請《う》け負うことでもある。

「本当？　楽しみだわ」

しかし、それでも、彼女は笑う。

何故《なぜ》なら人を殺すことで、アルトは父に愛されると信じているからだ。

近付いた者をみな殺してしまうがために牢獄《ろうごく》へ閉じ込められたにも拘《かか》わらず、彼女が持つ外界との縁《えん》は、その呪《のろ》われた力しかない。

人を殺すことで愛されようとしている。

なんて、どうしようもない矛盾《むじゅん》なのだろう。


「その時は、もちろんあなたも一緒《いっしょ》なんでしょう？　フォグ」

毒気にあてられて狂った煉獄姫《れんごくひめ》。

近付くだけで人を殺す、生粋《きっすい》の殺戮者《さつりくしゃ》。

王族の連中にそう渾名《あだな》され忌《い》み嫌われている少女は、輝《かがや》くような蒼《あお》い瞳《ひとみ》でフォグを見る。

フォグはそれに応《こた》え、笑った。

「当たり前です」

何故《なぜ》なら――この少女が狂ってなどいないことは、自分が一番よく知っているからだ。

第三章

薔薇の花片はくすんだ影を予兆する

フォグが『辺獄院《リンボ》』の研究者、トリエラ＝メーヴから呼び出しを受けたのは、極左過激派《きょくさかげきは》による聖堂爆破《ばくは》計画を未遂《みすい》に防いでから三日後のことだった。

辺獄院《リンボ》──正式名称を、王立煉導院《れんどういん》。

その名の通り、煉術《れんじゅつ》の研究を行う国立機関《きかん》である。

匍都《ハイト》中心部の王宮から五百米《メートル》ほど南。北にある議員《ぎいん》宿舎と対になる位置にその本拠地は存在する。かつて絶対王政の時代、狂乱の暴君《ぼうくん》と呼ばれたキュー十五世の御代《みよ》に建てられた巨大な牢獄《ろうごく》を改修して造られたその建物は、いかにも威圧的でおどろおどろしい、鬼か悪魔《あくま》でも住んでいそうな外観《がいかん》をしている。俗に辺獄院《リンボ》などと呼ばれているのはそれも関係しているのかもしれない。煉獄の深い部分へ潜《もぐ》った先にある地獄の一丁目、という訳《わけ》だ。誰《だれ》が付けたか知らないが、実に的確《てきかく》で趣味《しゅみ》の悪い渾名《あだな》だとフォグは思う。

とはいえ、いかつい門を潜《くぐ》り建物の中に踏み入ると、その印象は一変する。

外見とは裏腹、内部の造りは実に近代的で雰囲気も明るい。壁《かべ》の色は白く、清潔感《せいけつかん》があり、天窓から取られた明かりも乳白色《にゅうはくしょく》の曇硝子《くもりガラス》──これは外部から覗《のぞ》かれるのを防ぐためでもあるが──のお陰で、光を柔らかくしている。

もちろん、無骨な面もある。壁には絵など飾られていないし、内周に沿って四角に走った廊下はどこか冷たく、その内側で等間隔に並ぶ画一的な部屋《へや》の扉はいかにも無機質だ。だがそれらも、研究機関であるということを考えれば実務的でありこそすれ、印象は悪くない。

フォグを呼びつけたトリエラという女性は辺獄院《リンボ》でも五本の指に入るほど優秀《ゆうしゅう》な研究者だ。二十一の若さで鍵器《けんき》開発部門の副部長という地位にまで上《のぼ》り詰《つ》めた経歴を持ち、建物の中心部に個人研究室を与えられていた。それは内周に並んだ一般研究室とはまた別、更に奥。より秘《ひ》匿性《とくせい》の高い研究を行うべく設《もう》けられた特別区画に在る。

その区画へ入るには、三度の身分確認《かくにん》と所持品検査を経《へ》なければならなかった。既《すで》に何度も赴《おもむ》いている身であっても例外ではない。門を潜ってから半時、雑多な作業の後にようやく面会許可を与えられたフォグは、警備員《けいびいん》の監視《かんし》する中、研究室の扉を叩《たた》く。

相変わらず散らかり放題だ、というのが中に入った時の第一印象だった。

目に付くのは所狭しと溢《あふ》れかえる雑多な書物。壁に据《す》え付けられた本棚《ほんだな》などもはや意味もなく、床《ゆか》に直接積《つ》み重なり、それぞれがフォグの胸ほどまでの高さになっていた。本来は七米《メートル》四方ほどの比較的広い場所であるはずだが、本の塔が占拠しているせいで自由に歩き回れる場所は殆《ほとん》ど皆無といっていい。一応、人が移動するための空間は扉から奥の机に向かって設けられていたが、身をよじって進まなければならない狭さに、獣道《けものみち》とでも形容したくなる。

そして、その部屋の奥にある机の前。

こちらに背を向ける形で、トリエラ＝メーヴは座っていた。

「遅かったね」

どこか面倒《めんどう》そうな仕草《しぐさ》で、顔を上げて振り返る。

柔らかく波打った蜂蜜色《はちみついろ》の髪は後ろでぞんざいに一括《ひとくく》りにまとめられ、整《ととの》った顔だちをしているにも拘《かか》わらず化粧っ気はまるでない。服装も同様、街で安く売っていそうな襯衣《シャツ》と裙《スカート》を適当に合わせたような感じ。同年代の女性が見れば、せっかく容姿《ようし》に恵まれているのにどうして身なりに気を使おうとしないのかと怒ってしまいそうな——そんな印象である。

「どうも。一応、時間通りですけど」

軽く会釈《えしゃく》をしつつ、フォグは本の隙間《すきま》を縫《ぬ》って机へと歩いた。

対するトリエラは袖《そで》をまくって腕時計《うでどけい》を一瞥《いちべつ》すると眼鏡《めがね》を軽く押し上げ、

「二分十五秒の遅刻よ。私の時計だと」

「誤差の範囲《はんい》でしょう。それに、その時計が合ってるかどうかだって定かじゃないですよ」

「私も知らないわねえ、合ってるかどうかなんて」

可笑《おか》しそうにくすくすと口許《くちもと》を押さえ、

「でも、私が呼び出したんだから私の時計にあなたが合わせるのは当然のことだわ」

いけしゃあしゃあと、そんなことを言う。

「まったく……わかりましたよ。それで構いませんから」

呆《あき》れ混じりに溜息《ためいき》を吐《つ》き、肩をすくめるフォグ。

これで冗談《じょうだん》を言っているのではなく、至って真面目《まじめ》なのだから手に負えない。

彼女の持つ身勝手さ——自己理論《りろん》、とでもいうのだろうか——は実に個性的で、憎めないものではあるのだが同時に掴《つか》み所がなく、正直、ちょっと付き合いきれない。

失礼ながら、頭のいい人間特有の奇矯《ききょう》さだとフォグは思っている。

「遅刻して悪かったですね」

「別に責めている訳《わけ》じゃないよ。指摘しただけ」

これも本気で言っているらしい。

トリエラはそのままの表情で、椅子《いす》から立ち上がり手招きをした。

「なかなか面白《おもしろ》いわ、これ」

机の上に置かれたものを指差す。

そこには、小さな物体がひとつ置かれていた。

腕輪《うでわ》、に近い。

外見の印象としては、真珠《しんじゅ》を連《つら》ねたようである。ただし珠《たま》の色は半透明の碧《みどり》。そのひとつひとつに目を凝《こ》らすと、内部に細《こま》かな紋様《もんよう》が織《お》り込まれているのがわかる。直線《ちょくせん》を幾何学《きかがく》的かつ立体的に積《つ》み重ねたそれは、どこか煉術陣《れんじゅつじん》にも似ていた。

「じゃあ、ただの装身具じゃなかったってことですか」

やっぱり、と、心中で眉《まゆ》をひそめる。

この腕輪に似たものを手に入れたのは――他《ほか》ならない、フォグ自身だ。

三日前、甸都《ハイト》外れのマグナロア聖堂で行われていた爆破《ばくは》計画。その現場を強襲《きょうしゅう》した際《さい》、煉術陣《れんじゆつじん》の上に置かれていたものだった。

見付けた際《さい》に引っかかるものを覚え、拾って持ち帰った。その後辺獄院《リンボ》へ預け、鑑定《かんてい》を依頼していたという訳《わけ》だ。

「鍵器《けんき》……ですか？」

予想を口にすると、

「そうね」

トリエラは頷《うなず》く。

——当たり、か。

「おかしいとは思ったんです。あの日、マグナロア聖堂の床《ゆか》に描《か》かれていた煉術陣はちょっと簡素《かんそ》でした。聖堂ひとつ爆発《ばくはつ》させるには不自然な気がして」

フォグは煉術陣に対して研究者ほどに詳しい知識《ちしき》を持っていない。が、それでも、大きさと複雑《ふくざつ》さを見ればだいたいどの程度の規模の煉術を発動できるかくらいはわかる。

「目測で八十糎《センチ》四方ほど。図形も単純で、密度もそんなに高くない。ぎりぎり第二冠《だいにかん》までいかない、ってくらいなんじゃないですかね」

アルトの『ほのお』より多少劣る程度の威力がいいところではないだろうか。

「いい読みね。まさにその通り」

と、記憶《きおく》を探るフォグに対して相鎚《あいづち》を打つトリエラ。

「え……見たんですか？　煉術陣」

「王属煉術師のひとりに陣に詳しいのがいたのよ。この前の作戦、参加したのはきみたちだけじゃないでしょう？」

「そう、ですけど……」

確《たし》かに、過激派《かげきは》による聖堂爆破計画は匍都《ハイト》の各所を一斉に狙《ねら》った同時多発的なものだった。フォグとアルトが阻止したのはその内のひとつに過ぎない。

だが、トリエラの口ぶりだとつまり、

「……他《ほか》の場所でも同じ陣が描《か》かれてたってことですか」

「煉術陣の大きさは目測八十糎《センチ》四方。図形から察するに爆発系であることは確《たし》か。ただし規模としては大きめの第三冠《だいさんかん》、もしくは小さめの第二冠と推測される、だそうよ」

「なるほど」

仕込まれた煉術が爆発系だというのは自分の知識《ちしき》ではわからなかったけれど、その王属煉術師の印象を聞く限り、同じものだと判断して差し支えなさそうだ。

そして――マグナロア聖堂だけではなかったとすれば、なおのこと。

蜂蜜色《はちみついろ》の髪をぞんざいに掻《か》き上げ、トリエラは続けた。

「もちろん、それだけでも聖堂の破壊《はかい》自体は可能よね。ただ、あくまで『可能である』って域を出ないわ。術式を稼働《かどう》したところで、せいぜい火事になって焼け落ちる程度」

「それが釈然《しやくぜん》としなかったんです。彼らが過激派《かげきは》だっていうなら、しかも当局の通達通りの思想犯であるなら、もっと派手《はで》を好むのが常道でしょう？　こんなんじゃ、爆発《ばくはつ》の火が上手《うま》く回らないと失敗する可能性もあったんじゃないか、って」

煉術陣《れんじゆつじん》から推測できる被害が、妙に小規模に見えたこと。

それが、フォグの抱いた違和感の原因だ。

だからこそ、あの時床《ゆか》に落ちていたこの腕輪《うでわ》らしきものが目に付いた。拾って持ち帰り、鑑《かん》定《てい》を頼んだ訳《わけ》だが——、

「きみの勘《かん》は正しかったって言えるわね、フォグくん」

トリエラは机の上のそれを手に取り、こちらへと放り投げてきた。

「知っての通り、この国で使われている鍵器《けんき》の中枢《ちゆうすう》は『愚者の石《グラクシール》』で作られてるわ」

『愚者の石《グラクシール》』とは、煉獄《れんごく》への扉を内包するように作られた特殊合金の俗称である。

不透明な乳白色《にゆうはくしよく》と淡い光沢《こうたく》は一見すると大理石に似ており、衝撃《しようげき》を与えるとその大きさに比例した規模の『扉』を開く性質を有す。

この金属を核に、撃鉄や釦《ボタン》などを組み合わせ構造化《ユニット》したものが『鍵器』となる。武器においては、柄《つか》部分など、指先で扱える部分にこれを組み込む。

国内では、ここ辺獄院《リンボ》の指揮の元で鍵器製造技師組合《ギルド》が生産と管理を一手に引き受けており、無論《むろん》のこと、その製造方法は極秘《ごくひ》となっている。国外への技術漏洩《ろうえい》を防ぐためだ。

「……でも、これは、そうじゃない。『愚者の石《グラクシール》』は使われていないって訳」

フォグは改めて腕輪を見る。

連《つら》なった数珠《じゅず》のようなものは、色といい質感といい『愚者の石《グラクシール》』にはとても見えない。

「じゃあ、なんなんです？　これの原料は」

「不明。今のところはね」

トリエラは忌《い》まわしそうに吐《は》き捨てた。

「解体でもしてみれば少しはわかるんだけど、生憎《あいにく》、これに目を付けて持ち帰ったのはきみひとりだったのよ。昨日《きのう》、他《ほか》の聖堂へ再度調査《ちょうさ》に向かわせたけど収穫《しゅうかく》はなかったわ」

「他の場所じゃ使われなかったって線《せん》は？」

「まあ、なくはない、わね。煉術陣が変だってことに気付いたのはきみとユヴィオール——例の、陣に詳しい子のふたりだけだから。でも正直なところ、他の場所でも使われてたって判断する方が自然だと思うわね、私は」

「根拠があるんですか？」

問うたフォグに返ってきたのは、薄《うす》い微笑だった。

「圧倒的なのよ、出力が」

どこか自嘲《じちょう》気味な口調《くちょう》。

「我《わ》が国の『愚者の石《グラクシール》』なんて玩具《おもちゃ》に見えるくらい、ね」

それはつまり——自分たち、研究者としての誇りが打《う》ち砕《くだ》かれたが故《ゆえ》の破顔だった。

「来なさい」

手招きしつつ踵《きびす》を返すと、本の山を抜けて廊下へと出る。

それから施設の中を歩き、数分。トリエラに連れられて赴《おもむ》いた部屋《へや》の扉には『第十一実験《じっけん》室《しつ》』と書かれた金属板が貼《は》り付けられていた。

一緒《いっしょ》に中へと入る。

なにも設置されていない、ただ広い空間だった。

変わっているところといえば、床《ゆか》に敷《し》き詰《つ》められた土くらいか。さほど厚くはなく、踏みしめると靴裏に石畳《いしだたみ》の感触がある。石壁《いしかべ》と天井《てんじょう》には明かり取りの硝子窓《ガラスまど》が何カ所か嵌《は》め込まれているが、等間隔かつ無機質《むきしつ》な配置が部屋の殺風景さを一層際立《きわだ》たせていた。

「そこに腕輪《うでわ》を置いて」

トリエラは入るなり床を指差し、フォグへ指示を出す。

見ると、そこには小さな——十糎《センチ》四方の煉術陣《れんじゅつじん》を描《か》いた紙が置かれてあった。

「陣の中心でいいんですか？」

「ええ」

言う通りにしつつ、問う。

「この陣は？」

「仮想植物の創成。『愚者の石《グラクシール》』を使った鍵器《けんき》で起動すれば、中心から薔薇《ばら》がひと株生《は》えて開花するようになってるわ」

なるほど、だから土が必要なのか。

植物を創成するというのは確《たし》かに、害がないという意味で実験にうってつけだ。

「起動するにはどうすればいいんですか」

「それは私がやる」

答えながら懐《ふところ》から手巾《ハンカチ》を取り出し自分の鼻と口許《くちもと》を覆《おお》うトリエラ。

彼女のその行動だけで、ただごとではないというのが理解できた。

こんな、十糎《センチ》四方の煉術陣で湧《わ》き起こる毒気などたかが知れている。抵抗力のない者ならばともかく、辺獄院《リンボ》勤《づと》めの人間が警戒《けいかい》するほどではない――本来であれば。

フォグを手招きして一歩退《さ》がらせると、トリエラは片手を挙《あ》げた。

そして、呟《つぶや》く。

瑩国《えいこく》の言葉ではない、異国語で。

「……起きろ《レエゼ》」

瞬間《しゅんかん》、フォグは息を呑《の》んだ。

文字通りの意味で、だ。煉獄《れんごく》の甘い香《かお》りが部屋《へや》に満ち、僅《わず》かひと呼吸で鼻先どころか喉《のど》の奥にまでへばりつく。アルトの住んでいる牢獄《ろうごく》には及ばないにしても、一般の煉術ではまず不必要なほどの、異様に高い濃度《のうど》だった。

もちろん毒気の濃《こ》さは、開いた扉の大きさに比例する。

それは煉術の規模もまた、同様に。

煉術陣を突き破り、腕輪《うでわ》を通すようにして植物の芽《め》が生《は》えた。

一本だけではなかった。それを皮切りに、次々と。それは部屋《へや》に立ち込めた毒気を糧《かて》にして急速に生長する。蔦《つた》となり、伸び、自然界にはあり得ない速度で蕾《つぼみ》を付け花を咲かせていく。陣の書かれた紙はおろか腕輪すらもあっという間に飲み込んで、僅《わず》か数十秒で——部屋《へや》の中心一米《メートル》四方ほどに、薔薇《ばら》の花畑を形成した。

「……、何ですか、これは」

生育が止まって数秒の後、フォグは大きく息を吐《は》いた。

予想していた以上の結果に、正直なところ驚《おどろ》いている。

「見ての通り」

口許《くちもと》を押さえつつ、トリエラは答える。心なしか顔色が悪い。当然かもしれない。この毒気の量は、下手《へた》をすれば第二冠《だいにかん》——戦術用術式の起動すら可能なほどだ。

「『愚者の石《グラクシール》』の使用時には薔薇ひと株がせいぜいの術式で、こんな花畑が作れるほどの力を

持った鍵器《けんき》。扉の大きさは……そうね、ざっと二十倍ってところかしら？　しかも、起動の鍵《かぎ》は言霊一編《ことだまいっぺん》のみ。まったく恐れ入る威力だわ。瑩国《えいこく》に名高い辺獄院《リンボ》の面目丸潰《めんぼくまるつぶ》れよ。鍵器開発部の職員《しょくいん》と組合《ギルド》の誇り高き技師たちは総員、首を吊《つ》るべきね」

「……それはさすがに言い過ぎですよ」

たしなめてはみるものの、彼女の表情は怒りに満ちている。

それは腕輪の持つ、鍵器としての威力の大きさに嫉妬《しっと》しているからだけでは決してない。

トリエラは忌々《いまいま》しそうに吐《は》き捨てた。

「まったく冗談《じょうだん》じゃない。こんな代物《しろもの》使ってたら……命が幾《いく》つあっても足りないじゃない」

彼女の言う通りだった。

煉術の稼働《かどう》過程において、開ける扉の大きさは術師の寿命を左右する大きな要因だ。

今の実験《じっけん》がいい例だろう。大きな扉を開けば比例した分量の毒気が煉獄《れんごく》より溢《あふ》れ出る。そしてその毒気は、程度の差こそあれ立ち会った者の生命を確実《かくじつ》に蝕《むしば》む。

瑩国《えいこく》の製造する鍵器はその辺《あた》りの事情も考慮《こうりょ》した上で、開ける扉の大きさがある程度までに抑《おさ》えられていた。それは術者、ひいては周囲の人間が無用に生命を削《けず》らないための配慮《はいりょ》であり、同時に煉術そのものの破壊力《はかいりょく》を無闇《むやみ》に上げすぎないための措置でもある。もちろん連続で操作《そうさ》すれば大量の毒気を呼び込むことはできるが『操作』という物理的な手間が時間を取る分、限度はある——煉獄の毒気は基本的に、現世に長く留《とど》まれない。

この腕輪《うでわ》は、そういう意味で危険極《きわ》まりなかった。

言霊一編のみでここまで大きな扉を開くなど、道具として度を超している。アルトの世話役であるフォグだからこそなおさら、その危険性が肌身に感じられた。

だが、問題はそれだけではない。

「トリエラさん。……さっき、鍵器を起動した時の言霊ですけど」

彼女が口にした単語を思い出す。

フォグの記憶《きおく》が正しければそれは『起き上がる』『起床する』を意味する――、

「ええ、そうね」

トリエラは、部屋《へや》の中心に咲く薔薇《ばら》たちを無表情に眺めながら頷《うなず》いた。

生命とはいえ、それらは所詮《しょせん》、煉獄の毒気によって創成された仮想物質。現世において長く存在することはできず、早くも毒気へと還元《かんげん》し塵《ちり》のように溶け始めている。

花畑へと歩み、薔薇の蔦《つた》を踏み潰《つぶ》しながら屈《かが》み、手を突っ込んで腕輪を拾い上げ、

「お祭しの通り。これは、悳国製《とくこくせい》であるというのが辺獄院《リンボ》の見立てよ」

悳国。

この国から海を隔てた東の大陸。その一角、大陸の中程《なかほど》に位置する国だ。

機械《きかい》の歯車などを始めとした精密な工業製品の製造技術に優《すぐ》れており、もちろん瑩国《えいこく》にとっても重要な貿易相手である。

「この腕輪、珠《たま》のひとつにね、ご丁寧《ていねい》にも悳国にある会社の意匠《いしょう》が刻み込まれてたの。製造元をきっちり記《しる》す辺《あた》りが悳国らしいといえばらしいかも」

「……でも、おかしくないですか。あそこは旧教圏です。正統丁字教《ていじきょう》は煉術《れんじゅつ》を認めていないんですよ？　鍵器《けんき》を作るなんて、法王庁への背信行為になる」

「わかんないわね、私には。その辺の政治っぽいことも絡《から》んでくるとなおさら」

フォグの疑問にトリエラは首を振った。

確《たし》かに研究者の彼女でなくても、現時点で確証《かくしょう》を得られることは少ない。腕輪が悳国製であるかどうかも本当は定かでないのだ。あからさまな分、偽装《ぎそう》である可能性だって高い。

ただ——それでも。

「ええ。はっきりしてるのは……この腕輪が煢国製じゃない、規格外の危険な鍵器だということ。それから、こいつを過激派に横流しした連中がいるってことです」

現在判明しているそれだけで、背後にあるものの大きさは充分以上に認識できた。

薔薇がすべて塵《ちり》へと還《かえ》ったのを見計らい手巾《ハンカチ》を仕舞《しま》うと、トリエラはフォグへ向き直った。

「とにかく、辺獄院《リンボ》はどうにかしてこの腕輪の詳細を究明することにするわ」

「諜報《ちょうほう》機関にも動いてもらうよう頼めますか？」

「無論《むろん》ね」

面倒《めんどう》そうな、それでいてどこか楽しげな溜息《ためいき》をひとつ吐《つ》き、

「こっちが探るのはあくまで機構《きこう》、原料、それから製造方法。一週間もあればどうにかなると思うわ。まったく……これがもし大量生産できるようなものだったら大事ね。煉禁術で作られたんであれば、こっちとしても助かるんだけど」

冗談《じょうだん》めかしたような科白《せりふ》に、フォグは渋い顔をする。

「それはそれで問題でしょう。国際指名手配ものですよ」

――煉禁術《れんきんじゅつ》。

それは、煉術の最先端であるここ瑩国《えいこく》ですら使用を認められない、文字通りの禁術である。

定義は単純だ。煉術で創成した仮想物質――本来であれば時間の経過とともに毒気へ還元《かんげん》され消えてしまうもの――を、恒久的な物質、仮想でない実在へと置《お》き換《か》え、現世へと定着させる技術。それを総じて、煉禁術と呼ぶ。

たとえば煉術で黄金《おうごん》を創成したとする。これは煉獄《れんごく》の毒気が長く存在できない現世にあってあくまで一時的、仮想的な黄金だ。存在している間に限っては科学的に見て本物の黄金と何ら変わりないが、時を置けば煉獄の毒気へと戻り、現世の空気に蝕《むしば》まれて消えてしまう。こちら側の森羅万象《しんらばんしょう》が煉獄で生きていけないのと同様に、煉獄から生まれたすべてのものもまた、こちら側では永続的に存在し得ない。

だが、これを無理矢理《むりやり》に現世へ定着させる方法がある。煉術でできたその仮想的な黄金に特殊な煉術を重ねて寿命を延ばし、更に長い時間をかけて徐々に、構成分子を現世のものへと置換することにより、本物の黄金へと変化させるのだ。

それは無から有を完璧《かんぺき》に創《つく》り出す、人類が望む最高の技術と言っていい。そしてそれが故《ゆえ》に不完全で、とてつもなく危険なのだ。

煉禁術《れんきんじゅつ》の使用、並びに民間による研究の一切が法によって規制される理由は幾《いく》つかある。

まずは、経済を乱すこと。

仮に無から黄金を創《つく》り出しばらまく者がいれば、市場が混乱するだけでは済まない。もちろん黄金に限った話ではなく、農作物や日用品、糸や布、紙などに至るすべての物質も同じだ。富という概念《がいねん》自体が崩壊《ほうかい》し、社会そのものが成立しなくなってしまう。

そしてそれ以上に問題なのは、煉術の持つ、物質の創造という根本的な性質だった。

煉獄の毒気は人の意志に作用して姿を変える。そうして作り出された仮想物質は、創成者の意志を反映した、つまり現実にはあり得ないような特徴を持つことになる。

たとえば、煉術師の間であまねく使用される『障壁《エレール2》』などは典型的な例だ。物理的な衝撃《しょうげき》を受け止める不可視の壁《かべ》——そんなものは本来、自然界に存在しない。

だが煉禁術は、そうしたものをこの世に定着させてしまう。

ただの黄金であればまだいい。ただの黄金ではないものも作り出せるのが厄介《やっかい》なのだ。

さっき咲いた薔薇《ばら》もそうだ。たとえばあれに『動くものに襲《おそ》い掛かり絡《から》みつけ』という性質を持たせることは煉術で可能だし、実際にそれとよく似た術式も存在する。だが、そんな植物を一時的に創り出すのと、そんな植物が新しく生態系に加わるのとでは、天と地ほどの違いがある。いや、後者は地の底、まさしく地獄《じごく》の光景だろう。

植物に限らない。一角獣《ユニコーン》、三つ首犬《ケルベロス》、果ては龍《ドラゴン》。煉禁術は人間の奔放《ほんぽう》な想像力に、神に等しい創造力を持たせてしまう。

だからこそ、法により禁じられていた。人が神の領域に踏み込まぬように、悪魔《あくま》の所行に身を落とさぬように、そして人を惑《まど》わさぬように。

もちろん、救いはある。

煉禁術というのは、素人《しろうと》がほいほいと手を出せるような技術では決してない。複雑《ふくざつ》さや難解《なんかい》さは煉術の比ではなく、必要とされる毒気の量も同様なのだ。実現には莫大《ばくだい》な資産と時間、それに圧倒的な才能に加えて毒気を長期間に亘《わた》って浴び続ける覚悟が必要になる。仮に黄金《おうごん》を創《つく》り出そうとしても、費用の面を考えればむしろ足が出てしまうだろう。

とはいえ、だからこそ手を出すという輩《やから》も、少数ながら存在するのが実情である。

知的欲求や自身の欲望に負け、神を目指し悪魔に魅入《みい》られ、煉禁術師となり果てた者たち。

蒸留器《レトルト》を子宮《しきゅう》にし三角壜《フラスコ》を揺籃《ようらん》にし、煉獄の毒気から人間を生み出そうとした咎《とが》で斬首《ざんしゅ》に処された稀代《きだい》の天才研究者、ローレン＝エヌ＝コーンフィールド。

現実にはあり得ない性質を金属に持たせることで人の手に余る武器を数多《あまた》作り出し、結果煉術師組合《ギルド》の手で暗殺された鍛冶屋《かじや》、アイリス＝キャリエル。

莫大な財力を費やして、屋敷《やしき》から庭、池、果てはそこに住まう愛玩《あいがん》動物のすべてを自《みずか》らの幻想の通りに作り替えようとした、ドレイン伯爵《はくしゃく》。

瑩国《えいこく》の歴史に汚点として名を残す彼ら彼女らのように、この腕輪《うでわ》も——狂気に魅入《みい》られた何者かが、煉獄《れんごく》の毒気より作りあげた代物《しろもの》であるのかもしれなかった。

しかしトリエラは、むしろそうであることを望んでいるようだ。

無理もない。というより、フォグも本音ではその方がいいと思っている。

仮に煉禁術で作ったものであれば、自然、腕輪の大量生産は不可能となる。よくて複数《ふくすう》、悪ければ一品物の特別製で、製作者さえ捕らえてしまえば問題は解決するだろう。

だがそうでない場合——この道具が他国の開発した、大量生産の可能な代物だった場合。事態はより複雑《ふくざつ》に、ややこしくなってくる。

ここ瑩国は、国際社会において煉術研究の最先端である。それは国の誇りであるし、同時に他国への圧力でもあった。故《ゆえ》に、この腕輪が国外製であるとまずいのだ。辺獄院《リンボ》以外の場所で技術革新が起きてはならない。それは瑩国の立場を悪化させる恐れがある。

ましてやこんな危険なものが大量生産され、この国へと流れ込んでくればどうなるか——。

或いは、それこそが相手の狙《ねら》いであるのかもしれない。

「進展があり次第、きみにも連絡が行くようにするわ」

トリエラの声には不安と、一方で高揚の色があった。

未知の物を前にした時に覚える、研究者としての知的興奮《こうふん》だろうか。

「お願《ねが》いします」

それに気付かないふりをして、フォグは神妙な面持《おもも》ちで頭を下げた。

三日前は『こんな些事《さじ》にアルトを駆《か》り出すな』などと思っていた自分だが、事態は思いの外——しかも悪い方向へと大事になりつつある。

それは自分の浅はかさを思い知らされると同時に、近い将来またアルトを危険な目に遭《あ》わせることになるかもしれないという懸念《けねん》で、フォグを落ち込ませるのだった。

†

甸都《ハイト》の夜は明るい。

それは、大通りの端々《はしばし》に設置された街灯《がいとう》が夜を照らしているからだ。

街灯の一本一本は街の各所に設置された造光所と呼ばれる施設と地下の導管《どうかん》を通じて繋《つな》がっており、そこから送り出された瓦斯《ガス》——もちろん煉術によって生産された仮想瓦斯——が、日暮れから明け方まで絶《た》えず燈《ランプ》の火を燃《も》やし続ける。

この街灯は瑩国の文明と産業を象徴するものとして、今や甸都《ハイト》にとってなくてはならないものとなっていた。闇《やみ》を振り払うことで人の社会はより理性的なものへ進化すると言われている。

阿片《あへん》売りや追《お》い剝《は》ぎなどの怪《あや》しげな輩《やから》は仕事の場を大きく奪《うば》われたし、かつては実在を疑われなかった夜の住人、つまりは魑魅魍魎《ちみもうりょう》の類《たぐい》すらも、瓦斯灯の光によって、人々の恐怖と妄想《もうそう》の産みだした架空の存在に過ぎないことが証明されてしまった。

だがそれでも、街から闇《やみ》が消えた訳《わけ》ではない。

むしろ逆。夜が灯《あか》りで照らされれば照らされるほど、その影《かげ》に色濃《いろこ》い闇が潜《ひそ》むようになる。阿片売りも追い剝ぎも、ひいては辻斬《つじぎ》りや間者《かんじゃ》の類《たぐい》ですらも、明るくなったからこそより巧妙に姿を隠《かく》し、或いは人の波に紛《まぎ》れて何食わぬ顔で堂々と街を練《ね》り歩く。

故《ゆえ》に、真に恐ろしいのは魑魅魍魎などではない。光に紛れて闇を背負う、人そのものなのだ──そんな愚にも付かないことを滔々《とうとう》と語った後、青年は隣《となり》に座った少女娼婦へ居丈高《いたけだか》な視《し》線《せん》を遣《や》ると、硝子盃《コップ》に注《つ》がれた琥珀色《こはくいろ》の液体を一気に飲み干《ほ》した。

「文明は人を鬼にも悪魔《あくま》にもする。社会は進歩などしてはおらぬのだ」

自分では上手《うま》いことを言ったつもりなのだろう、どこか表情は得意げだった。

街灯で照らされた大通りから離《はな》れた裏路地にある、安酒場である。

もはや深夜過ぎ、店に人は殆《ほとん》どいなかった。その青年と娼婦のふたりで八人掛けの卓《テーブル》をひとつまるまる占領していたが、従業員も文句を言ってくる気配《けはい》はない。

青年は二十を越えた辺《あた》りか。腰に下げた杖《つえ》から煉術師《れんじゅつし》であることがわかる。拵《こしら》えはいかにも高価そうで、恐らくは銘入《めいい》り──名のある職人《しょくにん》に作らせたものだろう。よほど稼《かせ》いでいるのか、単に生まれた家に金があるのか。華奢というよりひ弱そうな体付きと隙の多い立ち居振る舞《ま》いから、後者だ、と娼婦は判断していた。

「我《われ》らは近代へと還《かえ》る必要がある。無論《むろん》、煉術を捨てればいいという簡単《かんたん》な問題ではないぞ。今のこの社会体制では駄目《だめ》だと言っているんだ。企業が私腹を肥《こ》やし国民たちを搾取《さくしゅ》する、その構造を変えなければならない。確《たし》かに夜は少しばかり明るくなった。しかし、国中を満遍《まんぺん》なく照らせないのであれば、光によって影は色濃くなるばかりだ」

それに話の内容も、中流階級の若者たちの間で流行している左翼《さよく》思想の典型そのものだ。ご高説自体が経済学者ヘリックスの著作『工場労働者の実態と国家の末路』からの受け売りである。もちろん、本を読んだ訳《わけ》ではない。仕事柄《がら》、こういった類《たぐい》の男たちが酒に酔って殆《ほとん》ど同じことを喚《わめ》き散らすのをそれこそ週に一度は聞かされるのだった。

だから少女はいつものように、無知の振りをして笑う。

「そうなったら私たちみたいなのも、少しはいい思いができるのかしらね」

どこか他人事《ひとごと》のように。それ以上に、どこか青年をおだてるように。

彼の言っていること、ひいてはヘリックスの一連の著作から始まった社会主義運動など所詮《しょせん》は中産階級の戯言《たわごと》、甘っちょろい理想論《りそうろん》に過ぎない。都市化による匍都《ハイト》の人口増加や地方における農村漁村の衰退を憂《うれ》いているようだが、だからといってこの社会を潰《つぶ》し別の体制を打ち立ててそれで世がよくなるかと言われれば失笑ものだと少女は思う。

地方における女の役目など、産業革命以前も以後もさして変わらない。子を産むことかせいぜいが炊事《すいじ》洗濯《せんたく》くらいのもので、だから男よりも簡単《かんたん》に間引かれるし、あっさりと出稼《でかせ》ぎに出される。自分がそうだった。西にある漁村は特に女の扱いが悪く、十二になるよりも前にここへ売られてきた。しかも、工場でなく女郎屋《じょろうや》だ。――まあどちらにせよ、肺を病むか子宮《しきゅう》を病むかの違いでしかない。十六の今までどうにか元気でいるが、いずれは梅毒《ばいどく》にでも罹《かか》って死ぬだろう。さて鼻が腐り落ちるのが早いか、脳をやられて阿呆《あほう》になるのが早いか。後者であれば死ぬ恐怖を味わわずに済んで幸運、くらいのものだ。

だから男たちの語る遠大な理想など、くだらないとしか思えない。

特に、実態も知らないお坊ちゃんの言葉となれば尚更《なおさら》だ。今隣《となり》にいる青年は、身なりや口ぶりから察するに地方生まれですらないようだった。大方、比較的裕福な中産階級の次男坊か何かで、たまたま毒気への耐性があったのと血気盛んだったのとで煉術師《れんじゅつし》になったといったところだろう。それが粋《いき》がって、こんな場末《ばすえ》の酒場で酔いながら娼婦を相手に大演説。

反論する気も失《う》せる。むしろ、せいぜいご高説を聞いて気分をよくさせておけば一晩の駄賃《だちん》も弾《はず》んでくれるだろうから、それこそ莫迦《ばか》を装《よそお》うのが上策だ。

そんなことを考えながら適当に相鎚《あいづち》を打っていると、

「よう」

不意に、ふたりの座った卓へと人影が歩み寄ってきた。対面に腰掛けたそいつは、確認《かくにん》もせずに馴《な》れ馴《な》れしく、台の上にあった干《ほ》し肉の切れ端《はし》を摑《つか》んで口に入れる。

見た感じでは青年よりも十ほど年上、三十がらみの男である。

「なんだ、きみは？」

青年が怪訝《けげん》な表情をし、少女の肩へ巻いた腕に力を込めた。酒のつまみを勝手に取られたことに警戒《けいかい》し、女は俺《おれ》のものだぞ、と言外に男へ忠告しているのだ。

そんな青年の仕草《しぐさ》を小さく一瞥《いちべつ》すると男は不敵に笑《え》み、

「いや、別にどうこうってんじゃねえ。お前さんの話がちと耳に入っちまってなあ」

片手に持った自前の酒瓶《さかびん》からぐい、と直接呷《あお》り、言った。

「実に立派だ、うん。実は俺もへリックス主義者なんだ。お前さんみたいな若いのがちゃんとお国の将来を考えてるってのが、嬉《うれ》しくてたまらねえ」

青年が「む」と片眉《かたまゆ》を上げる。明らかに機嫌《きげん》をよくしていた。それはそうだろう。安娼婦の小娘と年上の男、政治を語るに足る相手としてどちらが相応《ふさわ》しいかは目に見えている。

逆に心中で顔をしかめたのは少女の方だ。

そろそろしけこもうかと考えていたところだったのに、妙なところで邪魔《じゃま》が入った。

このまま青年が政治談義《だんぎ》に花を咲かせ、女を抱く気を失ったり酔《よ》い潰《つぶ》れて前後不覚になったりしては困る。客を捕まえられないまま淫売宿《いんばいやど》に帰る訳《わけ》にはいかない。

客を青年からこの男に切り替えることも考えたが、欲を言えばそれは避けたかった。こいつは見た感じ、いかにも女を買い慣《な》れていそうだ。金払いも悪ければ布団《ふとん》の中で要求される仕事もねちっこく面倒《めんどう》な気がする。

そうこうしている間に、青年と男は意気投合し始めた。お互い笑い合いながら、富の再分配だの権利の下の平等だの、少女にとってはとてつもなく愚にも付かない話題に夢中となりつつある。既《すで》に青年の腕はこちらの腰にない。卓《テーブル》の上で強く拳《こぶし》を握っていた。

だからこのままではまずいと思い、青年と男を順番に眺め、咄嗟《とっさ》に、

「ねえあんた。それ、いい人にもらったの？」

男の手首に巻かれた妙な腕輪《うでわ》を指差しつつ、割って入った。

特に理由はない。ただ、男の無骨でむさ苦しい服装の中、それだけが浮いていたからだ。

「なかなか似合ってるじゃない」

少女はそのまま、男へ色目を使ってみた。

青年を嫉妬《しっと》させ心を引き戻す作戦だ。お前に私を買う気が失《う》せたなら向こうへ行くよ、それが厭《いや》ならさっさと連れ帰りな——そう匂《にお》わせようとした。

もし青年がこの程度の機微《きび》もわからない莫迦《ばか》ならば、構うものか。客を男の方に切り替えよう。どちらにせよ、今夜の客を取らないことには女将《おかみ》からの折檻《せっかん》が待っている。それに比べればこのむさ苦しい男に抱かれるくらいはどうということもない。

青年は、案《あん》の定《じょう》というか期待外れというか、邪魔《じゃま》をするなとばかりにこっちを睨《にら》んできた。

女は落胆する。しこたま酔っているのだから仕方ないなどとは思わない。酔っていようが酔っていまいが、こっちを買うつもりがないのなら政治談義《だんぎ》など誰《だれ》が笑顔《えがお》で聞くものか。

だが男の方は違った。

「ん？　お前さん、目の付け所がいいねえ」

手首に巻いた腕輪をひらひらと、得意げに見せてくる。

「こりゃ舶来《はくらい》ものだぜ。特注品なんだ」

「へえ、凄《すご》いわね」

卓《テーブル》越しに毛深い腕が差し出されたので、それを覗《のぞ》き込んだ。感嘆の半分くらいは本心である。自分も女だ、装飾品に興味《きょうみ》がないではない。舶来ものと聞かされては尚更《なおさら》。

珠《たま》を連《つら》ねた、美しい腕輪だった。

色は半透明の碧《みどり》。翡翠《ジェイド》に似ているが違うらしい。珠のひとつひとつをよく見ると、中に妙な模様が写り込んでいる。宝石ではなく工芸品の類《たぐい》なのかもしれない。

「おい、きみたち。そんなくだらないことに……」

「綺麗《きれい》ね」

青年が口を挟《はさ》みかけたのを遮《さえぎ》って少女は立ち上がり、男の隣《となり》へと回り込んだ。すり寄るように身体《からだ》を預ける。こちらに脈あり、と踏んだのだった――もちろん青年が怒って自分を連れ出そうとするのならそれでも構わないが。

「なんなのこれ？　どこの国のもの？」

腕輪《うでわ》の珠《たま》に指を這《は》わせようとした。

すると男は、

「……おっと」

ひょい、と腕を上げ、唇の端《はし》を意地悪く歪《ゆが》める。

「こいつは危ねえんだぜ、お嬢《じょう》ちゃん。下手《へた》に触ると火傷《やけど》しちまう」

「ふふ」

絵物語にでも出てきそうな下手な科白《せりふ》に思わず吹《ふ》き出してしまう。

「危ないのはその腕輪？　それともあなた？」

面白《おもしろ》くなったので同じ調子《ちょうし》で返してみると、

「さて、どっちかね。両方かもな。何なら試《ため》してみるかい？」

男はどこか得意げに、肩へと手を回してきた。

仕方ない。今夜はこの男で我慢《がまん》しよう。

ひょっとしたら駄賃《だちん》として腕輪を貰《もら》えるかもしれないなどと、少女はそんなことも思いつつ腹を決め、男の胸板へと手を添《そ》わせる。

男は少女を抱き寄せながら、対面に座った青年に眉《まゆ》を上げる。

「ところでお前さん。なんだか眠そうな顔をしてるな。いかんねえ……起きろよ」

「……え？」

いかんねえ、の後——男が何を言ったのか、彼女は聞き取れなかった。

それは、男の発したのが聞き慣《な》れない発音の異国語だった故《ゆえ》か。

或いは喉《のど》から、熱《あつ》く腥《なまぐさ》いものが急に溢《あふ》れたせいか。

「か、ふ」

自分が激《はげ》しく喀血《かっけつ》したことを、少女は理解できなかった。

その場に立ち込めた甘過ぎるほどに甘い花の香りにも気付かなかった。何故《なぜ》ならば喉どころか鼻孔《びこう》も一瞬《いっしゅん》にして血に溢れ、それを嗅《か》ぐ暇《ひま》もなかったから。

がたん、と。

身体《からだ》の力を失って卓《テーブル》へと突っ伏す。

指先が勝手に痙攣《けいれん》する。呼吸がままならない。そのくせ、苦しくない。

頭がぼうっとして全身が熱《ねつ》っぽく、意識《いしき》が急激《きゅうげき》に混濁《こんだく》していく。

「おいおい」

楽しそうな男の声が聞こえた。

「お嬢《じょう》ちゃん、随分《ずいぶん》と毒気に弱いな。炭鉱の金糸雀《カナリア》みたいだね、こりゃ」

——毒気？　弱い？

確《たし》かに自分が工場勤《づと》めをしなかったのはそれも理由のひとつだ。耐性の弱い身では三カ月を待たずに死ぬとわかりきっていた。それならば、娼婦の方がましだと皆に言われた。

「貴様《きさま》！　それは、なにを……っ」

青年が咳《せ》き込みながら男に何か言っている。

金持ちの道楽とは言え仮にも煉術師《れんじゅつし》になった男が堪《こた》えるほどの毒気。そんなものをひと息で吸い込んでしまったのだ、自分はもう助からないのだろうなと少女は思った。

それにしても、いつ……？

「ヘリックス主義者、ねえ。残念だったな、坊主」

自分の頭上で諧謔的《かいぎゃくてき》な声が聞こえるが、少女の脳はまともに働かない。言葉の意味を思考する余裕もなく、耳に届くそれを、停止しかかった頭の中でただ追いかけるのみ。

「本当のこと言うと、俺《おれ》は政治に興味《きょうみ》ねえんだ。でもまあ……お前らヘリックス主義者の主張する富の再分配っていうのはそんなに悪い考えでもねえか、俺にとっちゃあ、な」

ぱちん。男が指を鳴らし、直後、

「……っ、ぐ!?」

短く鋭《するど》い呻《うめ》き声《ごえ》。

それから人の倒れる音。

「坊主。お前の身体《からだ》……つまりはお前が持つその富、俺に再分配させてもらうぜ」

男は卓《テーブル》を回り込んでかがみ込むと、青年の死体を軽々と片腕で抱き上げる。

横になった少女の視界に、そいつがこっちを向くのが映った。

同時、男が口の端《はし》にくわえていた煙草《タバコ》に火が点《とも》る。燐寸《マッチ》を擦《す》った訳《わけ》でもないのにまるで自動的に。色の浅黒い精悍《せいかん》な――齢《よわい》三十ほどの髭面《ひげづら》が、美味《うま》そうに紫煙《しえん》を吐《は》き出す。

けれどもはや少女は何も思わなかった。思えなかった。脳は既《すで》に活動をほぼ停止している。ただ意識《いしき》だけが薄《うす》らとそこにあるだけの、死を待つのみの状態だったから。

「運が悪かったなお嬢《じょう》ちゃん。まあ許してくれや。……高濃度《こうのうど》の毒気で即死するってのは、死に方としちゃあけっこう楽な部類に入るんだぜ？」

男は笑い、それから冗談《じょうだん》めかして、

「こいつは、餞《はなむけ》だ」

どこからともなく薔薇《ばら》の花を一本、取り出した。

まるで宙から突然出現したような植物は、薔薇本来の香《かお》りよりももっと濃《こ》い甘い芳香《ほうこう》を立ち上らせていた。もちろん、嗅覚《きゅうかく》はおろか呼吸さえも停止していた少女にはわからなかったが。

少女の目の前に薔薇が置かれた。

むさ苦しい外見にはまるで似合わない、気障《きざ》な仕草《しぐさ》で。

そして男は踵《きびす》を返す。

青年の身体《からだ》を抱え、ひらひらと手を振りながら。腕輪《うでわ》——碧色《みどりいろ》の、妙な模様が中に浮かんだ、半透明の珠《たま》が連なった腕輪を付けた手首を。

少女は開ききった瞳孔《どうこう》で、その様子《ようす》をただ見ていた。

†

男の残していった薔薇越しに、赤と碧を順番に——。

彼女の意識《いしき》が消失し生命が途切《とぎ》れるのと、男が扉から外へ出ていくのと、それから薔薇が煉《れん》獄《ごく》の毒気へ還《かえ》り消滅するのとは、果たしてどれが先だっただろう。

第四章

宵待ちの咎

過激派《かげきは》による聖堂爆破《ばくは》計画と、それを防ぐ過程で発見された新種の鍵器《けんき》――。

警察《けいさつ》と辺獄院《リンボ》、そして諜報機関《ちょうほうきかん》が一連の事件に関する調査《ちょうさ》を始め、一カ月ほどが経《た》った。

事件の際《さい》に捕縛《ほばく》された犯人たちへの尋問《じんもん》、鍵器の研究、街での情報収集などが同時並行で進められ、全貌《ぜんぼう》はすぐ明らかになるかと当初は思われていた。が、今のところ、状況はどうにも芳《かんば》しくないようだ。

まずは捜査《そうさ》開始から一週間と経たない内に、獄中《ごくちゅう》の犯人たち十四人中六人が隠《かく》し持っていた毒を飲んで自死を遂げた。思想犯においてはよくあることであり、予想はできたはずだ。防げなかった刑務官たちの不手際《ふてぎわ》という他《ほか》ない。

残った八人に対しての尋問は継続的《けいぞくてき》に行われているものの、彼ら彼女らは恐らく何も知らないだろう。事実、証言は一致しているとのこと。自分たちは煉術師《れんじゅつし》組合《ギルド》に紹介された仕事を受けただけ、聖堂爆破計画であったことすらも知らなかった、と。

警察は煉術師組合《ギルド》へ情報開示を求めたそうだが、組合《ギルド》が応じるはずもなかった。これは当然の話だろう。組合《ギルド》とはそもそも職業人《しょくぎょうじん》たちが自分たちの利益と生活、ひいては身の安全を守るために結成した自衛組織《じえいそしき》である。たとえ相手が国家機関であっても――いや、国家権力だからこそ一層、仲間や取引先の情報を売るような真似《まね》は絶対にしない。

例の腕輪《うでわ》に関する研究は辺獄院《リンボ》が行っている。解明と呼べる段階には至っていないらしい。検体がひとつしかないのが主な原因だった。

国家諜報機関がどんな活動をしているかは、正直なところよくわからない。彼らの秘密主義は徹底《てってい》している。恐らくはある程度のまとまった成果が得られるまで情報の一切がこちらに降りてくることはないだろう。もっとも、彼らが事態解決の鍵《かぎ》を握っているのも確《たし》かだった。

市井《しせい》における草の根活動から過激派たちへの潜入《せんにゅう》捜査まで、諜報部の仕事は実に手広い。警察が無下《むげ》にされた煉術師組合《ギルド》からも、何らかの裏工作で以《もっ》て多少の情報が入手できるはずだ。ともすればあの腕輪のひとつでも持ち帰ってくれるかもしれない。

とはいえ、進捗《しんちょく》具合もわからないまま待ち続けるというのはけっこう気が重い。特にフォグには、何よりも頭を悩ませる理由があった。

アルトの機嫌《きげん》が、日に日に悪くなっていくのである。

彼女が最後に外出した夜から、正確《せいかく》には三十二日めの昼下がり。

塔の地下――蠟燭《ろうそく》の灯《あか》りが茫漠《ぼうばく》と部屋《へや》を照らす中、麗《うるわ》しのアルテミシア王女は揺《ゆ》り椅子《いす》の上で膝《ひざ》を抱え、これ見よがしに溜息《ためいき》を吐《つ》いていた。

「……嘘《うそ》つき」

寝台に腰掛けたフォグへ、恨《うら》めしげな視線《しせん》をじっと送る。

「仕方ないじゃないですか。予想以上に捜査が進んでないんです。もう少し時間が……」

頭を掻《か》きつつ言《い》い訳《わけ》をしてみるが、

「うるさい」

フォグの弁明を許す気は、アルトにはないようだった。

「もうすぐお出かけするって言ったじゃない。この嘘《うそ》つき」

揺《ゆ》り椅子《いす》をぎこぎこやりながら、唇を尖《とが》らせる。

「嘘つき。ほら吹《ふ》き。約束破り。……フォグのばか」

「いや、ですから……って、危ない！」

いきなりフォグの頭部目掛けて何かが飛んできた。

受け止めると、枕《まくら》である。

煉術《れんじゅつ》で操作《そうさ》して飛ばしたのだ。見れば部屋《へや》の床《ゆか》に散らかっていた人形や手鞠《てまり》、絵本の類《たぐい》も宙に僅《わず》か浮き、今にもこちらへと飛来してきそうな気配《けはい》。

「本は痛いですよ、さすがに」

「そう？　だったら次はこれにするわ」

頬《ほお》を膨《ふく》らませたままで、絵本を一瞥《いちべつ》するアルト。

「やめてくださいって」

眉《まゆ》をしかめつつ、フォグは溜息《ためいき》を吐《つ》いた。

いつものことと言えばいつものことではある。

——つまるところ、子供なのだ。

アルトは十五という実年齢《じつねんれい》に比して精神年齢が低い。原因は当たり前ながら、この地下牢《ちかろう》に長期間幽閉《ゆうへい》されていたことによる。外出の自由が存在しない一方で檻《おり》の中は我《わ》が儘《まま》放題が許される自分の国、という矛盾《むじゅん》に満ちた生活が彼女をそうさせた。

とはいえ、これでもまだまともになった方だ。

フォグが出会ったばかりの頃《ころ》のアルトはもっと酷《ひど》かった。我慢強《がまんづよ》さというものがまったく存在せず、その欠けた部分が残虐性《ざんぎゃくせい》と陰鬱《いんうつ》さとで埋められていたように思う。気に入らないものは即座に壊《こわ》す。生命も物質も等しく、塵芥《ちりあくた》のように軽んじる。外に出ることが叶《かな》わない代わりに、牢獄《ろうごく》の中ではまるで神のように振《ふ》る舞《ま》っていた——実際、大気が澱《よど》み毒気の満ちるこの場所において、アルトはまさしく神に等しい。有り余る毒気を原料に森羅万象《しんらばんしょう》を飴細工《あめざいく》のように創成し、そして破壊《はかい》することができるのだから。物質も生物も同様に、すべては彼女の気まぐれひとつで生まれ、機嫌《きげん》ひとつで殺される。

或いは、自身に与えられた決定的な不自由——ここから外に出られないことに対するどうしようもない苛立《いらだ》ちを、自分の創造物すべてにぶつけていたのかもしれない。

今ではさすがに彼女も、仮想生物を作っては殺したりなんて真似《まね》はしないようになったが、それでもこうして憂《う》さ晴《ば》らしに本や枕やぬいぐるみをぶつけてきたりはする。

「そんなに外に出たいんですか？」

少し意地悪いかもなと思いつつ、フォグは言った。

「だったら今度は、僕が手を繋《つな》いでなくても街を歩けますよね」

アルトは一瞬《いっしゅん》きょとんとし、それから見る間に顔を赤くし頬《ほお》を膨《ふく》らませ、

「そ、それとこれとは別よっ」

絵本が三冊、凄《すご》い勢いで飛んできた。

「……っと！」

すべてが的確《てきかく》に頭部へ。二冊を避けて一冊を受け止める。呆《あき》れつつ、その本を床《ゆか》へ再び置いていると、揺《ゆ》り椅子《いす》からぽつりと、拗《す》ねたような呟《つぶや》きが聞こえてきた。

「仕方ないじゃない……お外、恐いんだもの」

そうなのだ。

いつ出掛けられるのかと頻繁《ひんぱん》に問い機嫌《きげん》を悪くする態度とは裏腹、アルトは外の世界が苦手《にがて》だった。これは初めて外へ赴《おもむ》いた二年前からずっと変わっていない。

外での彼女は、この部屋《へや》における暴君《ぼうくん》のような振《ふ》る舞《ま》いとはまるで別人である。他者の視線《しせん》や人混みにびくびくし、誰《だれ》かに話し掛けられようものならフォグの陰《かげ》に隠《かく》れてしまう。街を歩く際《さい》などには不安がって、手を繋《つな》いでくれといつもせがんでくる始末。

それなのに外へ出たがるのは、単に我《わ》が儘《まま》を言ってフォグを困らせたいだけなのか、或いは恐怖よりも父親に喜んでもらいたいという気持ちの方が大きいからか——両方だろう。

「まったく……もう少し慣《な》れないといけませんよ」

もっとも、このままでいいはずはない。アルトには自分やイオだけではなく他《ほか》の人間とも交

流を持ってもらいたいと思っているし、そのためには街に慣れることが必要だ。

しかし当の彼女にその気はないようだった。それどころか、

「イオ！　……イオ！」

格子《こうし》の向こう、慣れ親しんだもうひとりの相手へ憮然《ぶぜん》とした声を張り上げる。

「どうしましたか？　アルテミシア様」

階段の側《そば》に控えていた侍女《メイド》が、ひょい、と顔を覗《のぞ》かせた。

もちろん入っては来ない。が、アルトは彼女の顔を見るや得意げな面持《おもも》ちで、

「聞いていた？　フォグが私に意地悪を言うのよ」

「ちょっと、フォグ？」

無論《むろん》というか困ったことにというべきか、こういう場合のイオは決してこちらの味方をしない。アルトに対して過保護極《かほごきわ》まりない、と形容した方が正しいかもしれない。

眼を細め、じろりとこちらを睨《にら》み、

「あんた調子《ちょうし》乗ってんじゃないわよ。私のアルテミシア様をいじめないでくれる？」

「いや、アルトはあなたのアルトじゃないでしょう」

「そういうことを言ってるんじゃないの！　論旨《ろんし》をすり替えないで」

「ですから、いじめたりしてないですって！」

フォグは大袈裟《おおげさ》に肩を竦《すく》める。

「だいたいそれを言うなら、イオさんはアルトを甘やかし過ぎです、いつもいつも……。昨日《きのう》だって、夜食に焼き菓子を持っていったの、知ってるんですからね」

「え、なんでそれを!?」

驚《おどろ》いた声をあげたのはイオとアルトのふたりともだった。

「そこに包み紙が落ちてます」

やれやれと額《ひたい》を押さえつつ、フォグは寝台《ベッド》の横、床《ゆか》の隅を指差す。

「黙《だま》ってようかと思ったんですが……夜中にお菓子を食べさせないでくださいって何度言えばわかるんですか。たとえアルトが欲しがっても、です」

「私は欲しがったりなんかしてないわ」

「イオさんを庇《かば》ってるのか罪をなすりつけようとしてるのかわかりませんよ？　それ」

「私が勝手に差し入れたの。アルテミシア様は悪くないよ」

「あなたはあなたでアルトを庇ってるのかそれとも開き直ってるのかわかりませんよ……」

イオはべえ、と舌を出し、アルトはぷい、とそっぽを向く。

さすがに分が悪い。

正しい正しくないの話をするならフォグに理があるはずなのだが、だからといって素直に反省してくれるはずもないふたりである。それどころか逆に開き直っていた。

「……とにかく」

わざとらしく咳払《せきばら》いをし、眉《まゆ》をしかめてみせた。

「アルトも聞き分けてください。外に出られないのは、僕が謝《あやま》ってもどうしようもないでしょう？　焼き菓子のことは目をつむりますから」

「私は別に、お外に出られないことで怒ってるんじゃないわ。……お前が嘘《うそ》をついたのが許せないだけよ、フォグ」

アルトはそれでも納得《なっとく》できないらしく、揺《ゆ》り椅子《いす》の上でいっそう膝《ひざ》を抱え込む。

……というよりも、これは拗《す》ねているだけだ。

思わず、肩を竦《すく》めた。

こうなってしまうと、自分がどんなに言葉を重ねても無駄《むだ》だ。彼女の言いたいように言わせておいて、怒りを忘れるのを待つのが一番早い。

もちろん、そうした諦《あきら》めがよくないのはわかっている。このお姫様は今よりももっと、我慢するとか聞き分けるとかを学ぶ必要がある。そしてそれは――つまり、彼女を成長させるのは――他《ほか》ならない、フォグの役目なのだ。

これがなかなか難《むずか》しい。出会ってから九年、あの人間らしさに乏しかったアルトのことを思えば随分《ずいぶん》と進歩した感はあるが、それでも充分などとはとても言えない。

「せめて、嘘をつき続けることにならないように頑張《がんば》ってみますよ」

お為《ため》ごかしを口にしつつ、立ち上がった。後ろめたく思う。実際は、この件に関して自分が頑張《がんば》れることなど皆無と言ってよかった。

懐中時計《かいちゅうどけい》を取り出して時刻を確認《かくにん》する。そろそろ城へ参上しなければならない。王権派の議員《ぎいん》から、捜査《そうさ》の進捗《しんちょく》状況を報告してもらうことになっている。

「できるだけ早く外に出られるようにします。そうしたら許してくれますか？」

アルトは応《こた》えない。

ふて腐れた顔で視線《しせん》を逸《そ》らし、椅子《いす》を揺《ゆ》らすだけ。

だから今日《きょう》何度目かの溜息《ためいき》を小さく洩《も》らすと、牢獄《ろうごく》の鉄格子《てつごうし》を潜《くぐ》って部屋《へや》を出る。

「あと、よろしくお願《ねが》いします」

去り際《ぎわ》、控えていたイオに苦笑しつつ頼むと、

「……何がよろしくよ、まったく」

期待に反して、彼女もまた自分の味方をしてくれない。

突き刺さってくる冷たい視線はあまりに理不尽で、仕方なくフォグは目の前の螺旋《らせん》階段に集中し、地上への歩《ほ》をできるだけ早めるのだった。

†

階段を上っていく少年の足音が殆《ほとん》ど聞こえなくなった後。

イオ＝テリーヌは格子の向こうを覗《のぞ》き込み、アルテミシアの様子《ようす》をそっと窺《うかが》った。

「姫様？」

呼びかけてみるも、返事がない。微《かす》かに揺り椅子の軋《きし》む音だけがする。

本当はこういう時、部屋の中へ入っていって頭のひとつも撫《な》でてやりたいと思う。アルテミシアの支えになれるのなら、寿命の二年や三年くらいは構いやしなかった。

だが、当のアルテミシアがそれを許さない。出会ったばかりの頃《ころ》ならともかく――今の彼女は、イオを大事な存在だと認識《にんしき》してくれている。

つまり、牢に充満する毒気によってイオの身体《からだ》が害されることをよく思わないのだ。もし自分が格子を潜ろうとすれば、彼女は血相を変えて制止するだろう。

その心遣《こころづか》いは嬉《うれ》しくある。けれど同時に、痛ましくもあった。

親しい人を遠ざけなければならない気持ちは如何《いか》ほどだろう。誰《だれ》かに傍《そば》にいて欲しい時ひとりでいなければならない孤独はどれほどだろう。彼女はそれを自《みずか》ら選択《せんたく》しなければならない、いいいいいいいいいいいいいいいいいい、失わないために、持ってはならないのだ。

イオは彼女の傍にいられない。

いたくとも、できなかった。

だからこそ、憤《いきどお》りを覚える――決まりの悪そうな顔をして去っていった、あの少年に。

彼の立場はわからないでもない。王室とアルテミシアとの板挟《いたばさ》みでいろいろと苦労しているのは知っている。それに年頃《としごろ》の女の子が駄々《だだ》を捏《こ》ねるのを上手《うま》くなだめるなんて芸当、経験《けいけん》を重ねた紳士でもなければなかなか難《むずか》しいだろう。

けれど、あまりにも鈍感《どんかん》が過ぎるというものだ。

「姫様」

だからイオは静かに言う。

格子《こうし》に背を預け、アルテミシアの方を見ないようにして。

「イオにはちゃんと、わかっておりますからね」

この可愛《かわい》らしくも美しい王女が拗《す》ねるのは、ただ外に出たいばかりではない。アルテミシアにとって外は恐《こわ》いものなのだ。恐い場所に誰《だれ》が進んで、理由もなしに行きたがるものか。

任務をこなして王に褒《ほ》めてもらいたいという思いもないではないだろうが、それも直接的な動機《どうき》にはならない。滅多《めった》にもらえない父親からの賞賛《しょうさん》よりも、もっと身近な喜びがある。

ましてや、フォグを困らせたくて聞き分けないのでは、決してない。

あの少年はそれを理解していない。何につけてもアルテミシアのことを優先《ゆうせん》して行動するくせに、肝心《かんじん》なところでわかっちゃいないのだ。

「あの鈍感には今度、私がきつくお説教してやりますから、機嫌《きげん》を直してくださいませ。何なら、また焼き菓子を作ってきましょうか？　牛乳、いっぱい入れますから」

ややあってアルテミシアが、ひとりごちるように呟《つぶや》いた。

「……いらないわ、そんなの」

「そんなこと仰《おっしゃ》らずに」

イオは振り返り、笑った。

「お菓子くらいいいじゃないですか。フォグには私から言っておきます。あれだって、悪いとは思ってるんですから怒ったりしませんよ」

怖《お》ず怖《お》ずと顔を上げるアルテミシア。

「本当？」

「ええ」

——そうなのだ。

彼がアルテミシアのことを大事に思っているのと同様、彼女の中でもまた、フォグの存在はとてつもなく大きい。それはもう、イオが嫉妬《しっと》してしまうほどに。

だからこそ、彼は気付いていない。わかっていない。

近いうちに外へ出るという約束が破られてアルテミシアが機嫌を悪くしたのは——フォグと手を繋《つな》いで街を歩くのを何よりも楽しみにしていたからだ、ということに。

それは煉獄《れんごく》の毒気を常に纏《まと》うこの少女にとって、たぶん、とても心弾《はず》むものなのに。

恋なのかはわからない。自分で意識《いしき》するにも、彼女の心はまだ幼くあるだろう。

けれど——恋であっても親愛であっても、女性の気持ちを理解もせず袖《そで》にする男のことは、

女としてちょっと許せない。

「姫様よりもあいつの方が成長してないのよね、実際のところ」

溜息《ためいき》を吐《つ》きつつひとりごちると、アルテミシアはきょとんとした視線《しせん》を送ってくる。それに笑顔《えがお》を返しつつ、イオは小さく肩を竦《すく》めた。

「昔からちっとも変わっちゃいないわ。女心くらいそろそろわかれってのよ」

†

リチャード貴族院議員《ぎいん》は、齢《よわい》二十八の青年である。

貴族院議員、という呼び方は事実であるが同時に不敬であるかもしれない。彼を公然とそう呼んで許される空気があるのは、建前として議員間の社会的平等を前面に出さねばならない議会の際のみであるからだ。議事堂以外の場所で彼を議員扱いする者がいれば、たとえ本人が気にしなくても周囲の目がそれを大いに咎《とが》めるだろう。

そもそも「リチャード議員」という呼称自体が特殊と言える。

議員は基本的に姓《せい》で呼称される。それは議会で今なお貴族院議員が力を持っている証《あかし》だ。貴族が何よりも重んずるのはその血統であり、故《ゆえ》に姓でもって個人を識別《しきべつ》されることを彼らは望み、慣習化《かんしゅうか》した。下院である庶民院議員もまたそれに倣《なら》わざるを得ない。

しかし『リチャード』というのは姓ではない。名だった。

何故《なぜ》、姓で呼ばれないのか。それはリチャードの持つ姓が、この国で何よりも高貴であり、誰《だれ》もが知り過ぎているものであるが故だった。濫《みだ》りに、口にしてはならないほどに。

リチャード＝ミル＝ラエ。

地位は大公爵《だいこうしゃく》。現国王トーマス＝ミル＝ラエの実弟であり、王位継承権暫定《けいしょうけんざんてい》第二位。つまりマーガレット王女が女王として即位せず、かつ王妃がこの先もう子を産まない限りは次期国王となるべき定めを負う人物だった。

同時に王家においては、王属軍総司令官という立場に封《ほう》ぜられている。

王属軍――それはえり抜きの騎士《きし》百二十名と手練《てだ》れの煉術《れんじゅつ》師二十五名から構成される、王家の私設軍隊だ。警察軍《ヤード》とは命令系統を異にしており、平時は王宮の警護《けいご》、名目は王家の親衛隊《しんえいたい》、実質は特殊任務のための独立部隊として機能《きのう》していた。

フォグとアルトもまた実務上、ここに所属させられている。名称は、王属軍禁衛遊撃隊《ゆうげきたい》。ふたりの存在の体裁《ていさい》を保つためだけに作られた、ふたりしか所属していない部隊である。

とはいえ、この王弟がフォグの直属の上司であることには変わりない。

そんな彼は国民からの人気も高かった。

ひとえに、彼の器量に拠《よ》るところが大きい。

どちらかといえば無骨な面立《おもだ》ちをした現国王とは裏腹、リチャードは中性的な美貌《びぼう》を持った青年だった。透《す》き通った鼻梁《びりょう》は涼しげで、やや細い双眸《そうぼう》とよく合っている。唇は薄《うす》くもなく厚くもなく、笑えば愛嬌《あいきょう》、怒れば畏怖《いふ》、開けば気品、閉じれば威厳《いげん》と、その表情に多彩で魅力《みりょく》的《てき》な花を添《そ》える。緩《ゆる》やかに波打った亜麻色《あまいろ》の髪は長く、正面から見れば精悍《せいかん》さを引き立てつつも背後から見れば女性的な清楚《せいそ》さを感じさせるものだ。

性格も穏和《おんわ》であり、しかも同時に聡明《そうめい》さを兼ね備えていた。下々《しもじも》の者たちにも気さくに接するが王家に相応《ふさわ》しからぬ振《ふ》る舞《ま》いは決してしない。年齢《ねんれい》の離《はな》れた兄である現国王を一歩引きつつ献身的に支えるその様《さま》は、かつて王宮にはびこっていた玉座《ぎょくざ》の奪《うば》い合い、親兄弟で殺し合う醜《みにく》い巣穴《すあな》争いの歴史すべてを清水で洗い流すかのようだった。

何から何までが美しく、何から何までが輝《かがや》かしい――国民は王に国の現在を付託するのと同じように、この若き王弟に未来を希望していると言っていい。

だが、国内からの憧《あこが》れ高い大公爵の顔はその日、憂《うれ》いで曇《くも》っていた。

城内の一画、王弟用の執務室。

椅子《いす》に腰掛けたリチャードはそこへ参上したフォグへ片手を挙《あ》げる。

「やあ」

その麗《うるわ》しき眼の下には薄《うす》いくまがあった。昨夜《ゆうべ》は寝ていないことを窺《うかが》わせる。

「……悪い報告ですか？」

単刀直入にフォグは尋《き》いた。

リチャードのことはそこそこに信用している。それはひとえに、彼が有能であるからだ。やんごとない身分であるにも拘《かか》わらず人なつこく、フォグのような下賤《げせん》にも気さくな態度で接してくることにも好感が持てた。少なくとも身分を傘《かさ》につまらない皮肉を聞かされずに済む。

「ああ、そうだな。悪い。実に悪いよ」

こういう時に健前を言わないのも、その理由のひとつだ。

リチャードは立ち上がると、背後に設《もう》けられた窓の前へと歩み、

「どこから話したものかな。……単刀直入に、結果から言おう」

深い溜息《ためいき》を吐《つ》きつつ、苦々《にがにが》しげに口を開いた。

「この甸都《ハイト》で、戦争が起きるかもしれない」

「……え」

さすがにフォグも、言葉に詰まる。

戦争。

それは、つまり――。

「もちろん軍隊同士がぶつかるものではないよ。でも、故《ゆえ》に厄介《やっかい》だ」

「どういう……ことです?」

リチャードは振り返った。

「国外の煉術師集団《れんじゅつし》が匍都《ハイト》で大規模な破壊《はかい》活動計画を進めているらしい。瑩国《えいこく》の組合《ギルド》に所属しない連中が、だ。……当然、我々《われわれ》としてはこれを未然に防がなければならない。つまりは我《わ》が国と諸外国との、煉術師同士による代理戦争となる」

再び執務机の前へ戻ると引き出しを開け、中から書類を取り出し、

「まず、例の腕輪《うでわ》から説明しようか」

滔々《とうとう》と語り始める。

「辺獄院《リンボ》が出した鑑識《かんしき》結果とそれから諜報部《ちょうほうぶ》の行った調査《ちょうさ》から、あの腕輪型鍵器《けんき》は刻印に記《しる》された通り……悳国《とくこく》に本部を置くグラフ商社という兵器会社が開発したものだとわかった。忌々《いまいま》しいことだが、製造に関して煉禁術《れんきんじゅつ》は必要ないらしい」

書類を手に持ってはいたが、視線《しせん》はフォグから動かない。恐らくは、内容などすべて暗記してしまうほど幾度《いくど》も読み返したのだろう。

「煉禁術は使ってない……つまり、大量生産が可能ってことですか」

懸念《けねん》しながら問うと、

「幸い、今の段階では難《むずか》しいようだな」

首を振るリチャード。

「あれは樹脂《じゅし》に小さな煉術陣を埋め込んでいる、そうだ。合金として大量精製が可能な

『愚者の石《グラクシール》』に比べれば、遙《はる》かに手間もかかれば値も張る。我が国であれと同じものを作ろうとすれば……同じ量の黄金《おうごん》と等価ってところらしいぞ。あ、ちなみに、製作会社の名を取って『グラフの数珠《じゅず》』と呼称することになったよ。安易で私は好かんがね。銘《めい》入りの武器みたいに、もう少し洒脱《しゃだつ》な名前にならないものかな」

冗談《じょうだん》めかしてそんなことを言うが、目は笑っていなかった。

「しかし、殿下」

フォグは疑問を口にする。

「悳国《とくこく》は旧教の国です。何故《なぜ》、そんな物騒《ぶっそう》な鍵器《けんき》を……？」

この国で信仰されている新丁字教《しんていじきょう》と違い、旧教——即《すなわ》ち正統丁字教は、煉術《れんじゅつ》の使用を教義で禁じている。そういう意味ではむしろ瑩国《えいこく》の方が異端と言えるだろう。煉術を堂々と使いたいがために新教を創設し、法王庁から離反《りはん》したのだから。

もちろん旧教圏であっても、煉術がまったく使用されていない訳《わけ》ではない。信仰の度合いは国によって異なるし、生活が便利になることを望む国民の声を無視できる施政者は少ないからだ。非公式ながら煉術師組合《ギルド》が存在している地域も多い。

ただ、国が率先してとなると話が違ってくる。

法王庁の所在する丁国《ていこく》——領土内では程度の如何《いかん》に拘《かか》わらず煉術を使用しただけで即、破門である——に気を遣《つか》い、殆《ほとん》どの旧教国は二の足を踏んでいる状況だ。

そして件《くだん》の悳国はその丁国に隣接《りんせつ》している、昔ながらの旧教圏であった。

「外交だよ、とどのつまりは」

リチャードは美しい顔を渋面《じゅうめん》に歪《ゆが》めた。

「きみは知らされていないと思うが、マーガレット王女殿下は悳国の王子と婚約関係にある。まだこれはマーガレット本人も知らん。内々のことだから他言無用で頼むぞ？」

「はい」

――そうなのか。

悳国王子がこちらに婿入《むこい》りするのか、それともマーガレットが嫁《とつ》ぐのかはわからない。フォグごときが詳しく尋《き》いていいことでもないだろう。リチャードが話してくれたのは自分を信用してくれてのことだ。突っ込んでの追及は、それを裏切ることになる。

とにかく問題は、

「それもあってあの国は今、揺《ゆ》れている」

瑩国と悳国、そして丁国との――微妙な関係にこそある。

「旧教を重んじ丁国につくか、それとも煉術を選《えら》んで文明を進化させるか。一方では我《わ》が国と近付きたいという思惑《おもわく》があり、政略結婚を目論《もくろ》むのもそのひとつだ。無論《むろん》その一方で、旧教を裏切るなど以《もっ》ての外《ほか》だという思惑もある。しかし……ことを更に複雑《ふくざつ》にしているのは、あの国がかつて世界一の技術大国であったということだ。我《われ》らの産業革命以前の、な」

「瑩国《えいこく》が技術を独占しているなど矜持《きようじ》が許さない、そういうことですか」

うむ、と頷《うなず》いたリチャードは、

「実際、あの『グラフの数珠《じゆず》』はちょっとした脅威《きようい》だよ。あれの力を我が国に示すことで、煉術《れんじゆつ》研究の面で優位《ゆうい》に立てる……グラフ商会がそう考えてもおかしくはない」

「だったら、素直に輸出《ゆしゆつ》すればいいのではないですか？　わざわざこの国の過激派《かげきは》に横流しなど、喧嘩《けんか》を売っているとしか思えません」

今度は一転、首を振る。

「言っただろう？　外交、だと」

リチャードは椅子《いす》に腰掛け、背もたれに身を預けながら続けた。

「あれを正式に輸出しても意味はないよ。それは煉術師が一番よくわかるはずだ」

「……確《たし》かに、そうですね」

『グラフの数珠』は、なるほど高度な鍵器《けんき》だ。『愚者の石《グラクシール》』よりも大きな扉を開き、常識外《じようしきがい》の量の毒気を呼び込むことができる。しかしそれ故に、仮にこの国へ流入したとしても鍵器市場を占有するような結果にはならないだろう。

物珍しさに加え大きな力を得られるとあって一時的に需要が増える可能性は高くても、彼らはすぐに気付く。これは強力すぎる、と——術者自身の身を滅ぼしかねないほどに。

「悳国《とくこく》は彼らの技術で我々に目にもの見せることはできる。が、それだけだ。この鍵器、売れはすまいよ。市場の主役にもなれないはずだ。それに、大きな扉を開《あ》ける鍵器は煉術研究をより促進させるための格好《かっこう》の道具となるだろう？　正式に輸出《ゆしゅつ》でもすれば、なんのことはない。彼らの最大の商売相手は辺獄院《リンボ》となり、グラフ商社は瑩国国立機関《きかん》の体《てい》のいい下請け企業へと成り下がるだけさ。しかも数年内に技術は盗まれる」

一カ月前の、トリエラの顔を思い出す。

新型の強力な鍵器を前にして、悔《くや》しげな、同時に楽しげな顔。辺獄院《リンボ》の連中にとっては確《たし》かに、恰好《かっこう》の玩具《おもちゃ》を与えられるようなものだ。

「それに悳国が表だって鍵器を輸出《ゆしゅつ》などしてみろ。旧教、ひいては丁国《ていこく》との関係が途端《とたん》に悪化する。下手《へた》をすれば法王庁から破門されるぞ？　そうなったら新教に鞍替《くらが》えするしかない――我《われ》らが国王が教主を務める、な。つまり表だって動いた時点で、我《わ》が国にすり寄る以外に道はなくなってしまうのだよ。無論《むろん》これは悳国だけではなく、他《ほか》の国も同様だが」

実際、煉術のため旧教を離《はな》れた国は幾《いく》つかある。しかし彼らは例外なく、丁国を始めとした旧教圏から敵視されていた。瑩国がすんなりと宗教改革を進められたのは、ひとえにここが島国であるからだ。国境を地続きにしていない分、小競《こぜ》り合いにも巻き込まれない。

とにかく、と、リチャードは続けた。

「それらの利害を踏まえた上で彼らが選《えら》んだのが……我が国の組合《ギルド》に所属しない煉術師たちによる、甸都《ハイト》での大規模破壊《はかい》活動という訳《わけ》だよ」

言われてみれば確かに、ある程度の理に適《かな》った行動だった。

悳国《とくこく》はこの破壊活動により『グラフの数珠《じゅず》』の威力を世界に示すことができる。ただし瑩国《えいこく》は、たとえどれほどの被害が出ようとも国家として抗議《こうぎ》する訳《わけ》にはいかない。仮に糾弾《きゅうだん》したところで「そんなものを輸出した覚えはない」と言われれば終わりだし、むしろ恥《はじ》さらしにさえなる——煉術《れんじゅつ》研究の最先端である国が、後進国の技術に蹂躙《じゅうりん》されたのだから。

瑩国に市場をほぼ独占されている世界の鍵器産業へ楔《くさび》を打ち込みたいという思いもあるだろう。瑩国内ではともかく、他国の煉術師たちは業《わざ》も未熟《みじゅく》だ。強力な鍵器で腕の不足を補おうとする輩《やから》も出てくるかもしれない。その鍵器が瑩国を混乱に陥《おとし》れたとなれば、尚更《なおさら》。

一方で、表だっての動きではないが故《ゆえ》に、旧教圏もまた悳国を責めることはできない。それどころか、憎き瑩国を混乱に陥れたことで裏で拍手を送られる可能性すらある。

もちろん悳国にとって都合《つごう》の悪いこともある。王家の政略結婚を望む派閥《はばつ》にとって、今回の件はとても歓迎できるものではないはずだ。表向きの問題にする訳にはいかないとはいえ、両国の関係悪化は避けられない。或いは、別の派閥がそれこそを狙《ねら》っているのか。それとも王族同士の婚姻《こんいん》を前にして、こちらの優位《ゆうい》に立つ気でいるのか。

「何にせよ、瑩国に反感を持つ者は多い、ってことですね」

「残念だがそういうことだ。悳国が雇うであろう煉術師たちにしても、瑩国内の過激派《かげきは》連中に声をかける必要すらない。大陸で募《つの》ればいい話だからな。あの瑩国にひと泡吹《ふ》かせたい奴《やつ》はいるか、と。……それに、厄介《やっかい》だぞ。一カ月前の聖堂爆破《ばくは》計画などとは比にならん。今回は外から。しかも標的は市井《しせい》、つまり国民だよ」

「……ええ」

フォグの背筋を厭《いや》な汗が伝った。

相手のやり方がどんなものであるかはわからない。リチャードの言う通り国民を直接殺しにかかるのか、それとも市中で堂々と、瑩国の煉術師たちに喧嘩《けんか》を売るつもりなのか。どちらにせよ相手は、街の建物のひとつやふたつ爆破《ばくは》するのも厭《いと》わないだろう。

その力もある。『グラフの数珠』を使えば煉術の冠位《かんい》などあってないようなものだ。

ただしフォグは、もっと別のことも懸念《けねん》せざるを得ない。

リチャードがわざわざ自分を呼び出したのは当然、今回のこの件にアルトを使おうとしているということを意味する。しかもここまで話したのだ、裏工作ではないだろう。

大規模な破壊《はかい》活動への対処。それはつまり一カ月前と同じ、

「殿下。まさか……」

もしくは――それよりも。

「ああ」

王弟は表情を消すと、彫像のような美しい顔に無表情を浮かべ、フォグへ告《つ》げた。

「……きみとアルテミシアには、市井の煉術師として反攻作戦に加わってもらう」

「リチャード殿下っ」

思わず声を荒げた。冗談《じょうだん》ではない。

「お言葉ですが、アルトにそんな安い仕事を受けさせる訳《わけ》にはいきません！」

市井《しせい》の煉術師《れんじゅつし》として反攻作戦に加わるというのはつまり、市井の煉術師たちに混じって仕事を行うということだ。王属煉術師と同じ扱いを受けるのすら我慢《がまん》がならないのに——これでは一カ月前にフォグが釘《くぎ》を刺した意味もないではないか。

「……黙《だま》りたまえ」

しかし、リチャードはにべもなかった。

「きみたちには二、三日ほど街に逗留《とうりゅう》してもらう。敵が行動を起こす期日は摑《つか》んでいるとはいえ、味方になる煉術師たちと打ち合わせをする必要もあるからな」

「三日、ですって!? だったら、尚更《なおさら》……」

「これは命令だ」

有無を言わさない口調《くちょう》。

「悪いが、きみたちに選択《せんたく》の余地はない」

フォグは唇を咬《か》む。

確《たし》かにリチャード大公爵《だいこうしゃく》のことは信用している。が、あくまで信用であり——決して信頼にはなり得ない。その理由がこれだ。

優雅《ゆうが》で聡明《そうめい》、高貴たるの体現と国民たちが讃《たた》える一方で、国の中枢部《ちゅうすうぶ》における彼の評価はそれとはやや趣《おもむき》を異にしていた。即《すなわ》ち、切れ者。

温厚で美しい国の偶像としての顔とは一変、政《まつりごと》の場においての王弟は冷徹《れいてつ》なほどに怜悧《れいり》である。国のためとあらば彼は赤子《あかご》をも殺す。無論《むろん》、赤子が国の将来を担うべき未来であるという事実を理解しながら、である。その可能性と国益との重さを量る天秤《てんびん》において、憐憫《れんびん》や慈悲《じひ》を決して分銅《ぶんどう》としない。倫理や感情で国を動かしてはならぬという帝王学の基本を徹底的《てっていてき》なまでに遵守《じゅんしゅ》し事に当たるその様《さま》は、まるで機械《きかい》のようですらあった。

もちろんアルトは国王の娘であり、リチャードにとっては姪《めい》に当たる。その手前もあり、普段《ふだん》の彼は他《ほか》の公爵《こうしゃく》や大公爵連中よりも彼女に同情的だ。――だが、一旦《いったん》そうすべきと判断すれば、彼はその同情を完璧《かんぺき》に封じ込めてしまう。

「せめて、作戦の遂行役を王属煉術師に切り替えられないのですか？」

それでもフォグは反抗を試《こころ》みる。アルトの体質や秘匿性《ひとくせい》はリチャードも充分承知しているだろうに、これはあまりに強引すぎた。市井《しせい》の煉術師たちに混じっての作戦行動など以《もっ》ての外《ほか》だし、何より三日も外出するなど――負担がかかり過ぎる。

「無理だな。面子《メンツ》があるんだよ」

疑問に対する返事はあっさりとしていた。

「後進国の仕掛ける破壊《はかい》活動程度にわざわざ王属煉術師を出す訳にはいかない。王属軍は国内最強の精鋭《せいえい》、王家の近衛《このえ》だからな。少なくとも国外にはそう喧伝《けんでん》している。……たかが新型の鍵器《けんき》程度、市井《しせい》の煉術師《れんじゅつし》が対応すればそれで充分だということだよ」

「……、くだらない、ですね」

「私もそう思うよ。だが、それが外交というものだ」

「市井の煉術師だけで充分と謳《うた》いながら、それでは不安だからアルトを駆《か》り出すという訳《わけ》ですか？　僕ら禁衛遊撃隊《ゆうげきたい》がそんなことのために存在していたとは知りませんでしたよ」

「そう皮肉を言うな。……まったくきみは遠慮《えんりょ》がないな。私は仮にも王弟だぞ」

「王弟として崇《あが》め奉《たてまつ》って欲しいとは存じ上げませんでしたよ、殿下」

「やれやれ。ふたりきりだからいいようなものを」

呆《あき》れたようにリチャードは深く溜息《ためいき》を吐《つ》いた。

「八つ当たりはやめたまえ、フォグ」

「……っ」

言われ、口ごもる。図星《ずぼし》だった。

わかっている。彼に文句を言ってもどうしようもない。

先ほどの建前はもちろん、この作戦自体も決してリチャードの本意ではないだろう。諸外国への牽制《けんせい》、他の王族たちへの配慮《はいりょ》、その他の要素を加味した結果これが最善策だと判断したが故《ゆえ》の決断だとは思う。そしてだからこそ、もはや覆《くつがえ》らない。

アルトにしても——もちろんフォグも——常に王と、それから王権派のお歴々に対して、自《みずか》らの有用性を常に示し続ける必要がある。一カ月前のような失態を装《よそお》った示威は諸刃《もろは》の剣《つるぎ》、そうそう繰《く》り返せるものではないのだ。

使えないのならいっそ殺してしまえどうせ呪《のろ》われた子なのだからと、そんな意見は今でも王権派の一部に根強い。王やリチャードが庇《かば》いきれなくなったら、アルトはそれで終わり。

「一週間後だ。いいね」

リチャードの声はまるで教え諭《さと》すかのようだった。

「王属軍の助力は、できる限り最小限の人員で、かつ最大限の戦力を有していなければならない。しかもできることなら、王属軍であることが組合《ギルド》に知られていない者を、だ。それらの条件を満たすのはアルテミシアしかいないのだよ。この国で三本の指に入るであろう煉術師、王家の所持する中で単体運用可能な最大戦力……すべてがうってつけだ」

「……理はありますね、確《たし》かに」

「すまないな」

形ばかりの謝罪《しゃざい》であった。とはいえ彼の地位を考えればむしろ破格と言っていいのかもしれない。仮にも瑩国《えいこく》の王弟に頭を下げさせるなど、騎士《きし》身分には本来あり得ないことだろう。

しかしフォグの心は晴れなかった。

リチャードが王弟というのであれば、アルトは王女なのだ。

本来の王位継承権《けいしょうけん》第一位は彼女である。王弟などという、頭を下げるどころか跪《ひざまず》いて然《しか》るべき存在に顎《あご》で使われる——それを思うと、どうしてもやりきれない。

「わかりました。お役目、承《うけたまわ》りました」

それでもフォグは、不満を全身で押さえつける。

「王属軍、禁衛遊撃隊《きんえいゆうげきたい》……一週間後に、再び王宮へと馳《は》せ参じます」

俯《うつむ》いて口にした科白《せりふ》に、リチャードは「助かる」と短く応《こた》えた。

†

そして、それから一週間の後。

夜更《よふ》け深く、あと数時間で日が昇るという午前三時過ぎ——。

暗闇《くらやみ》に包まれた王宮の中庭に、ふたりの人影《ひとかげ》が立っていた。

まずは、安っぽい貴族服を着た少年。

外見は無個性で、腰の後ろに差した短めの湾刀《わんとう》だけが特徴となっているような恰好《かっこう》だった。

特に、その横に佇《たたず》む少女と比べれば凡庸《ぼんよう》さは際立《きわだ》つばかり。

少女の方は異質だった。

新月の下にもなお輝《かがや》く長い銀髪《ぎんぱつ》。吸い込まれそうな蒼瞳《そうとう》。浮かび上がるような白い肌。

上半身には身体《からだ》にぴったりと張り付いた、胸と腹部だけを覆《おお》う——両肩と背中が剝《む》き出《だ》しの、まるで下着のように妖美《ようび》な衣服の一枚きりを身に着《つ》けている。二の腕まで覆う長手袋《ドレスグローブ》も、その艶麗《えんれい》さを助長こそすれ慎《つつし》ませる役目は担っていない。

下半身はそれと対照的に、大きく拡《ひろ》がった裙《スカート》。布地は豪奢《ごうしゃ》だが、縫《ぬ》い付けられた無骨な鉄色《てついろ》の草摺《タセット》がそれに鎧《よろい》じみた印象を付け足している。

少年と少女。

そんなふたりの耳に、中庭の奥手から足音が近寄ってくる。

男だった。

老人、と言っていい。

市井《しせい》で流行している背広《スーツ》ではなく、もっと前時代的な、貴族風の胴衣《ダブレット》姿。上に羽織《はお》った厚い巻外套《クローク》は豪奢極まりなく、その者の身分が高いことを示していた。

顎《あご》に蓄《たくわ》えた白い鬚《ひげ》は長い。腰こそ曲がっていないものの足取りはゆったりとしている。

「……オービット公爵《こうしゃく》」

少年——フォグが小さく、その男の名を呼んだ。

「あなただけですか？」

「左様《さよう》」

オービット公爵は鷹揚《おうよう》に頷《うなず》き、立ち止まった。

　ふたりから、五米《メートル》以上も離《はな》れた場所で――密談《みつだん》をするにはまったく相応《ふさわ》しからぬ遠さで。

「このような夜更《よふ》けに王の手を煩《わずら》わせる訳《わけ》にもいくまい。……もっとも、この老骨にも少々堪《こた》えるがの。まあ、早起きと思えば爺《じじい》らしくてよかろうて」

　矍鑠《かくしゃく》と笑うオービットを他所《よそ》に、少女が小さく声をあげた。

「お父様《とう》は、お会いになってくださらないの？」

　不満そうな疑問はしかし、老爺《ろうや》ではなく少年の方を向いている。

　フォグの袖《そで》を小さく掴《つか》み、俯《うつむ》いて、

「……せっかく、お仕事へ行くのに」

「すまんの、姫よ」

　老爺の呼びかけにも、少女――アルトは応《こた》えない。

　距離《きょり》がありすぎて聞こえなかったのか、或いは聞いていないのか。ただ少なくとも彼女は、自身の毒気を恐れて近寄れない者に、話す言葉を持たない。

　それを見てどこか不憫《ふびん》そうな顔をしつつ、オービットは脇《わき》に抱えていたものを取り出した。

　差し出す。

「そら。受け取れ」

「謹《つつし》んで」

　フォグは静かに歩いて距離を縮《ちぢ》め、その包みを受け取った。

「わかっていると思うが、それを返しに来るまでが任務である。忘れるなよ」

手渡されるのとともに、オービットが厳《おごそ》かに告《つ》げてくる。

「もちろんです」

頷《うなず》き、踵《きびす》を返し、再びアルトの方へと。

包みを開き、中のものを取り出す。

それは——足許《あしもと》までもが隠《かく》れるほど長い、外套《コート》だった。

色は夜に紛《まぎ》れる漆黒《しっこく》。襟《えり》には頭巾《フード》がついており、着れば全身をくまなく覆《おお》うだろう。

「アルト」

フォグが促《うなが》すと、少女はその外套《コート》を一瞥《いちべつ》し少しだけ鼻をひくつかせると顔をしかめ、

「……相変わらず、厭《いや》な匂《にお》いがする」

面倒《めんどう》そうに、それを着込んだ。

——『イズス聖骸布《せいがいふ》』と呼ばれている。

煉獄《れんごく》の毒気を吸収、遮断《しゃだん》し、無害化した上で大気に還元《かんげん》するという性質を持った特殊な布は、煉禁術によって作られたこの世にふたつとないものである。本来であれば封印処理の対象であり、所持しているだけで十を超える法に触れる。

この外套《コート》は、アルトの軛《くびき》だった。

生きているだけで煉獄の毒気を身体《からだ》から発散させ続ける彼女は、近寄る人間の生命を無差別

に削《けず》ってしまう。故《ゆえ》に『イズス聖骸布《せいがいふ》』で全身を覆《おお》い、無限に立ち上る濃《こ》い花の香《かお》りを中和し続けなければ、昼間の街を歩くことは叶《かな》わない。

だがそんな便利な道具であっても、決して万能とはいえない。

この布で毒気を中和して無害化するという行為は、アルトの身にとって害でもあった。

着込んで半日もすれば身体《からだ》の不調《ふちょう》を訴え、一日中身に付けているとその夜には熱《ねつ》を出す。数日に亘《わた》って纏《まと》い続けるとなると、昏倒《こんとう》してしまってもおかしくはない。

理由ははっきりと解明できていないが、恐らくは身体を取り巻く環境《かんきょう》が変わってしまうせいだろうと言われている。人が服を着て過ごさなければ凍《こご》えて熱を出すのと同じように、アルトにとっては濃い毒気の中にいることこそが、通常の状態であるのだ。

それは、不条理でもあった。

アルトはこれを着ない限り外に出られない。しかし着続ければ自身の命に関《かか》わる。つまるところこの少女がまともに生きていけるのは、あの塔の地下牢《ろう》以外にあり得なかった。

また、だからこそ『イズス聖骸布』は王の所有物として、王権派により管理されている。

アルテミシアという籠《かご》の小鳥を正しく管理するために。

頭巾《フード》まで被《かぶ》って外套《コート》を纏ったアルトは、その流れるような銀髪《ぎんぱつ》もつぶらな瞳《ひとみ》も布の奥へと隠《かく》し、どこか怯《おび》えるような声で言った。

「もう行こう？」

一刻も早く宿へ着き、この外套《コート》を脱ぎ捨てたいのだ。

袖《そで》から僅《わず》かに出た白磁《はくじ》のような指先が、フォグの手にそっと絡《から》まる。

けれど、いつもの濃《こ》い花の匂《にお》いは鼻孔《びこう》に届かない。あるのはただ『イズス聖骸布』特有の、石油にも似た金属質な香《かお》りだけ。

「では」

こちらを見守るオービットに頭を下げて、フォグたちは踵《きびす》を返した。

ふたりの外出を忌憚《きたん》ない笑顔《えがお》で見送ってくれるはずの侍女《メイド》――イオの姿はない。彼女はアルトが逃げずに戻ってくるまで、人質《ひとじち》として塔の中で暮らさねばならないのだった。

第五章

覚束なくも儚くて

瑩国《えいこく》において煉術師《れんじゅつし》は、数こそ多くはないがそれほど珍しい存在でもない。

危険だが実入りはいいし、何より人というのは力に憧《あこが》れるものだ。暴力《ぼうりょく》、権力、財力——それらを複数《ふくすう》まとめて手っ取り早く獲得《かくとく》できることから、職業《しょくぎょう》としての人気も高かった。そもそも、毒気に対してある程度以上の耐性を持つというのは実にわかりやすい才能の一種であり、才能を持って生まれた者がそれを活《い》かそうとするのは自然の成り行きでもあった。故《ゆえ》に、どんなに死亡率が高かろうとも煉術師の数が一定以下に減ることはないし、一定以下に減ることがないから彼らを相手にした仕事、商売というのも成立する。

わかりやすいところでは鍵器《けんき》、ひいては鍵器付きの武器。製造に販売、手入れ、修理など、そこには様々《さまざま》な職業の者たちが絡《から》む。特に『銘入《めいい》り』と呼ばれる特注品などは、単価の高さや手入れの難《むずか》しさから経済に対しての貢献度も高い。——更には防具を含めた衣類や専用の日用品から、保険のような無形のものまで。煉術師向けの商売は多岐《たき》に亘《わた》っていた。

宿屋もそのひとつだ。

一般市民が煉術師に持つ感情は基本的に、憧れ半分嫌悪《けんお》半分といったところである。鍵器を操《あやつ》って煉獄《れんごく》の扉を自在に開き不可思議《ふかしぎ》の術を使う者たちは、なるほど遠巻きに見ている分には憧れもするがだからといって隣《となり》にいてもらっては困る、という訳《わけ》だ。

煉獄の毒気は健康を害し命を縮《ちぢ》めるし、元々が堅気《かたぎ》ではない商売、いつ何時《なんどき》殺し合いを始めるかわかったものではない。巻き込まれてはたまらないだろう。

だから宿場のように大勢の人が集まる場所で、煉術師はまったく歓迎されない。とはいえ商売柄《がら》、仮住まいを転々としなければならない者や一定期間自宅へ帰ることのできない者は多く、必然的に『煉術師専用の宿屋』というものができてくる。

たとえ敵同士が偶然顔を合わせても宿屋内で戦うことは堅く禁じられていたり、また部屋《へや》の構造が毒気を逃《の》がしやすいものになっていたりなどの特徴があり、一般的な宿とは雰囲気も造りも、そして立地も異なっているのが特徴だ。

市民区域の東南部——灰色街《はいいろがい》に近いせいで治安がやや悪いケイラー通りの一画にも、そんな煉術師専用の宿屋『黒豹亭《くろひょうてい》』がある。フォグとアルトはこの宿の一室を借り受け、作戦行動中の三日間を過ごすことになった。

部屋はさほど広くない。寝台《ベッド》がふたつと、それから安物の鏡台《きょうだい》がひとつ。ただし五階建ての最上階に位置しており、風通しに優《すぐ》れている。煉獄の毒気は空気よりも僅《わず》かに軽いから、部屋の中でまで『イズス聖骸布《せいがいふ》』を着込んでおかなくても大丈夫だ。それなりに配慮《はいりょ》はしてくれているんだな、と、フォグはこの部屋を手配したリチャードに感謝《かんしゃ》した。

そして、宿に着いてから日が昇るのを待ち、朝十時。

まだ見ぬ仲間たちと顔合わせをする、約束の時間が迫ってきた。

今回の任務は、国外の煉術師たちによる霸都《ハイト》市街地の大規模破《は》壊《かい》活動を防ぐというものだ。

内容の詳細は国の非公式依頼として煉術師組合《ギルド》に伝えられている。組合《ギルド》はそれを受けて人員を募集、十五人ほどが名乗りを上げたらしい。

フォグとアルトは表向き、それに応募してきた民間の煉術師《れんじゅつし》ということになっている。

諜報部《ちょうほうぶ》が仕事に精を出してくれたお陰で、相手の計画は大方のところがこちらに知られていた。破壊《はかい》活動というのは殆《ほとん》ど名目で、実際は市民や建物を盾《たて》に瑩国《えいこく》の煉術師へ勝負を申し込むようなものになりそうとのこと。もっとも、向こうがわざと情報を流した可能性もあるだろう。新型鍵器《けんき》の威力を国内外に示すのだから、抵抗してもらわなければ意味はない。

そう考えると、実に滑稽《こっけい》な予定調和《ちょうわ》だ。街中で煉術師同士が示し合わせて殺し合う——よくアルトと遊ぶ卓上遊技《ゲーム》の方がもう少し現実味がある。

「じゃあ、ちょっと打ち合わせに行ってきます」

フォグは座っていた椅子《いす》から立った。

寝台《ベッド》の上に寝転んで本を読んでいたアルトが、声に振り返る。

背の開いた戦衣姿ではなく部屋着《ネグリジェ》。当然『イズス聖骸布《せいがいふ》』も羽織《はお》っていない。両方ともくつろぐには向かないので、衣裳簞笥《クロゼット》に仕舞《しま》ってある。

「……お外に出るの？」

こちらを向いたのは、厭《いや》そうな顔だった。

「アルトはここにいてください。僕だけで充分ですから」

市井《しせい》の煉術師の中には荒くれも多い。口や態度が悪かったり、喧嘩《けんか》っ早《ぱや》い者もいる。ただでさえ年若い少女の煉術師は珍しいのだ。下卑《げび》たことを言われるのは目に見えていた。

幸い、アルトも外出に乗り気ではない様子《ようす》で、

「わかったわ」

どうでもよさそうに返答すると、再び本へと没頭し始めた。さっき書店で買ってきたものでなかなか分厚い。あと半日ほどは虜《とりこ》だろう。

アルトにしてみればこの部屋《へや》は天国のような環境《かんきょう》なのかもしれない。

ひょっとしたら「外へ出たい」と駄々《だだ》を捏《こ》ねられるかと思ったが、彼女にとっての『外』とは要するに街そのもの、もっと言えばあの牢獄《ろうごく》以外の場所のことだ。宿屋の一室もまた『外』であることには変わりない。おまけに恐《こわ》い他人もおらず、窓からは空が眺められもする。

「部屋から出ないで下さいね」

一応、念を押しておく。好奇心が勝《まさ》らないとも限らない。

今度は返事もなく、首だけが頷《うなず》く。だからフォグはもう一度「行ってきます」と声をかけると、アルトを置いて部屋から出、待ち合わせの場所へと向かった。

†

それから、たっぷり五分ほども経《た》って後。

アルトは読んでいた本を閉じ、寝台《ベッド》の上へと放り捨てた。

フォグの出ていった扉へと視線《しせん》を遣《や》る。その表情は不満に彩られていた。

「……ふん」

鼻を鳴らし、寝台《ベッド》から降りて立ち上がる。

「フォグの、ばか。意地悪。ひねくれ者。過保護《かほご》」

ひとしきり悪態を吐《つ》くも、やっぱり表情は晴れない。

実のところアルトの機嫌《きげん》は、一週間前からそれほど良くなってはいなかった。

理由は当然、さっき出ていった少年《フォグ》だ。

そもそもの発端は彼が嘘《うそ》を吐《つ》いたことである。前のお仕事の後「もうすぐまた外に出られる」とぬか喜びをさせた。もうすぐと言っておいて結局、一カ月も待たされた。

もちろん、外出が自由に決められないことくらいはアルトだって理解している。フォグが悪い訳《わけ》では決してない。お為《ため》ごかしで安易に「もうすぐ」なんて口にしたのは不誠実極《きわ》まりないけれど、百歩譲《ゆず》って許してあげようと思う。

問題は——それを追及した時の、彼の態度だ。

決めつけた。アルトが我《わ》が儘《まま》で駄々《だだ》を捏《こ》ねている、と。

口にはしなかったが、絶対にそう思っていた。あれはそういう顔だった。フォグが何を考えているかくらいアルトにもわかるのだ。

──我が儘じゃないのに。悪いのはフォグなのに。

そして意地悪を言った。僕が手を繋《つな》いでなくても街を歩けますね、と。これはもう、簡単《かんたん》に許す訳にはいかない。何よりも悔《くや》しかった。ばかにされた気がした。

今の彼の態度も、その延長だというのはお見通しだった。

仕事の打ち合わせに自分を置いていくのも、手を繋がないと街を歩けないのをばかにするのも、駄々を捏ねていると決めつけるのも──要するに自分を子供扱いしているからだ。

手を繋ぐのの何がいけないというのだろう。淑女の護衛《エスコート》は紳士の嗜《たしな》みであり、義務なのに。フォグが当然しなければならないことなのに。そのことと、自分が外の世界を怖がっているのとは、まったく、全然、これっぽっちも関係ないのに。

だからアルトは、フォグを見返してやりたかった。

自分が子供なんかではないと証明してやろうと思う。ひとりで外に出ることくらい恐くはないのだ。本当は恐くて不安だけど、こうなったら意地である。

衣裳簞笥《クロゼット》を開けて『イズス聖骸布《せいがいふ》』を引っ張り出した。

厭《いや》な匂《にお》いが鼻を突く。麝香《じゃこう》と葉巻《はまき》を混ぜたような、気持ちの悪くなる匂いだ。ただ、これに不快感を覚えるのはアルトだけで、どうもフォグやイオは何とも思わないらしい。

我慢《がまん》して羽織《はお》った。部屋着《ネグリジェ》の上から直接だったので、余計に顔をしかめる。戦衣を纏《まと》っていれば幾分《いくぶん》ましなのだが、あれは形状が複雑《ふくざつ》なので、ひとりで着ることができないのだ。

「……よし」

ひとりごちつつ、踵《きびす》を返した。

部屋《へや》の扉へと向かう。取っ手に指を掛ける。

足が震《ふる》えていた。呼吸が浅かった。顔から血の気がひいているのが自分でもわかった。それは『イズス聖骸布《せいがいふ》』のせいか、或いは恐怖からか。

「恐くなんか、ないもの」

自分に言い聞かせるように呟《つぶや》く。

実際のところアルトにとって、外というのは魑魅魍魎《ちみもうりょう》の渦巻く得体《えたい》の知れない世界だった。空や風、太陽に月、道や草木や建物や、ひいては人や動物など。絵本の中で見れば文字通りの絵空事《えそらごと》として楽しめるし憧《あこが》れすら抱くのに、実物はどうしてあんなに恐いのか。

空から注ぐ光は眩《まぶ》しすぎて目が痛くなる。風が頬《ほお》に当たる感触は気持ち悪い。自分が作った訳《わけ》でもないのに植物や動物が存在している、その意味がわからない。街を歩く人間たちに至っては不気味に動き回る肉塊《にくかい》の群れにしか見えなかった。そもそも壁《かべ》や天井《てんじょう》がないのも落ち着かない。四方十米《メートル》の牢獄《ろうごく》で育ったアルトには——すべてがあまりにも過剰過ぎるのだ。

吐《は》き気がする。やっぱりやめようかという思いが頭をよぎる。本心では恐くて仕方ない。不安でたまらない。いつもならフォグの手を握っている自分の指が行き場をなくして震えている。あの温《ぬく》もりさえあれば、震えも恐怖も不安もすべて止まるのに。

「……、私は、子供じゃないもの。フォグがいなくたって、平気だもの」

それでも、意地が勝った。

深呼吸してから覚悟を決め、廊下へ出る。

視線《しせん》をきょろきょろとさせる。この五階には他《ほか》にふたつ部屋があって、それの扉がひとつずつ、左右に見えた。廊下には窓が等間隔に三つほど。右手の奥は下への階段だ。

──正直なところ、もう充分なんじゃないかという気がした。

廊下を進み階段を下りて一階まで行き、受付を横切って出入り口の木戸《きど》を潜《くぐ》らなければ、本来の意味で『外に出た』ことにはならないだろう。けれどそこまで行く勇気が自分の中にあるかと言われれば、強がって頷《うなず》けるかどうかすらわからなかった。

外には出た。目的は果たした。引き返そう。でも、これでフォグは褒《ほ》めてくれるだろうか。

『やっぱり無理だったじゃないですか』だなんて笑われたりはしないか。

そんなふうに考え足を竦《すく》ませていたアルトの身体《からだ》が、びくん、と跳《は》ねた。

音が、聞こえたのだ。

それは廊下の奥、階段。ぎしみしと、軋《きし》む音──誰かが、、、、、、、上ってくる足音。

「ひ……」

喉《のど》から声が漏《も》れる。

フォグが帰ってきたのだ、などという前向きな思考は抱けなかった。ただ純粋に硬直していた。そのくせに手足は震《ふる》える。左手が、いるはずのないフォグの指を求めて宙を彷徨《さまよ》った。

　そうしている間にも足音は容赦なく大きくなって、やがて。

「……あ」

　階段を上ってきた人影《ひとかげ》と、ついに目が合う。

　それは、言った。

「こんにちは」

　少女だった。

　年齢《ねんれい》は十三、四歳ほどだろうか。アルトと同じくらいか、少し下に見える。

　ごく質素な、動きやすさを優先《ゆうせん》したような軽装。藍色《あいいろ》の髪を後ろで結《ゆ》って纏《まと》めているのもそのためだろうか。腰には短杖《ロッド》を差していた。

　ただもちろん、アルトはそれらの情報を頭に入れることができなかった。

　どんな恰好《かっこう》をしていても、性別や年齢を問わず、それは——他人だ。

　アルトが固まっているのを不審《ふしん》に思ったのか、少女はきょとんとする。

　ゆっくりとこちらへ近付き、

「あの、こんにちは」

　もう一度挨拶《あいさつ》を繰《く》り返した。

「う。……あ」

喉《のど》からは悲鳴じみた震えしか出ない。実際、何を言えばいいのか見当も付かなかった。

そんなアルトへ、少女は怖《お》ず怖《お》ずと尋《き》いてくる。

「あの……あなたも、煉術師《れんじゅつし》よね」

こくり、と。

五秒ほどをかけて頷《うなず》いた。どうにか、できた。

「私もよ」

彼女は笑う。

その笑顔《えがお》が何を意図してのものなのか、よくわからない。

相手がフォグやイオであれば、アルトにだって即座に感情を察することができただろう。父親であるトーマスであれば、笑顔を見ただけで喜びで胸がいっぱいになったに違いない。

けれどそれ以外の人間が笑っても——泣いたり怒ったりしたところで——どうにも、相手の気持ちを上手《うま》く理解することができない。

犬や猫、魚や鳥に対するのに似ている。

決して対等ではあり得ない存在に対して抱く気持ち。上に見ていいのか下に見ていいのかも判然とせず、ただ『別のもの』として一線《いっせん》を引いてしまうような。

それは、アルトの体質に起因していた。

常に身体《からだ》から発散する高濃度《こうのうど》の毒気のせいで誰《だれ》にも触れることができないし、相手も触れてくれはしない。身の裡《うち》に開いた煉獄《れんごく》の扉がある限り、アルトという存在はすべての生物に対して捕食者なのだ。そこに対等な関係はない。故《ゆえ》に、手も繋げない相手をどうすれば理解できるのか、その方法がわからないのだ。

イオ＝テリーヌはそういう意味で、辛抱強《しんぼうづよ》かったと言える。

肉親であるトーマスを除けばただひとり、アルトに触れられないにも拘《かか》わらず心の中に入り込むことのできた存在——彼女は長い時間をかけ、笑顔と忠誠、そして親愛と情愛を注ぎ、それを勝ち取った。実際、アルトがイオを『個人』として、ひいては『自分の大切な侍女《メイド》』として認識《にんしき》するまで五年近い歳月を要している。

ただしそれは唯一《ゆいいつ》の例外だったが故に、次へと繋《つな》がらなかった。アルトはイオとの交流において、他者と打ち解けるための術《すべ》を学習できなかったのだ。

けれど今のこの状況もまた、これまでと違う例外的なことがあった。

「まあ、この宿に泊まってるんだったら、当たり前かな？」

少女が戸惑《とまど》った様子《ようす》を見せつつも、笑顔のままアルトへ歩み寄ってくる。

七米《メートル》、五米《メートル》、三米《メートル》、そして一米《メートル》を切り、五十糎《センチ》。

例外的なこと——今のアルトは『イズス聖骸布《せいがいふ》』を着込んでいるのだった。

故《ゆえ》に少女は血を吐《は》きもしなければ顔色を悪くもせず、アルトの目の前に、立った。

もっとも、毒気を完全に浄化できている訳《わけ》ではなかった。消しきれなかった分は襟口《えりぐち》や袖《そで》か

ら洩《も》れるし、何より今は頭巾《フード》を被《かぶ》っていない。だから当然、

「……あれ」

息を浅く吸い込んだ少女も気付く。

「煉術《れんじゅつ》、使ってるの？」

ふるふると首を振ると、怪訝《けげん》な顔をされる。が、

「あ、そうなんだ」

元来、細かなことを気にしない性格なのか。すぐに少女はえへへ、と照れくさそうに笑《え》み、

「私、キリエっていいます。あなたは？」

そう――問うてきた。

キリエ。

丁字《ていじ》教《きょう》の発祥した地の言葉で『祈り』を意味する名前。

自己紹介をされたのは初めてではない。しかし自己紹介を促《うなが》されたのは初めてだった。

「あ、……あの」

どうすればいいのか頭を必死で巡《めぐ》らせる。

アルテミシア、と正直に名乗ろうとし、フォグにかつて言われたことをすんでのところで思い出した。もし誰《だれ》かに名を尋《き》かれることがあったら――、

「あ……アルト」

「アルト？　いい名前だね」

当然だ。フォグとイオが一生懸命《いっしょうけんめい》考えてくれたのだから。今では本名より――アルテミシア《ニガヨモギ》という名前よりも気に入っている。

そんなことを思いつつ、心中とは裏腹におっかなびっくりした態度でアルトは、キリエの顔に視線《しせん》を移ろわせる。まともに目を合わせることができずに瞬《まばた》きばかりしながら。

「私、お兄《にい》ちゃんが帰ってくるのを待ってるの。明日《あした》の夜からお仕事があるんだけど、その打ち合わせに行ってて、お留守番《るすばん》。あなたは？」

「わっ、わたしも、留守番……」

「え……ひょっとして、同じお仕事かしら？　組合《ギルド》から斡旋《あっせん》された……」

それはよくわからないので、首を小さく傾《かし》げた。

仕事の内容など知らない。ただいつものように、フォグの言われた通りに殺すだけだ。

反応が芳《かんば》しくないのを見て取ったキリエが、声を明るくした。

「お兄ちゃん、しばらく帰ってこないみたい。もしよかったら、一緒《いっしょ》に外で遊ばない？」

「え……？」

恐らく彼女にしてみれば、話題を変えようとしたのだろう。せっかく出会った同年代の煉《れん》術師《じゅっし》なのだからと、仲良くなろうと何気なく誘ったに違いない。

けれどその言葉に――今度こそ思考が、固まる。

遊ぶ？　……外で？

無言を肯定と取ったのか、キリエがアルトの袖《そで》を掴《つか》んできた。意識《いしき》する限りフォグ以外では久しぶりの、他者が触れてくる感覚。

「ね、行こう」

「あ」

アルトはされるがままに、ぽかんとしてキリエの後ろ頭を眺める。引っ張られて一歩を踏み出すと、予想していたよりもあっさりと足が動いた。

†

二時間ほどで打ち合わせは終わった。

会合に顔を出していたのは、作戦に参加する予定の十五人よりもやや少なく、十人強だった。フォグもアルトを連れて行かなかったのだからこれは当然と言える。

ただ、参加者のひとりが綿密な計画を予め《あらかじ》立ててきてくれていたので後はそれに沿った人員配置をするだけでよく、会議《かいぎ》そのものはさほど難航《なんこう》せずに終わったと言っていい。

また今回の仕事には、顔の知れた腕っこきが何人か参加していた。

目立ったところでは『四剣《よつるぎ》』、レティック＝メイヤ。渾名《あだな》の通り四本の刀剣を使い、剣によって異なった煉術《れんじゅつ》を自在に操《あやつ》る男である。研究者としても一流で、三十一の年齢《ねんれい》で既《すで》に三つの独自煉術を開発し、辺獄局《リンボ》にも『名付け親《ネイムド》』として認定されているほどだ。

他《ほか》にも、遠距離《えんきより》からの炮系《ほうけい》術式を使わせればこの国で右に出る者はいないとされる老年の狙《そ》撃手《げきしゅ》、アレックス＝リノ＝スレイジ男爵《だんしゃく》。

鍵器《けんき》を組み込んだ鉄扇《てっせん》で舞踏《ぶとう》し、その動きで煉術を奏《かな》でる舞士《まいし》、ケネス＝ブランドン。

全身に暗器を仕込み、すれ違えばそれだけで死ぬと称される殺し屋、オットー＝フェイ。

その強さと美しさとは裏腹に、残虐《ざんぎゃく》無比な性格と異常な執念深さで『蛇女《へびおんな》』『血染《ちぞ》め淫婦《いんぷ》』などと異名を取る、クリスティーナ＝ウェイン。

双子《ふたご》ならではの連携《れんけい》による挟撃《きょうげき》を得意とするミニー＝コールとレニー＝コール――。

いずれも、匍都《ハイト》で名うての煉術師と言えば誰《だれ》か、という酒の余興《よきょう》には必ず名が上がってくる者たちばかりである。これほどの人員が一堂に会すなど三年に一度あるかどうか。

他《ほか》にも知らない顔ながら、纏《まと》った雰囲気がどこか異様な、一見してただ者とは思えないのもちらほらといた。そういう意味ではレティック＝メイヤたちのように、名が知られているのは一流半の証拠《しょうこ》と言えるかもしれない。本当に強い煉術師というのは、自らの名や存在を世に知られたりは決してしない。それは――他でもない、アルトのように。

ともあれ、あれだけの面々が揃《そろ》っていればさすがに大丈夫だろう。

案外、自分たちが必死になる必要もないかもしれない。少なくとも目立ってしまうことは避けられる。敵が余程の莫迦《ばか》でなければ、有名どころを真《ま》っ先《さき》に警戒《けいかい》するはずだ。自分たちはそれに乗じて背後から刺せばいい。

そんな希望を抱きつつ、フォグは『黒豹亭《くろひょうてい》』への道を歩いていた。

もう時刻は正午を過ぎている。アルトがお腹《なか》を空《す》かせているだろう。

宿で出される昼食が彼女の口に合うか少し心配だった。煉術師《れんじゅつし》向けの料理は香辛料《こうしんりょう》を多用する傾向にある。毒気の香《かお》りで嗅覚《きゅうかく》が鈍《にぶ》っており薄味《うすあじ》では物足りなく感じる者が多いからだ。

しかしアルトはその例に当てはまらず、刺激物《しげきぶつ》を嫌う。一般の煉術師とは比較にならないほど濃《こ》い毒気を日常的に吸っているが故《ゆえ》の特異性だった。彼女の鼻は、毒気の芳香《ほうこう》だけを一切感じられないようになってしまっている。

給仕に薄口のものを頼んではおいたが、さて、聞いてくれているか。

ケイラー通りに入り、二時間前に通った道を迷いなく進む。途中《とちゅう》、路地裏の奥から刺すような視線《しせん》を幾《いく》つか感じた。ここの治安はさほどよくない。ましてやフォグの着ているのは安物とはいえ貴族服、貧民たちにとっては目の仇《かたき》に映るはずだ。

もっとも、こちらが武装している限りはまず襲《おそ》ってこないだろう。灰色街《はいいろがい》の連中とは違って、彼らは煉術師相手に追《お》い剝《は》ぎを試みるほど生活に困窮《こんきゅう》していなかった。

とはいえ安全とはほど遠いことに変わりない。少し早足になって歩を進めた。

そして角を曲がり、宿のある路地へと辿《たど》り着《つ》いて、

「……え」

フォグは足を、思考を止めた。

黒豹亭の玄関口。

ふたりの少女が座り込んで、遊んでいる。

どこからか調達《ちょうたつ》した石灰片《せっかいへん》で石畳《いしだたみ》に賽《さい》の目《め》を描《か》き、石を置き合っていた。恐らくは連珠《れんじゅ》だろう。いや、遊技《ゲーム》の種類はともかく——そのふたりのうちのひとりに、啞然《あぜん》とする。

黒い外套《コート》に覆《おお》われた小さな身体《からだ》。長く伸びた真《ま》っ直《す》ぐな銀髪《ぎんぱつ》と白い肌。

「アルト……？」

思わず名を呟《つぶや》くと、俯《うつむ》いて石畳を睨《にら》んでいた顔が上がった。

「あ、フォグ」

立ち上がり、膝《ひざ》を払い、こちらへと歩いてきて、

「遅い。お腹《なか》が減ったわ」

「すみません、すぐに昼食を……っ、じゃなくて」

一緒《いっしょ》に遊んでいるその少女は誰《だれ》なのか。

何故《なぜ》、部屋《へや》の中にいないのか。

ひとりでどうやって外に出たのか。連れ出されたのか。まさか自分の意思で——？

様々《さまざま》な疑問が頭の中に渦巻《うずま》くが、どこから尋《き》いたものかわからず上手《うま》く言葉にできない。

結果として茫然《ぼうぜん》と立ち尽くすしかなくなったフォグに、アルトと遊んでいた少女が恐る恐る近寄ってきた。こちらの顔色を窺《うかが》うような、一方ではにかむような表情を浮かべ、

「初めまして。フォグさんですか？」

「……きみは？」

問うと、少女は言った。

「キリエといいます。さっき、アルトさんとお友達になりました」

「え……？」

——友達、だって？

訳《わけ》がわからない。

友達という概念《がいねん》なんて、アルトとは最も縁遠《えんどお》いものであるはずなのに。

今まで体験《たいけん》したことのない気分に軽い目眩《めまい》さえ覚えるが、当の本人はあっけらかんとした顔で、フォグの袖《そで》を握りまた言うのだった。

「お腹《なか》が空《す》いたわ、フォグ」

†

宿屋の地下には酒場を兼ねた食堂がある。部屋《へや》に運んでもらうことも可能だったのだが、ア

ルトがキリエと一緒《いっしょ》に食べたがったため、昼食をそこで摂《と》ることにした。

『イズス聖骸布《せいがいふ》』を纏《まと》ったままでは調子《ちょうし》も悪かろうにと思うが、それを感じさせないほど機《き》嫌《げん》はよかった。もっとも、表向きはいつもと変わらず、つんとした無表情だったが。

献立《こんだて》は麵麭《パン》、肉入りの汁物《スープ》に加えて蒸《む》した鰻《うなぎ》。幸い料理人が薄味《うすあじ》の注文に応じてくれたので、アルトも顔をしかめることなく黙々《もくもく》と食べてくれている。

そして、半分ほどを平らげた頃《ころ》。

階段から下りてきたひとりの客が、周囲を見渡すとフォグたちに目を止めこちらへと歩いてきた。気付き、真《ま》っ先に声をあげたのはキリエだった。

「あ……お兄《にい》ちゃん！」

そう呼ばれた相手は、キリエが手を振るのに頷《うなず》きつつ席の前まで来ると、立ち止まった。

齢《よわい》二十そこその、人の良さそうな顔をした痩《や》せ型《がた》の青年である。

彼はにこやかに笑《え》みつつ頭を下げ、

「どうも、妹がお世話に……」

そう挨拶《あいさつ》をしかけたところでフォグの顔を見て、驚《おどろ》いたように目を見開いた。

「きみは、確《たし》か」

だからフォグは食事の手を止め、立ち上がる。

「先ほどはどうも。ミシェル＝スージィさん」

「ん、あれ？　フォグさん、お兄ちゃんと……」

「ええ。お会いしたのはついさっきですけど」

フォグが三十分ほど前に出席した、明日《あした》の仕事のための打ち合わせ。

キリエの兄――ミシェルはそこに居合わせていた煉術師《れんじゅつし》のひとりだったのだ。

「まったく、奇遇だなこれは」

眉《まゆ》を上げたミシェルに、フォグは笑った。

「そうでもないですよ」

実際のところ、キリエに煉術師の兄がいて仕事の打ち合わせに赴《おもむ》いているという話を聞いてから、この結果は予想していた。何せここは煉術師専用の宿屋だ。同じ日に同じ場所で同じ仕事をする者同士とくれば当然、同じ宿に泊まる可能性は高いし、何より自分と同じ時間に打ち合わせで出掛けたというのだから。ここまで来れば別の仕事である方がおかしいくらいだ。

「もっとも、あなただったとは思いませんでしたけど」

とはいえそれだけであるならば、フォグも名前までは記憶《きおく》していなかっただろう。

彼は、あの場で作戦計画を提示し打ち合わせを取り仕切った人物でもあった。並み居る有名人たちを前に臆《おく》さない胆力と、彼ら彼女らを納得《なっとく》させるほどしっかりした計画案には率直に感心した。だからこそ顔も名前もはっきりと覚えていたのだ。

「いやお恥《は》ずかしい、正直なところ」

性格も謙虚《けんきょ》なようだ。

フォグは椅子《いす》を促《うなが》し、ミシェルを卓《テーブル》に着かせた。

アルトがびくりと身を竦《すく》ませ、フォグの腕に抱きついてくる。キリエと打ち解けたのはやはり奇跡のようなもので、幾《いく》ら彼女の兄であってもミシェルは警戒《けいかい》すべき他人《たにん》なのだ。

「きみたちも兄妹かい？」

「ええ、まあ」

フォグは頷《うなず》いた。表向きにはそういうことにしている。

「あまり似ていないね。……いや、気を悪くしたらすまない。ひょっとしたらうちと同じなのかもと思って。僕とキリエは血が繋《つな》がってないんだ。両方とも親なしでね。よくある話さ」

「出身は匍都《ハイト》ですか？」

よくある話、という表現から当たりを付けて問う。

返ってきたのは首肯だった。

「ああ。灰色街《はいいろがい》の出だよ」

両親のない孤児は、当然だが貧民に多い。

夜鷹《よたか》が仕事の果てに孕《はら》んだ私生児から、貧困の中で産まれたはいいが育てるに窮《きゅう》して捨てられた子まで。玲无川《レイムがわ》に流されずに済んだ赤ん坊は、大概《たいがい》が似たような境遇の子供たちに拾われ育てられる。掏摸《すり》や追《お》い剝《は》ぎ、泥ひばりの手伝《てつだ》いと、もちろん仕事はろくなものではない。だがそうして身を寄せ合って暮らす中で、家族となっていく者たちも多かった。

「僕らは兄妹として育って、たまたまふたりとも毒気に耐性があった。だからあの生活から抜けられたって訳《わけ》だ。そういう意味じゃ、運が良かったな」

しかしそこまで話すと、不意にミシェルの顔が曇《くも》る。

「あ……失礼な話だったかな。きみはどうも、そうじゃないようだ」

フォグの着ているのが貴族服であることに気付いたのだ。

「いえ」

だから苦笑し、首を振る。

「僕のこの格好《かっこう》はただの飾りですよ。お偉方《えらがた》相手の仕事が多いんでこっちの方が都合《つごう》がいいって理由です。今日《きょう》は……普通の服を着て来るはずだったんですが、いつもの癖《くせ》で」

「ああ、そうなのか」

「さすがに灰色街《はいいろがい》の出ではないですけどね。まあでも、煉術師《れんじゅつし》の境遇なんてどれも似たり寄ったりでしょう？　僕とアルトもあなた方とそう変わりませんよ」

適当に思わせぶりな言葉で誤魔化《ごまか》す。

ミシェルも追及する気はないようで「確《たし》かにね」と笑《え》んだ。

もちろん、まともに育った中産階級や果ては貴族出身の者が煉術師になる例もないではないが、安全と安定を捨ててこの道を選《えら》ぶ時点で外れ者であることは間違いないし、そこには何らかの事情があることが多い。特に研究者ではない、市井《しせい》の煉術師であれば尚更《なおさら》だ。

「まあとにかく、よろしく頼むよ。実のところ、ちょっと不安だったんだ。……参加者が凄《すご》い人たちばかりで、内心緊張《きんちょう》し放しでさ」

「いえ、こちらこそ」

灰色街出身とは思えないほど人好きのする性格に少々面食らいながら、フォグはそれでも彼のそんな態度に、ほっとしたものを覚える。

同時に、一抹《いちまつ》の罪悪感も。

明日《あした》の戦いに際《さい》して、フォグたちは命令をほぼ無視した単独行動を取る予定だった。元々が組合《ギルド》ではなく王権派議員《ぎいん》たちの密命を受けた身、本来の任務を遂行するためにはそうする必要があるからだ。実質的にはミシェルの立てた作戦——フォグとアルトの役目は、クリスティーナ＝ウェインの補佐だった——を放り出し、途中《とちゅう》で姿を眩《くら》ませることになるだろう。

勝手な話だが、彼なら大丈夫だ、と思う。あの面々を上手《うま》く指揮し、無名かつたいした役割もない煉術師ふたりが姿を消したとしても臨機応変《りんきおうへん》に対応してくれるに違いない。

「とにかく、明日は気を付けよう。お互い死なないようにね」

「ええ、もちろんです」

「私たちも頑張《がんば》りましょうね、アルト」

と、兄に追従してアルトに笑いかけるキリエ。

アルトはこくりと小さく頷《うなず》いた。頬《ほお》の端《はし》に笑《え》みすら浮かべている。

アルトは他人《たにん》に決して懐《なつ》かないと思っていただけに、フォグにとっても意外だった。でもそれはただの思い込み、或いは決めつけに過ぎなかったのかもしれない。

この縁《えん》は、切りたくないと思う。

——できることなら。

少なくとも『イズス聖骸布《せいがいふ》』を纏《まと》った状態であれば、一時的にとはいえ煉獄《れんごく》の扉という枷《かせ》を外すことはできる。寄ってきた人間の命を削《けず》らずに、交流できるのだ。

もちろんあれを長く羽織《はお》ってはいられないし、アルトの本性を知ればキリエが心変わりしてしまう可能性も高い。けれど騙《だま》し通せるのであれば、彼女たちはこれから先も友情を育《はぐく》めるのではないか。欺瞞《ぎまん》であっても、偽《いつわ》りであっても、それでアルトの心が救われるなら、人間らしさを獲得《かんとく》できるなら——アルトとキリエとの間に繋《つな》がった糸は、大事にしたいと思う。

だから卑怯《ひきょう》な計算高さで以《もっ》て、フォグは考える。

明日の任務に際しては敗退による行方《ゆくえ》不明を装《よそお》おう。裏切りや作戦放棄と疑われそうな行動は避け、死んだかもしれないと思わせておくのが最善だ。そして後日また機会《きかい》を見て、ミシェルとキリエに会いに行けばいい。負けたけれど運良く生き残れた、アルトも無事だ、と。

我《われ》ながら、人の善意を踏《ふ》み躙《にじ》る最低な策謀《さくぼう》だとは思う。

けれどフォグの頭にあるのは、アルトの幸せだけだ。彼女が笑顔《えがお》でいてくれるなら、まともな人並みの幸せを獲得《かくとく》できるなら、他《ほか》のことはどうだっていい。

「美味《おい》しいですか？ アルト」

こちらの腕にしがみつきつつ黙々《もくもく》と麺麭《パン》を囓《かじ》る隣《となり》の少女へ問うた。彼女は何も知らない無垢《むく》な顔でこちらへ頷《うなず》き、それから対面に座った友人へ楽しそうに話し掛ける。

「この麺麭《パン》、何か変なものが入っているわ。……見て、キリエ」

「え、胡桃《くるみ》入りの麺麭《パン》、食べたことないの？」

「ない。これが胡桃？」

「そうだよ。美味しいでしょ？」

フォグはその会話に微笑《ほほえ》みながら、自身の罪悪感を心の奥に押し込めるのだった。

†

それから日が沈み、夜更《よふ》け。

フォグたちの宿泊するケイラー通りから二粁《キロ》ほど北にある、ミッドス通り——路地としては小さく目立たないその道路沿いに、一軒の宿屋があった。

煉術師《れんじゅつし》向けではない、一般人のためのものだ。

そこに、十五人程度からなる団体客が宿泊していた。

各人の服装は至って普通。ただし顔立ちや髪の色が瑩国人《えいこくじん》とは別の、たとえば拂国《ふっこく》や悳国《とくこく》の特徴を持っている者が大半を占めていた。

もっとも、瑩国人と東の大陸に住まう者たちとの間に元々そこまであからさまな人種的差異は存在しない。過去の歴史においても彼らは継続的《けいぞくてき》に交流を続けてきたし、今でも当たり前のように移民が流入している。外見の特徴はあくまで傾向、一種の目安に過ぎなかった。

故《ゆえ》にその団体客も『注意して見れば外国人の一団らしい』という程度のものだ。

少しばかり大荷物であったことや瑩国語を喋《しゃべ》らない者がいたことを加味すれば、観光客《かんこうきゃく》だろうと推測できた。いや、普通の人間にはそこまでしか推測できなかった。

彼ら彼女らの荷物の中に刀剣や弓矢や銃などの武器類と、それから肩や胸を覆《おお》う簡易《かんい》な防具類が混じっていたという事実は、宿の従業員すら予想できていなかった。ましてや全員が半透明な碧色の珠を連ねた腕輪を着けていたことには、誰《だれ》ひとりとして注目しなかった。

そしてこれからも永劫《えいごう》、気付かれずに終わるのだ。

何故《なぜ》なら彼らの手首にはもはや、その腕輪は巻かれていないのだから。

団体客十五人。

その全員が——与えられた個室の寝台の中で死んでいることが宿中に知れ渡るのは、次の日の昼前、宿の退出期限時刻を従業員が知らせに来てからだろう。

夜半過ぎの静寂《せいじゃく》は、彼ら彼女らの死を覆《おお》い隠《かく》していた。

もちろん、彼ら彼女らを殺し、碧《みどり》色《いろ》の腕輪《うでわ》を盗み取った誰かの侵入と逃走も、同様に。

第六章

鉄鎖に潜む腐肉の宴

幾《いく》ら楽しい時を過ごしたとしても、日が変わればそれは泡沫《うたかた》となる。

夜が明け、陽《ひ》が昇りかけた早朝六時——作戦を決行する予定時間の三十分前。

セレス通りにある、シュヴァリィ製糸工業会社が自《みずか》らの隆盛を示すため建てた広告塔の前に、フォグとアルトを始めとした作戦の参加者たち全員が集合していた。

塔、といってもアルトが住んでいる慰霊塔《いれいとう》とは随分《ずいぶん》違う。

形は正六角柱。鉄骨を芯《しん》に周囲を煉瓦《れんが》で覆《おお》った造りで、その強度のお陰か高さは慰霊塔のほぼ二倍ほど、たっぷり六十米《メートル》はあった。接地面積《めんせき》はおよそ二十五平方米《メートル》。屋上も同等の広さを持っており、持ち主であるシュヴァリィ製糸工業会社は時折そこからちらしを撒《ま》いたり、催しとして楽団に演奏させたりなどしている——この辺《あた》り一帯で最も高い建築物《けんちくぶつ》であり、屋上へ上れば予定される戦闘《せんとう》区域すべてを見渡せるはずだ。

総員十七名、うち名の知れた煉術師《れんじゅつし》は六名ほどである。全員が結託すればちょっとした軍隊程度の力はあるだろう。それが今から街中のあちこちで、朝の静寂《せいじゃく》を破って殺し合いを繰《く》り広げるのだ。しかも、強力な鍵器《けんき》を持った国外の煉術師たちと。

市民に犠牲者《ぎせいしゃ》が出なければいいが、と、フォグは柄《がら》にもないことを思った。

ただそれよりも心配なのは、アルトだ。

昨日《きのう》、あれからアルトは、昼を過ぎて夕方を越え、日が暮れるまでキリエと遊んでいた。

当然ながらその間ずっと『イズス聖骸布《せいがいふ》』を着込んだままで過ごしており、その影響《えいきょう》が今日《きょう》になって出てくるかもしれない。

あれは毒気を遮断《しゃだん》する代わりに、纏《まと》っているだけで体力を削《けず》り体調《たいちょう》も悪化させる。アルトの体調を最優先《さいゆうせん》するならば、着たまま外で遊ばせるだなどというのは暴挙《ぼうきょ》に他《ほか》ならない。

だが、彼女の楽しそうな表情を見ていると、窘《たしな》めることはできなかった。

とにかく一刻も早く単独行動に移る必要があるだろう。今この場においてもアルトは『イズス聖骸布』の頭巾《フード》までもを被《かぶ》っている。他の煉術師を前にして脱ぐ訳《わけ》にはいかない。

「では、それぞれ配置についてください」

全員を前に、ミシェルが声を大きくした。

「相手は我々《われわれ》を見付け次第、戦いを申し込んでくるはずです。逆に言えば、我々を発見できなかった場合は無差別に街を破壊《はかい》し始める恐れがある。できるだけ正々堂々としてください」

敵の手によって破壊活動が行われる予定になっているのは、全部で五箇所だ。

街の中心にある市民たちの憩《いこ》いの場、ビエナ広場。

広場から三百米《メートル》ほど南、新教の本部があるフランチェスカ大聖堂。

街の北部、鍛冶屋組合《かじやギルド》本部施設。

ここからほど近い場所にある、ロール製鉄会社の社屋。

そして匍都《ハイト》を横切る玲无川《レイムがわ》に架かる橋の中で最も大きな、匍都大橋《ハイトブリッジ》。

すべて、万が一でも破壊されれば国内外に恥《はじ》を晒《さら》すほど有名な場所、建物ばかりだ。

ミシェルの立てた作戦は、参加者を三から四人ずつの五班《はん》に分割、各区域を個別対応するという王道的なものだった。決して奇《き》を衒《てら》わず、だからこそ状況に対応しやすい。

ひとつの班には必ず、名うての煉術師《れんじゅつし》が最低ひとりは参加している。

ビエナ広場には『四剣《よつるぎ》』レティック＝メイヤ。フランチェスカ大聖堂には舞士《まいし》ケネス。鍛《か》冶屋組合《じゃぎルド》本部施設にはミニーとレニーの双子《ふたご》。ロール製鉄会社には殺し屋オットー。匍都大橋《ハイトブリッジ》には『蛇女《へびおんな》』クリスティーナ——といった具合だ。彼ら彼女らを主戦役に、残りの人員は補佐役。主戦役が表に立ち敵と交戦しつつ補佐役は状況把握《はあく》、各班の連絡を受け持つ。

更に塔の屋上では、狙撃手《そげきしゅ》であるスレイジ男爵《だんしゃく》が待機《たいき》する予定だった。五班すべてはもちろん、五つの戦場を常に俯瞰《ふかん》し、状況に応じて指示を出す役目だ。最悪、誰《だれ》かが負けた場合でもスレイジ男爵が遠距離《えんきょり》から砲撃《ほうげき》し片付けられるという二段構えにもなっている。

ちなみにフォグとアルトにとって都合《つごう》がいいことに、このスレイジ男爵は知己《ちき》だった——というよりも、彼はフォグたちと同じく王権派議員《ぎいん》の手回しにより派遣《はけん》されてきた煉術師である。本来は、作戦中にふたりが自由に動くための口添《くちぞ》え、手助けをする手はずだったのだが、彼がこうして司令塔の役割を与えられたのは運が良かった。見張り役が事情を知っているのと知らないのとでは、単独行動の幅に大きな差が出る。後者では下手《へた》をすれば命令無視で裏切り者と判断されても文句は言えない。

フォグはスレイジ男爵を一瞥《いちべつ》した。

すらりとした背広姿《スーツ》に顎鬚《あごひげ》の似合う、壮年の男性である。肩に担いだ猟銃《マスケット》は、遠距離《えんきょり》狙撃用に特化した鍵器《けんき》だ。小規模の陣を刻んだ弾《たま》を銃に込め、煉術によって創成した仮想火薬によって発射、弾丸の種類に応じて様々《さまざま》な煉術を遠隔発動する。狙撃はもちろん、着弾場所に煙幕を張ったり、果ては伝書鳩《でんしょばと》のように簡単《かんたん》な連絡も可能といった具合に応用が利《き》く。

目が合うと、向こうも一瞬《いっしゅん》だけにやりと笑う。

ずっとお互いそ知らぬふりをしていたので、これが最初の挨拶《あいさつ》と言えるかもしれない。煉術師としての籍《せき》自体は民間に置いている彼だが、貴族身分であることも手伝《てつだ》って王宮に顔が広く、フォグも今回以前に何度か仕事を一緒《いっしょ》したことがある。歳《とし》を重ねた老獪《ろうかい》さによるものか、こういう時にも下手《へた》を打ったりしない。もちろん腕も確《たし》かで、頼りになる存在だ。

「さて、俺《おれ》たちは一番遠い。先に行かせてもらうぞ」

レティック＝メイヤが補佐役のふたりを促《うなが》しながら言った。

齢《よわい》三十そこそこの男である。がっしりとした体格ながら、色白の身体《からだ》のせいかどこかすらりとした印象があった。『四剣』の渾名《あだな》通り、両の腰に短めの両刃剣《もろはけん》を一本ずつ、背には長刀を二本負っていた。無論《むろん》、どの剣も柄《つか》部分に鍵器が組み込まれている。

「僕らも行こうか？」

舞士ケネスも補佐ふたりを促す。こちらは両方とも若い女性で、ケネス自《みずか》らが指名した。何人かの男性煉術師はいい顔をしていなかったが、当の女たちは満更《まんざら》でもないようだった。ケネスの、煉術師《れんじゅつし》とはとても思えない優雅《ゆうが》な異国風の服装と美しい容貌《ようぼう》にあてられたのだろう。

「……では、私たちも」

頭に巻布《ターバン》、足までを覆《おお》い隠《かく》すような長衣《ローブ》、そして腰に提《さ》げているのは蛇腹剣《じゃばらけん》。まったく同じ格好《かっこう》をしたまったく同じ容姿のふたり組、ミニーとレニーが踵《きびす》を返す。補佐役のふたり、中年の男と少年が慌《あわ》てて後を追った。

「じゃあ、僕らも配置に付きます。あなたがたもよろしく」

ミシェルがキリエの手を引きつつ、フォグたちに向かって挨拶《あいさつ》をした。先導《せんどう》するのは殺し屋オットーだが、ふたりを見もしなければ「行くぞ」とも告《つ》げない。というよりも、正直なところ不気味極《きわ》まりない男だった——布きれを適当に破いたようなぼろぼろの巻外套《クローク》を羽織《はお》り、下の衣服も指先さえ隠《かく》れるだぶだぶのもの。顔に至っては右目を除いて包帯で覆われている。ミシェルとキリエが彼の補佐になったのも、誰《だれ》もその役をやりたがらなかったからだ。

とはいえ煉術師には、こういう奇矯《ききょう》な外見をした輩《やから》がたまにいる。

彼ら彼女らのお陰で外套《コート》を着込んだアルトも目立たずに済んでいる。それを考えれば、あの不気味さに助けられているとすら言えるだろう。

「やれやれ、あたしは餓鬼《がき》のお守《も》りかい。貧乏籤《びんぼうくじ》引いたもんさね」

そんなことを思っていると、背後で気怠《けだる》い声がした。

フォグたちの班《はん》の主戦役、クリスティーナ＝ウェインだった。

年齢《ねんれい》は三十にやや足りないほどか。胸の大きく開いた派手《はで》な衣裳《ドレス》、波打った豊髪、けばけばしい化粧に覆《おお》われた顔、どれを取っても毒婦という表現がしっくり来る。

声を掛けられたのにびくりとして、アルトがフォグの袖《そで》を摑《つか》み、後ろに隠《かく》れた。

「あんたたち、少しは役に立ってくれるんだろうね？　ま、向こうさんと殺し合いしてる最中に色気出されても困るけど。巻き込んで殺さない保証はないから気を付けな。せいぜい使いっ走りとして精進《しょうじん》することだ」

どうやらこちらのことなど眼中にないらしい。自分ひとりの力を過信して動く性格と見て、彼女の班を希望したのは正しい選択《せんたく》だったようだ。

「努力します」

と、フォグが答えるのも聞かず、クリスティーナはひとりでさっさと匍都大橋《ハイトブリッジ》の方へと歩いていく。フォグは苦笑しつつアルトの手を引き、彼女の後を追った。

去り際《ぎわ》、スレイジ男爵《だんしゃく》にもう一度視線《しせん》だけで合図を送る。

男爵は「任せろ」とばかりに唇の端《はし》を歪《ゆが》めると猟銃《マスケット》を担ぎ直し——煙管《パイプ》をくわえつつ、広告塔の中へと入っていった。

匍都大橋《ハイトブリッジ》へは、五分ほどで到着した。

首都を斜めに横切る玲无川《レイムがわ》、その最も幅の広い部分に架けられた全長三百米《メートル》ほどの機械式《きかいしき》跳開橋《ちょうかいきょう》である。橋桁《はしげた》が中央で分離《ぶんり》し左右に跳《は》ね上がる構造となっており、船が川を通行する際《さい》などには稼働《かどう》する様子《ようす》を見ることができる。橋桁の両端に建造された高さ五十米《メートル》を誇る管制塔と相まって、外見は壮観《そうかん》、匍都《ハイト》の有名な観光《かんこう》名所のひとつだった。

破壊《はかい》されでもすれば、その報は驚《おどろ》きとともに国内外を駆《か》け巡《めぐ》るに違いない。

余裕の態度で橋の中央に佇《たたず》むクリスティーナを遠巻きに、フォグたちは周囲の様子を窺《うかが》っていた。朝早くなせいか人通りは皆無。馬車のひとつも見当たらなかった。

幾《いく》ら単独行動を取るつもりといっても、さすがに開始直後から動く訳《わけ》にはいかない。せめてクリスティーナが敵と交戦し始めてからでなければ勇み足だ。

各部隊の動向は、スレイジ男爵によって随時《ずいじ》伝達される手はずになっていた。

まずは部隊ごとに交戦が確認《かくにん》され次第、それに応じた色の発煙弾が広告塔より打ち上げられる。緊急《きんきゅう》の場合は伝達文書を込めた弾頭を各部隊の近所に着弾させ、その後、煉術《れんじゅつ》で展開される仕組みらしい。そういう意味で作戦の鍵《かぎ》を握っているのは彼と言ってよかった。

計画のみを立案し指揮を年長者に任せたミシェルは賢明《けんめい》だろう。スレイジ男爵は年齢上《ねんれいじょう》、あの一団の中でも経験《けいけん》という点では群を抜く。

そんなことを考えつつも、時間は過ぎていった。

川から吹《ふ》く風に身を震《ふる》わせるアルトを庇《かば》いつつ、朝靄《あさもや》の遥《はる》か向こうに見える船影《せんえい》や時折川面に跳ねる魚を眺めながら、ことが始まるのを微《かす》かな緊張とともに待つ。

しかし。

五分、十分、十五分と経《た》って、

「ねえ、……ちょっと、坊や」

クリスティーナがこれ以上は我慢《がまん》できないといった調子《ちょうし》で声を掛けてきたのは、開戦予定時刻である午前六時半を二十分ほども過ぎた頃だった。

「どうなってんだい？　あたしの時計《とけい》じゃ、もう五十分なんだけど」

苛立《いらだ》ちと、それから困惑《こんわく》の色が濃《こ》い声。

「はい」

フォグは自分の懐中《かいちゅう》時計を取り出しつつ答える。

「僕の時計も同じです」

「そりゃあ結構ね。全然、まったく、これっぽっちも良かないけど。……どこか一箇所がおっ始めたら合図がある、それで間違いないんでしょうね？」

「打ち合わせでは、確《たし》かに」

そうだ。

クリスティーナの疑念も当然と言えた。

ここに敵が姿を現さないというならまだいい。相手が恐れをなして逃げ出した、何らかの作戦として焦《じ》らしている、そういった不測の事態が考えられないこともない。

だが、ここだけではないとなれば話は別だった。

開始予定時刻を二十分が過ぎたにも拘《かか》わらず、広告塔から合図の発煙弾が一発も上がらない――つまり、まだどこも戦闘《せんとう》を開始していないというのは明らかにおかしい。

「ウェインさん」

考えていても始まらない。

フォグはクリスティーナ＝ウェインへ申し出た。

「僕らが様子《ようす》を見に行ってきます」

「ん？　ああ」

彼女は面倒《めんどう》だ、とばかりに顔を一瞬《いっしゅん》だけしかめ、それから頷《うなず》く。

「わかったよ。行っといで」

「はい、じゃあ」

フォグはアルトの手を掴《つか》むと踵《きびす》を返した。

「少し急ぎますよ、アルト」

或いは、このまま部隊を離脱《りだつ》して単独行動に移った方がいいかもしれない。

さっき通った道を大急ぎで戻る。幸い、匍都大橋《ハイトブリッジ》は五箇所のうち最も広告塔に近かった。三分とかからず辿《たど》り着《つ》く。

扉を開け内部に入った。辺《あた》りを見回し、

「ここに隠《かく》れていてください」

螺旋《らせん》階段の陰《かげ》にアルトを押し込めた。本来なら連れて行くべきだが、アルトは体力がない。ただでさえここまで走って息を切らしているのに、この長い階段を上らせるのは憚《はばか》られる。

「僕が戻ってくるまで動かないように。もし誰《だれ》かに見咎《みとが》められたら……」

一瞬《いっしゅん》だけ躊躇《ちゅうちょ》するが、腹を決めて言った。

「……殺して構いませんから」

「うん」

アルトは素直に頷《うなず》く。

平時には我《わ》が儘《まま》放題の彼女だが、作戦中においては普段《ふだん》から想像もつかないほどに従順なのが常だった。それはまるで機械《きかい》のようで、いつもフォグの胸を痛ませる。

もちろん、今はそんな場合ではない。

座り込んだアルトに一瞥《いちべつ》を遣《や》ると、フォグは一気に階段を駆《か》けた。

一段飛ばしで上りながら、厭《いや》な予感が消えない。

——何故《なぜ》、発煙弾が上がらないのか。

順当に考えれば、まだどの場所でも戦闘《せんとう》が始まっていないということになる。

そうなると、そもそも敵が故意に間違った時間と場所をこちらに流したという可能性が浮上してくるが、さすがに考えにくい。彼らの目的はあの新型鍵器《けんき》『グラフの数珠《じゅず》』の威力を諸国へ示すことにある。故《ゆえ》に、示威行動としては破壊《はかい》活動を秘密裏に成功させても仕方ないのだ。むしろ瑩国《えいこく》の用意した腕っこきの煉術師《れんじゅつし》を打ち破る、その過程自体にこそ意味がある。

だったら、どんな可能性が考えられるだろう。

もしも。

『まだ戦闘が始まっていない』という前提が間違っていたとしたら。

発煙弾が打ち上がらないことに、もっと別の理由があったとしたら。

階段の終わりに着き、屋上への梯子《はしご》を駆《か》け上がる。

そこではスレイジ男爵《だんしゃく》が猟銃《マスケット》を構え、五箇所の戦闘区域に目を光らせているはず——。

「……っ！」

しかし、悪い予感は、当たる。

フォグの目にまず入ったのは、どす黒い赤。

赤の中に転がった肉の塊《かたまり》たち。

塊の傍《そば》に横たわる、背広《スーツ》を着込んだ手足。

「スレイジ、さん」

それは、アレックス＝リノ＝スレイジ男爵の、頭部を叩き潰された死体だった。

†

飛ぶようにして塔を降りたフォグは、まずアルトに発煙弾を打ち上げさせた。

猟銃《マスケット》は必要ない。彼女であれば煉術《れんじゅつ》で創成から射出のすべてが可能だった。

色は赤、次いで黒、それから水色《みずいろ》。

『集合』『補佐役のみ』『匍都大橋《ハイトブリッジ》』という意味の合図だ。

それとともにもちろん、フォグたちは匍都大橋《ハイトブリッジ》へと取って返す。

万が一各々《おのおの》の持ち場に襲撃《しゅうげき》があれば施設や建物がみすみす破壊《はかい》されてしまう恐れがある。

その可能性も鑑《かんが》み、集合は補佐役のみとした。

塔を降りる前に戦闘《せんとう》予定地のすべてを一応目視で確認《かくにん》した限りでは、どの地点にも派手《はで》な変化はないように思えたが——決して楽観《らっかん》できるものではない。

フォグの視力にも限界があるから細かな様子《ようす》までは見えないし、何より、スレイジ男爵《だんしゃく》の持ち物に小型望遠鏡《ぼうえんきょう》があるかもしれないと思い死体を探ってみてもその手の道具類がどこにも見当たらなかったのだ。それどころか、彼の愛銃すらも。

つまり相手は、スレイジ男爵の荷物をすべて持ち去るか隠《かく》すかしている。そうする意図はこちらの連絡態勢を破壊する以外にあり得ず、分隊の連携《れんけい》を断った後に行うことといえば個別撃《げき》破《は》しか考えられない。これは始まりに過ぎないはずだ。

フォグはアルトとともに走りながら、スレイジ男爵のことについて考えていた。

いい人だった。老獪《ろうかい》で、聡《さと》く、そして紳士だった。

何度か一緒《いっしょ》に仕事をした中でアルトの体質も察していただろうに、そのことについては一切尋《き》かれたことがない。付き合いやすい人だった。残念だ、と思う。

ただし、感傷に浸《ひた》っている余裕はない。

彼が殺されたことは何を意味するのか。そこに見落としてはいけない何かがある。

匍都大橋《ハイトブリッジ》へと辿《たど》り着《つ》く。

百米《メートル》ほど先、橋の中程《ほど》に見えるクリスティーナに手を振った。

「ウェインさん！」

彼女は既《すで》に抜刀《ばっとう》していた。刺突剣《レイピア》だ。搦め柄《スウェプト・ヒルト》は黒く刀身は真《ま》っ赤《か》な、毒々しい意匠《いしょう》の武器——恐らくは銘入《めいい》りだろう。

「さっきの狼煙《のろし》、あんたたちかい？」

走り寄ったフォグたちに鋭《するど》い一瞥《いちべつ》。

「説明しな」

さすが、と言うべきか。気配《けはい》が張《は》り詰《つ》めている。

「……スレイジ男爵が殺されていました」

単刀直入に返答した。

「僕の独断でここに補佐役を集合させました。各地の戦況を報告してもらいます」

「それから？」

「状況に応じて作戦を変える必要があるでしょうね。発煙信号は僕の連れが作れます」

「なるほどね」

クリスティーナはふん、と鼻を鳴らした。

「頭を潰《つぶ》されたか。忌々《いまいま》しい」

「こっちに攻撃《こうげき》は？」

「ないわね、今のところ。暇《ひま》すぎるくらいさね」

——それにしても。

フォグはさっきから頭をよぎっている疑問に、心中でのみ首を傾《かし》げる。

相手の動きが解《げ》せないのだ。

向こうは何故《なぜ》、予定した時間に予定した地点へ攻撃してこずにいきなりスレイジ男爵を狙《ねら》ったのか。彼はこちらの作戦における連携《れんけい》の要《かなめ》で、なるほど確《たし》かに真《ま》っ先に叩《たた》くのは上策といえる。実際、フォグたちは初手を取られて現在不利に陥《おちい》っているのだから。

だが——本来は、相手にその発想があること自体がおかしいのではないか？

スレイジ男爵を司令塔として分隊の連携を保つという作戦は、つい昨日《きのう》に立てたばかりのもの。敵が知っているはずがない。彼が待機《たいき》していたシュヴァリィ製糸工業会社の広告塔も、当然ながら向こうの破壊《はかい》対象になってはいない。

敵襲《てきしゅう》が時間通りにないだけであれば、それは諜報部《ちょうほうぶ》が虚偽《きょぎ》の情報を摑《つか》まされていたということだろう。しかし、恐らく、そうではない。

「こちらの作戦が……洩《も》れている」

「だろうね」

ひとりごちた言葉に、クリスティーナが応《こた》えた。

「そしてそこから導《みちび》き出される結論《けつろん》はひとつ。ふん、面白《おもしろ》くなってきたじゃないか」

そうだ。

昨日《きのう》立てたばかりの作戦を向こうが知っているというのは、つまり。

「フォグくん！」

と、自分の名を叫ぶ声。振り返ると、ミシェルとキリエのふたりだった。

「アルト、無事だった!?」

キリエはこちらへ目礼だけするとアルトに駆《か》け寄り、両手を握る。

「ええ」

アルトはそっけないほどにあっけらかんとしていた。何が起きているのかをあまり把握《はあく》しておらず興味《きょうみ》もないのだ。これは作戦行動中の常だった。フォグを信頼しきっているからか、或いは周囲の状況がどんなものであっても自分の身が脅《おびや》かされるとは夢にも思わないからか。

フォグはミシェルへと向き直った。

「すみません、勝手に集合をかけました。状況は……」

手短に説明する。時間になっても発煙弾が上がらなかったので様子《ようす》を見に行ったこと。スレイジ男爵《だんしゃく》が殺されていたこと。各地の情報が不明なこと――。

ひと通りを聞き終わった後、ミシェルは苦悩の表情をした。

「こっちも、悪い知らせだよ」

そこで、気付く。

ミシェルの左腕――袖《そで》の上から、赤黒く染《そ》まった布がきつく巻かれていることに。

怪我《けが》をしている。

「……まさか」

攻撃《こうげき》を受けたのか。

ミシェルが続けた言葉に、フォグは自《みずか》らの予想が当たったことを知る。

彼は傷付いた左腕を押さえながら、悔《くや》しげに吐《は》き捨てた。

「オットー＝フェイが裏切った。敵は……敵は国外の煉術師《れんじゅつし》だけじゃない。最初から、僕らの中に紛れ込んでたんだ！」

それから、十分ほど。

アルトの打ち上げた発煙弾を見て、各地に散っていた部隊がすべて集まってくる。

だが彼ら彼女らの報告はまさに惨憺《さんたん》たるもので、聞く者の気を滅入《めい》らせた。

まずはビエナ広場。補佐役のみの集合という合図にも拘《かか》わらず、やって来たのはレティック＝メイヤひとりだった。聞けば、不意打ちに近い形で襲撃《しゅうげき》を受けて補佐役のふたりを殺されてしまったという。相手は返《かえ》り討《う》ちにしたとのことで、その点に関してはさすがと言うべきかもしれない。もっとも、本人は「守りきれなかった」と苦々《にがにが》しい顔をしていたが。

フランチェスカ大聖堂はビエナ広場とほぼ同様の顛末《てんまつ》だった。襲《おそ》ってきた敵はケネス＝ブランドンが撃退したものの、補佐の女性ふたりは戦死。

鍛冶屋組合《かじやギルド》本部施設に至っては酷《ひど》い状況だった。つまり、全滅。到着が遅いのでレティックが確認《かくにん》に行ったところ、補佐役のふたりはおろか、ミニーとレニーの双子《ふたご》さえもが一撃のもとに斬《き》り伏せられた死体になっていたそうだ。

そして、ロール製鉄会社。発煙弾が上がった直後、オットー＝フェイが裏切り、ミシェルとキリエを襲撃――ある意味では、ここが最悪だ。どうにか抵抗したお陰でふたりとも殺されずに済んだのは幸運だったが、相手は早々に姿を消してしまったらしい。

匍都大橋《ハイトブリッジ》への襲撃がまったくなかったのが多少気になるが、今はそのことについて考える余裕がない。問題は山積《やまづ》みだった。

「……不可解な点が、幾《いく》つかあります」

大方の情報が出揃《でそろ》ったところで、全員に切り出したのはミシェルだった。

「まず、建物や市民に一切の被害が出ていないこと。特に鍛冶屋組合本部《ギルド》は……こちらの兵を全滅させられたにも拘《かか》わらず、施設は無傷だったんですよね？」

「ああ」

実際に見てきたレティック＝メイヤが頷《うなず》いた。

「ご丁寧《ていねい》に、死体を組合本部《ギルド》の門前に積み重ねてはいやがったけどな」

「今回の敵は、諸外国の煉術師《れんじゅつし》たち。目的は新型鍵器《けんき》を使った示威行動……ここまでは確《たし》かです。でも、だったら何故《なぜ》、相手は建物に手を付けないんでしょう？」

意味がない、と判断したのだろうか。

それにしては違和感がある。

確《たし》かに、瑩国《えいこく》の煉術師と戦わずして施設を破壊しても、示威行動としては意味がない。けれどもしこちらと戦った後であれば、打ち負かした後であれば尚更《なおさら》、建物を放置しているのは不自然だった。派手《はで》に勝ち名乗りを挙《あ》げる方が有効なはずだ。

何らかの理由でできなかったのだろうか。

破壊に値する煉術《れんじゅつ》を使えなかった？　いや、考えにくい。『グラフの数珠《じゅず》』さえあれば術式の冠位《かんい》が確実《かくじつ》にふたつは上がる。建物の破壊《はかい》に陣すら必要としないくらいかもしれないのに。

破壊する時間的余裕がなかった、そもそも最初から破壊する気がなかった、或いはこちらが集合するのを見計らって今から破壊するつもり——様々《さまざま》な可能性を頭の中で列挙するが、不確《ふかく》定《てい》要素が多すぎて予測できない。理由が判然としない。

「次です。……何故《なぜ》、訇都大橋《ハイトブリッジ》には襲撃《しゅうげき》がなかったのでしょう？」

二番目の疑問を皆に投げかけるミシェル。

これも不可解だった。他《ほか》の場所はきっちりと攻撃を受けているにも拘わらず、この場だけが無傷というのはいかにも恣意的だ。

「あたしに恐れをなした、って線《せん》はどうだい？」

クリスティーナが冗談《じょうだん》めかして笑うが、誰《だれ》も追随《ついずい》しなかった。

それに気を悪くしたのか、もしくは誰かが疑念の視線を向けたからか。

「ふん。先に言っとくけど、あたしゃ裏切っちゃいないからね。証明する方法なんかありゃしないけどさ。……まあ、それでも決めてかかるってんなら受けて立つよ」

薄《うす》ら笑いとともに全員を睥睨《へいげい》する。『血染《ちぞ》め淫婦《いんぷ》』の異名に相応《ふさわ》しい表情だった。

「この場の全員を相手にしてもいいと？　凄《すご》い自信じゃないか」

舞士《まいし》ケネスが嘲《あざけ》るように細面《ほそおもて》を歪《ゆが》ませるが、

「なんなら試《ため》してみるかい？　優男《やさおとこ》。あんた、食いでがなさそうだけどさ」

「やめてください、ふたりとも！」

たまらず、といった調子《ちょうし》でミシェルが声を荒げた。

「身内で争っていては相手の思う壺《つぼ》です！　今はそんなことをしている場合じゃない」

が、一度毛羽《けば》立《だ》った空気は簡単《かんたん》に治まらない。

「そうか？　このまま火種を放置したままの方が危険だと思うがな」

レティックさえもが加わって、一団に緊張《きんちょう》が満ちる。

——まずい。

フォグは唇を咬《か》んだ。

腕に自信のある者たちばかり集まっているのが仇《あだ》になった。集団で動くつもりがなく、結束する必要性を感じていない。自分ひとりでもなんとかなるとさえ思っているだろう。

現在この場にいる、つまり生き残っているのは、七人。

うち、表だっての実力者は三名だ。『四剣《よつるぎ》』レティック＝メイヤ、舞士ケネス＝ブランドン、『蛇女《へびおんな》』クリスティーナ＝ウェイン。彼ら彼女らは裏切り者をあぶり出すつもりでいる。自分を疑う者を容赦なく斬《き》り殺すつもり、と言った方が正しいか。

残りの四人、自分とアルトにミシェルとキリエは現在、彼らを宥《なだ》める立場にある。が、難《むずか》しいかもしれない。彼ら彼女らはそもそもこちらの実力を軽視している。説得を試みたとしても素直に言うことを聞いてくれるかどうか。

いっそアルトの『イズス聖骸布《せいがいふ》』を脱がすか、とも考えた。

『グラフの数珠《じゅず》』など問題にならないほどの莫大《ばくだい》な毒気を常に発し続けるという、凄《すさ》まじい力——それは彼らに対する威圧としてどこまで通用するだろう。畏怖《いふ》してくれればいいが、逆に刺激《しげき》してしまっては元も子もない。

アルトの体質が秘匿《ひとく》事項であるのも問題だった。できる限り知られる訳《わけ》にはいかないし、知られたからには作戦が終わった後に対象を暗殺する必要も出てくる。他《ほか》はともかく、ミシェルを、ひいてはキリエをアルトの手で殺させるのだけは避けたい。

それに、レティックたちの言うことも一理あるのだ。

もしこの中に裏切り者がいたとして、それを放置したままなのはまずい。

どうするべきか。ただでさえ戦況は芳《かんば》しくない。今こうしている間に、ビエナ広場やフランチェスカ大聖堂が炎上し始める可能性もあった。

とはいえこのまま膠着《こうちゃく》していてはどん詰《づ》まりだ。

どうにか、暫定的《ざんていてき》にでも打開策を出せれば——。

その時、だった。

「なあ、ちょっと待ってくれないか?」

不意にケネス=ブランドンが、無遠慮《ぶえんりょ》に全員を見渡した。

続けた言葉は、少なくともフォグにとっては意外なものだった。

「はっきり言う。僕ら……正確《せいかく》には、僕と、それから『四剣』『蛇女』。この三人には、裏切る理由なんかないんじゃないかな？」

「ちょっと待って下さい！　それは、どういう……」

ミシェルが咄嗟《とっさ》に身を乗り出した。

直後。

「おっと。動くんじゃないよ」

クリスティーナが刺突剣《レイピア》の切っ先をミシェルの喉元《のどもと》に突きつける。

「お兄《にい》ちゃん！」

たまらず、キリエがアルトから離《はな》れて駆《か》け寄ろうとするが、

「悪いね、きみもだ」

背後から伸び、回された腕——ケネスが彼女の首回りを拘束《こうそく》した。

「……っ！」

フォグは咄嗟に一歩を飛び退《と》き、アルトの前に立ちはだかる。ミシェルやキリエを助けることも頭の隅で考えたが、優先《ゆうせん》すべき相手はやはり彼女だった。

「あ……フォグ」

アルトは状況がよくわかっていないようだ。けれど不安ではあるようで、前に立ったフォグの腕を掴《つか》み、身体《からだ》ごと抱きついてくる。

「心配要《い》りませんよ」

背後に呼びかけつつ、フォグはケネスたち三人を睨《にら》み付けた。

「どういうつもりです？」

三人はゆっくりと距離《きょり》を取る。もちろん、ミシェルとキリエを人質《ひとじち》のようにした形で。

「そこのふたりも動くなよ。フォグと……それからアルトっていったか」

レティックが警告《けいこく》し、

「さて、優男《やさおとこ》。説明してもらおうじゃないの、あたしらに裏切る理由がない、ってのをさ？

……ああ、そうそう、『蛇女《へびおんな》』って呼んだことには目を瞑《つむ》ったげるよ。ただし次からは許さないからね。覚えときな。あたしは『血染《ちぞ》め淫婦《いんぷ》』って渾名《あだな》の方が好きなんだ」

クリスティーナが笑う。

「あなた、ケネスさんが何を言おうとしたのかわからない内にこんなことを……！」

「黙《だま》りな、坊や」

ミシェルのあげた抗議《こうぎ》は、刺突剣《レイピア》の切っ先によって遮《さえぎ》られた。

「理屈は簡単《かんたん》だよ」

そしてケネスが、気障《きざ》ったらしく髪を掻《か》き上げる。

「僕らは強い。この匍都《ハイト》に名を轟《とどろ》かせるほどにね。三人とも、このまま順調《じゅんちょう》に仕事をこなしていけば末は企業の雇われか弟子持ちか……成功って奴《やつ》が約束されてるんだ。そんな僕らが国を裏切って外国に味方する理由がどこにある？　どこにもないだろう」

次いで、得意げな顔でこちらを睥睨《へいげい》し、

「それに比べてきみたちには裏切る理由がある。というより、理由だらけさ。無名の煉術師《れんじゅつし》が受けた、新型鍵器《けんき》を持った強敵を相手にするという無謀《むぼう》な任務……僕らからしてみれば、むしろ裏切らない理由がないよ」

もちろんフォグとアルトに対しては的外れな分析である。ただ、仮に真実を明かしても今この場では説得力に欠けるだろう。何よりミシェルたちにかけられた嫌疑《けんぎ》は晴らせない。

フォグは問うた。

「オットー＝フェイのことは？」

理性的に説けば、或いは向こうも思い直すかもしれない。

「ふたりは、彼に襲《おそ》われてるんですよ」

「逆だったら？　このふたりがオットー＝フェイを殺し、そ知らぬ顔でのうのうと僕らのところへやって来て、嘘《うそ》を吐《つ》く。あり得ない話じゃないと思うけどね」

「論理《ろんり》が破綻《はたん》しています。あの名高い殺し屋と戦って勝てるほどの実力であれば、裏切る理由はありませんよ。ケネス＝ブランドン、あなたの理屈で言えば」

と、クリスティーナが割って入る。

「襲われたってのがそもそも狂言で、オットーの奴と共謀《きょうぼう》してるかもしれないじゃないの。今もあたしらを襲撃《しゅうげき》しようとどこかに隠《かく》れてるかもしれないね、あいつが」

「そんなの、どうとでも言えるでしょう！」

思わず声を荒げる。

「この場にいる全員が潔白《けっぱく》を完全に証明できない以上、疑えばきりがない！」

叫びながら、必死で考える。

この状況はまずい。どうにかして打開しなければならない。

できればミシェルとキリエを解放したかった。特にキリエは、アルトにとって初めてできた同年代の友人だ。アルトのためにも死なせたくはない。

ただ一方で、ひょっとしたら、とも思う。

ケネスとクリスティーナの言葉は厄介《やっかい》なことに、ある程度の理があった。

もちろんこちらの心情としてはミシェルとキリエが裏切っているなどと考えたくない。だからフォグも彼らの味方に立っている。

しかし本当は、この兄妹が裏切っていない保証などどこにもないのだ。

純粋に、客観的《きゃっかんてき》な状況から推論《すいろん》を組み立てれば、むしろ——。

「確《たし》かに、俺《おれ》たちだって怪《あや》しいわな」

レティック＝メイヤがフォグたちを威圧したまま眉《まゆ》をひそめた。

「だがな。こいつら……特に兄貴の方には、もうひとつ理由があるだろう？」

そうだ。

もうひとつの理由、つまり、

「そもそも今回の計画を立てたのは、こいつだ。……俺《おれ》たちは昨日《きのう》のあの打ち合わせの時点で、こいつの掌《てのひら》の上に乗っかっちまってたのかもしれねぇんだよ」

「く……」

それを指摘されると、今のフォグには反論の余地がなくなってしまう。

渋面《じゅうめん》のフォグに、クリスティーナがとびきりの笑《え》みを向けた。

「あ……そんなに疑わしいんだったら、こうするのはどうかしらね?」

まさに『蛇女《へびおんな》』の異名に相応《ふさわ》しい、、、、、獲物《えもの》を前にした大蛇《だいじゃ》のような残酷さで、

「あたしらが、こいつらを今から殺そうとするのさ」

彼女は、言う。

「あっさり殺されれば無罪。あたしらに抵抗虚《むな》しく負けるくらいなら、オットー＝フェイを負かす力なんか元々ありゃしなかったってことだからね。で……逆に、攻撃《こうげき》を逃《のが》れられるほどの抵抗ができるんなら有罪。有罪なので本格的に戦う。どう?」

「……ふざけないでください」

さすがに――怒りが込み上げてきた。

「くだらない詭弁《きべん》です。百年前の魔女《まじょ》裁判と変わりやしない!」

睨《にら》み付けるフォグに対し、呆《あき》れたようにケネスが嘲笑《ちょうしょう》した。

「あのねえ、きみ。魔女裁判だろうがなんだろうが、きみがどんなにこいつらの正当性を説こうが、無駄《むだ》なんだよね、はっきり言って」

「なにを……」

「僕らは自分たちが裏切り者でないことを知っている。でも、きみらが潔白《けっぱく》かどうかを知らない。ただわかってるのは、確実《かくじつ》に裏切り者がいるってことだけだ」

「ちょっと待ってくれ！　そんなの……」

　たまらず叫んだミシェルを無視し、

「はっきり言うよ。きみたちが潔白であっても裏切り者であっても……どっちみち、殺しておいて損はしないのさ。僕らにとってはね」

　女性と見紛《みまが》うほどの美しい顔を皮肉に歪《ゆが》める、ケネス＝ブランドン。

　ミシェルと、そしてキリエが蒼白《そうはく》になる。当然だ。それは死刑宣告に等しかった。

　一方で。

　フォグはその時ふと、彼らの身勝手な主張に対して違和感を覚える。

　何かがおかしい、そんな気がしたのだ。

　詭弁《きべん》、強引さ、無理矢理《むりやり》な理屈、そういった呆《あき》れてしまうような部分とは別のところで——

　彼らの言葉には決定的な綻びがありはしないか。

　だがその違和感について深く考える余裕なしに事態は動き始める。

もちろん、悪い方向へ。

「待っ……て、ください」

キリエがついに、身体《からだ》をがくがくと震《ふる》わせ始めた。

「ねえ、お願《ねが》い、待って？　お兄《にい》ちゃんは……私も、裏切ったり、してません」

目に涙を溜《た》め、唇を青くし、

「お願い、離《はな》して！　私とお兄ちゃんを……離してっ！」

それはもはや絶叫に近かった。

哀《かな》しみ。怒り。不条理な状況に対する疑問。更には恐怖。あらゆる感情がない交ぜになり、キリエは混乱していく。視線《しせん》も覚束《おぼつか》なく、泣《な》き喚《わめ》きながら声をまき散らす。

「お兄ちゃん！　フォグ！　アルト……アルトっ！」

アルトがびくりとした。

それまでレティック＝メイヤたちを恐れるようにフォグの背後に隠《かく》れ、それでいて状況にはまるで無頓着《むとんちゃく》だったが——キリエに名を呼ばれ、ようやく何かを察したようだった。

「……キリエ」

フォグの腕をぎゅっと掴《つか》み、

「わたし……私」

瞬《まばた》きと呼吸を増やし、ぎこちなく、言葉を詰《つ》まらせる。

アルトは、困惑《こんわく》しているのだ。自分の気持ちに。

心の奥から湧《わ》き出てきた感情を表現する方法がわからず、処理する方法もわからない。初めてできた友人の危機《きき》を、フォグやイオがそうなった時と同じように考えればいいのか、或いは逆に、どうでもいい有象無象《うぞうむぞう》の時と同じように考えればいいのか——迷っている。

「フォグ？　私、キリエ、を……」

その震《ふる》える声、細い指に込められた力。

フォグは、考える。

脳が焼き切れるほどの速度で、彼女の望みを叶えるためにどうするべきかを。

問題は、アルトがまだ『イズス聖骸布《せいがいふ》』を纏《まと》っていること。

脱ぐのは難《むずか》しくないが、脱げと言われて即座にそうできるほど彼女は素早《すばや》くない。

ならばこちらは実質ひとり、対して相手は三人。アルトとキリエ、ミシェルの三人を守って立ち回るには何もかもが足りず、何もかもが遅い。

——ケネス＝ブランドンに奇襲《きしゅう》、キリエを助けた後にクリスティーナ＝ウェインの剣を払いのけてミシェルを救出？……駄目《だめ》だ、レティック＝メイヤがアルトを襲《おそ》う。

——まずはアルトを抱いて背後へ跳躍《ちょうやく》。『イズス聖骸布』を脱がせてからケネス、並びにクリスティーナを狙《ねら》うか？……これも駄目だ。キリエとミシェルが殺される。

——ならばアルトを抱いたままケネスとクリスティーナに飛び掛かるか？……論外《ろんがい》だ。今の

ない。

——いっそ、抜刀《ばっとう》ざまに『イズス聖骸布《せいがいふ》』を切り裂き破り、返す刀で行くか？……さすがにできない。これを破壊《はかい》したら王宮へ帰ってからのアルトやイオの処遇が危うくなる。

——ならばどうにかして向こうの油断《ゆだん》を誘うか、騙《だま》すか、説得を試みるか？……どうやって？　方法はないのか。考えろ。考えろ——。

諦《あきら》める、という選択肢《せんたくし》はなかった。何故《なぜ》ならフォグのすべてはアルトのために在る。アルトがキリエを助けたがっている、助けて欲しいと思っているのだ。ならば、やれ。できるできないではなく、何としてでもやらなければならない、そんな思いの中、フォグではそこまでの芸当はできない、だから。

これは、フォグのそんな思いと能力を超えた、どうしようもないことだった。

キリエが錯乱《さくらん》してアルトの名を呼び、アルトがそれに反応してフォグの名を呼び腕を握ってきてから——一秒の後。たったの一秒、つまりは、ほぼ同時。

一秒の間に全力で巡《めぐ》らせた思考は、相手の僅《わず》かな行動にまったく及ばなかった。

「……は」

レティックが片手を挙《あ》げる、それを合図に。

ごき、と。

ケネス＝ブランドンの細い腕がキリエの首をあっさりと折り曲げ、
ぐちゅ、と。
クリスティーナ＝ウェインの操《あやつ》る剣先が、ミシェルの心臓《しんぞう》を貫いた。

†

「……っ！」

「おっと」

反射的に飛び出そうとしたフォグの進路に、レティックが立ちはだかる。

「それ以上近付くんじゃねえぞ」

咄嗟《とっさ》に背後、自《みずか》らの腰へ手を遣《や》り湾刀《わんとう》を抜こうとするが、彼を突破できそうな隙《すき》は見当たらない。それに、もはや突破したとしても、意味はないのだ。

フォグは自分の背後に立っている、アルトへ振り返る。

——ああ。

「キリエ……？」

アルトは呟《つぶや》いた。

フォグを無視するように、前へ数歩。表情は消えている。

残念だったね、とでも言いたげな調子《ちょうし》でケネスが手を離《はな》したのに従って、キリエが——つい数秒前までキリエだったものが——地面に崩《くず》れ落ちる。

もちろん、ミシェルも同様に。即死だった。心臓をひと突き。激《はげ》しい出血すらない。

——やめろ。

「……あ」

崩《くず》れ落ちたキリエは唇を微《かす》かに痙攣《けいれん》させていたがそれはただの反射。もう死んでいた。疑う余地など、もはやないほどに。

それを見詰《みつ》めながら、アルトが頭巾《フード》を脱ぐ。

彼女の瞳《ひとみ》、蒼穹《そうきゅう》を映したような青に、ゆっくりと涙が溜《た》まっていく。

——やめてくれ。

「キリエ……死んだ？」

ひと筋。ふた筋。

何故《なぜ》自分が泣いているのかわからない、そんな顔だった。

レティックが、ケネスが、クリスティーナが何かを言っていた。笑いながらこちらへ喋《しゃべ》っていた。そんなことはどうでもいい。フォグにとって大事なのは、

——アルト。

「……どうして？」

倒れたキリエの死体。ミシェルの死体。

それらを眺め、ゆっくりとアルトは言った。

泣きながら、問うてきた。

「ねえ、フォグ。どうして、キリエは死んだの？」

――ああ、畜生。

フォグは唇を咬《か》む。血が滲《にじ》むほどに、強く。

アルトに、こんなものを見せるな。

「あっ……私のせい？」

僕のアルトに、

「私と仲良くなったせいで、キリエは、死んでしまったの？」

こんな失望を――与えるな。

「ちが……違います、アルト。これは……」

アルトには、わからないのだ。

彼女にとって『死』とは常に、自らが与えるものであるから。

殺すべき敵を殺すという任務。

殺すべきではない相手も、近寄れば死なせてしまう体質。

自分以外の存在がもたらす死にも、近しい者の死にも慣《な》れていないのに。

だから、こんなことになる。

こんな歪《ゆが》んだ傷付き方を——してしまう。

「何を言ってんの？　このガキは」

クリスティーナが深紅《しんく》の刺突剣《レイピア》を肩の上で弄《もてあそ》びながら、呆《あき》れたように呟《つぶや》いた。

「変な奴《やつ》だとは思ってたんだけどさ」

「でも、美しい娘と思うね、正直なところ」

ケネスの笑《え》みは男性的な欲望と女性的な嫉妬《しっと》の両方が入り混じっているかのようだった。

「残念だよ。裏切り者なのがさ」

「くだらねえな」

レティックは腰の剣、その柄《つか》へ手を掛けた。足許《あしもと》のキリエを一瞥《いちべつ》し、溜息《ためいき》を吐《つ》く。

「ま、こいつらを庇《かば》いだてしてたってことは、そういうことだろう」

——故《ゆえ》に。

「……そういうこと？　どういうことですか」

アルトを背後から抱き寄せもう一度自分の後ろに押《お》し遣《や》ると、フォグは低い声をあげた。

「わかりましたよ。何もかも」

皮肉、というべきか。或いは未熟《みじゅく》、そういうべきか。

どうやらキリエとミシェルの死と、それによってもたらされたアルトの悲しみが、フォグの思考を一気に広げたらしい。

まるで頭に冷や水を浴びせられたように、すべてがくっきりしていた。

背、腰に差した短刀の柄《つか》を逆手《さかて》に握る。

引き抜いた。

小振りの湾刀《わんとう》。緩《ゆる》やかな曲線《きょくせん》を描き、刃《やいば》を内反《うちぞ》りに持つ二十七糎《センチ》の歪《いびつ》な短剣。

フォグは三人を睨《にら》み付け――吐き捨てる。

「裏切り者は、あなたたちだ」

第七章

王女の蹂躙

裏切り者は、あなたたちだ——。

フォグが突きつけたその事実に、対する三人の反応はそっけないものだった。

クリスティーナは「へえ」と眉《まゆ》を上げ、
レティックは「ふん」と小さく鼻を鳴らす。

ケネスだけが、興味《きょうみ》津々《しんしん》といった具合で問うてきた。

「ちゃんとした論拠《ろんきょ》でもあるのかい？」

だからフォグは声に自嘲《じちょう》を込め、答える。

「むしろ、今まで論拠を見付けられなかった自分が情《なさ》けないですね」

そうだ。

「……最初の違和感は全員が集まった時です」

わかってみれば——簡単《かんたん》な話だったのだ。

「スレイジさんが殺された、故《ゆえ》に裏切り者、内通者がいる。ここまではいいでしょう。でも、すべての部隊が奇襲《きしゅう》されたという中でミシェルさんたちだけが『裏切られた』……これは、不自然なことだったんですよ。他《ほか》が奇襲されてるんだから、彼らも奇襲されるのが道理です」

「あたしはされなかったけど？」

不敵に笑うクリスティーナ。

彼女へ向き直り、反論する。

「まさにそれが話を見えにくくしていたんだ。……僕らにとっては」

襲撃《しゅうげき》を受けた部隊。全滅した部隊。裏切り者に襲《おそ》われ命からがら逃げ延びてきた部隊。何も起きなかった部隊――列挙してみればなるほど多種多様で、状況を混乱させる。

だが仮にもし、すべての部隊がまったく同じ目に遭ったと考えれば。

「裏切り者に襲われた。ただそれだけなんですよ……どの部隊も。そして襲われた側は死に、襲った側がそ知らぬ顔で集合してきた。そうすれば、話は単純なんです」

まずスレイジ男爵《だんしゃく》が裏切り者の手により殺される。情報が漏《も》れて敵に襲撃されたのではない。何故《なぜ》ならあの場に争った形跡はなかった。味方が塔に上ってきたと思ったのだ。

次いでビエナ広場は、レティック＝メイヤによって補佐役ふたりが殺された。これはスレイジ男爵以上に簡単だ。弱い相手を背後から斬《き》ればいいだけなのだから。

フランチェスカ大聖堂も同様、ケネスが補佐ふたりを始末したのだろう。

全員が死んだという鍛冶屋組合《かじやギルド》本部施設組も結局のところ、裏切っていない者が殺されたことには変わりない。それが全員だったというだけなのだ。三人の誰《だれ》かが、自分の持ち場を片付けた後で赴《おもむ》いていって処置する程度の時間は充分にあった。

そして、ロール製鉄会社。状況はビエナ広場やフランチェスカ大聖堂と同じだ。ミシェルたちが殺されずに済んだ理由は単にし損じたか、或《ある》いは敢えて生かしておいたか。どちらにせよ、結果としてふたりの生存がフォグに対する攪乱《かくらん》になった。

最後にこの場所、匍都大橋《ハイトブリッジ》に関しては何のこともない、実に単純だ。ただ殺すべき相手が留守《るす》にしていた、それだけ。もっとも――今にして考えてみると、フォグが「様子《ようす》を見に行ってくる」と告《つ》げた時のクリスティーナはどこか反応が悪かった。もしかしたら、フォグとアルトを殺す機会《きかい》を窺《うかが》っていたのかもしれない。

「結局のところ、敵は最初から身内にいたんです。国外の煉術師《れんじゅつし》は来ていなかった。破壊《はかい》活動の計画なんてのも、最初からなかったんだ」

諜報部《ちょうほうぶ》は偽《にせ》の情報に踊らされ、組合《ギルド》に依頼をしたのだろう。

そしてすべてを知る彼らが、予定調和《ちょうわ》のように依頼に対して名乗りをあげた、と。

「それから、次。さっきあなたたちが、ミシェルさんを裏切り者だと決めてかかった時の理屈です。一見筋が通っているように見えて、とんだ矛盾《むじゅん》がある」

違和感はあったのだ。何か決定的な綻《ほころ》びがあるような、そんな。

あの時に気付けなかったことへの悔《くや》しさに拳《こぶし》を握りながら、フォグは、

「レティック＝メイヤ。あなた、ミシェルさんに言いましたよね？『そもそも今回の計画を立てたのはこいつだ』と。彼の立案した作戦それ自体が我々を潰《つぶ》すための罠《わな》だった――確《たし》かに理屈としては自然で、辻褄《つじつま》は合う。でも……」

無言のレティックに、指摘する。

「昨日《きのう》、ミシェルさんが提案した作戦……最初にそれへ賛成したのは、あなただ」

　これが、ひとつめの綻びだ。

　腕っこきで名を知られた煉術師たちが居並ぶ中、まったく無名の若い煉術師が作戦を立案する。大胆な行動だ。当然、場には白々《しらじら》しい空気が流れた。殆《ほとん》どの者が「お前などお呼びでない」という顔をして、口にしたミシェル自身も恐縮《きょうしゅく》しきっていたのをよく覚えている。

　だがその時、レティック＝メイヤが言ったのだ。『いいんじゃねえか？』と。

　理に適《かな》っているし咄嗟《とっさ》の時にも対処しやすい、だから俺《おれ》は賛成《さんせい》だ、と。

　名高い『四剣《よつるぎ》』が賛成したお陰で、ミシェルの計画はあの場の全員に受け入れられた。つまり実質、あの作戦はレティックが通したと言っても過言ではない。

「最後に、ケネス＝ブランドン」

　そしてふたつめの綻び。

「あなたはさっき、自《みずか》らの正当性を主張する際《さい》に『僕ら』『自分たち』と言いましたね。僕らは自分たちが裏切り者でないことを知っている、と。でもこの場合、普通なら『僕』『自分』と表現するところじゃないですか？　何故《なぜ》ならあなたは、自分が裏切り者かどうかの確信《かくしん》を持ってはいても、レティック＝メイヤやクリスティーナ＝ウェインのことまではわからないはずなんですから。あなたの物言いからは……ひょっとしたらこのふたりが敵かもしれないという疑念が、まったく感じられなかった」

これはごく小さな、しかし彼らにとっては紛《まぎ》れもない失敗だ。

「つまりあなたは最初から知っていたんですよ。他《ほか》のふたりが裏切り者かどうかを。そして知っている、ってことは……結託してる、ってことだ」

もしも裏切り者が誰《だれ》であるかが本当にわからないとしたら、あそこまで断定的な物言いはできないはずだ。たとえミシェルとキリエを排除するために彼らが一時的に手を組んだとしても――相手のことを無条件で信用しては命に関《かか》わる。名高い煉術師《れんじゅつし》であれば、尚更《なおさら》だ。

ただ、それらの論拠《ろんきょ》はもはや意味のないことでもあった。

「まあ、僕の推測が正しいかどうかなんてどうだっていいんです。ケネス＝ブランドン、あなたの理屈を借りればね。だって僕らの主観では僕らは裏切ってなんかいない。そしてあなたたちは僕らを殺そうとしている。つまりおかしいのは、あなたたち全員でしかあり得ない」

そこまでを言い切って、フォグは口を噤《つぐ》んだ。

しばらくの沈黙《ちんもく》が流れる。

やがて、ゆっくりと口を開いたのはレティック＝メイヤだった。

「ひとつだけ訂正しといてやる、坊主」

にやりと笑い、

「悳国《とくこく》の派遣《はけん》した国外の煉術師どもは、ちゃんといたんだよ。襲撃《しゅうげき》の予定もあった。ただ、こなす前に死んじまったがな。……宿屋が大騒《おおさわ》ぎになるまで、あと三時間ってとこか？」

「……寝込みを襲《おそ》ったと？」

「そういう意味じゃ、俺《おれ》たちは組合《ギルド》からの仕事をちゃんとこなしたんだぜ？　我《われ》らが愛すべき街、醜《みにく》くも美しいこの箱都《ハイト》を守ったんだ。文句を言われる筋合いはねえ」

「なるほど」

フォグは軽く肩を竦《すく》めた。

彼らの目的を、理解したのだった。もちろんレティックの言葉に賛同《さんどう》したのではない。

「欲に駆られた……そういう訳《わけ》ですか」

「そろそろ殺《や》り合おうじゃないか？　王属煉術師」

嘲笑《ちょうしょう》とともに、ケネスが袖《そで》をまくる。

クリスティーナが腰に着けた小物入れ《ポーチ》を探る。

レティックが懐《ふところ》からそれを取り出す。

半透明の碧色《みどりいろ》をした珠《たま》を連《つら》ねた、悳国製の新型鍵器《けんき》――『グラフの数珠《じゅず》』。

「こいつの力、試《ため》してみたいんだ」

鉄扇《てっせん》を手にして前に出たケネスの楽しそうな笑顔《えがお》に、フォグは吐き捨てた。

「くだらないですね」

そう――くだらない。

まったく以《もっ》て、くだらない。

「『力』？　そんなものが？　たかだか煉獄《れんごく》の扉を大きく開く程度が？」

軽く片手を挙《あ》げた。

それに伴い、背後で衣擦《きぬず》れの音がする。

「……フォグ」

『イズス聖骸布《せいがいふ》』を脱ぎ捨て、アルトがどこか無感情に、小さく呟《つぶや》いた。

「この人たちを殺せばいいの？」

「いいえ、違います、アルト」

だからフォグは背後に立つ少女の名を呼び、はっきりと正す。

「仇《かたき》を取るんです。キリエさんの……あなたの、友達の」

――ややあって、後。

「うん。わかった」

微《かす》かに笑う気配《けはい》があり、アルトは応《こた》える。

「ありがとう、フォグ。私、頑張《がんば》るから」

濃《こ》い毒気の香《かお》りが漂い始める。噎《む》せ返るような甘さを持つ、煉獄の大気だ。

立ち上らせるのはフォグの背後で佇《たたず》む、銀髪《ぎんぱつ》の王女。

フォグは湾刀《わんとう》を構え、目前の敵に宣言した。

「あなたたちが国と同僚《どうりょう》を裏切って手に入れた『力』。それがどれほどちっぽけでつまらないものか……身を以《もっ》て思い知るといい」

†

そして少年騎士《きし》と姫君は、匍都大橋《ハイトブリッジ》の上で敵と対峙《たいじ》する。

風は川の上流から下流に向かって吹《ふ》いていた。

肌寒さとともに髪が乱れる。

しかしそれは同時に、大気を流してくれる。橋に対して平行にこちらと向かい合っていたケネス＝ブランドンたちは、アルトの体質に気付くことができずにいるようだった。

もっとも、気付いたとしても意味があるとは思えない。彼らは明らかに浮かれていた。新しく手に入れた『グラフの数珠《じゅず》』の持つ力に。

「まずは僕から行かせてもらうよ」

鉄扇《てっせん》をかざし、ケネスが一歩前に出た。

「どうだい、この武器？　『エルレの霧雨《きりさめ》』。僕の自慢《じまん》の逸品《いっぴん》だよ」

自己陶酔気味に、尋《き》かれてもいない得物《えもの》の銘《めい》を語る。

「……いいんですか？　三人で来なくても」

フォグはそれを無視し、挑発した。

「後悔しますよ」

「ふん」

対して、嗤《わら》うケネス。女性のような美しい顔が嘲弄《ちようろう》に歪《ゆが》む。

「何を勘違《かんちが》いしているのかな？　僕らはきみたちのような王宮に飼われた羊と違って、生ぬるい場所に身を置いていないんだ。加えて今の僕らには、これがある」

腕に巻いた『グラフの数珠《じゆず》』を軽く振り、

「むしろ立場が逆だろう？　僕が同情する側だよ。悔《く》やむがいいさ。……『血染《ちぞ》め淫婦《いんぷ》』『四剣《よつるぎ》』、悪いけれどきみたちの出番はなしだ」

「ふん、せいぜい頑張《がんば》ることったね、色男」

深紅《しんく》の刺突剣《レイピア》を鞘《さや》に収め、クリスティーナが一歩下がった。

「そいつは助かる。俺《おれ》はできることなら働きたくないんでね」

レティックは腕を組んだまま動かない。傍観《ぼうかん》する心積《こころづ》もりらしい。

——それにしても。

正直なところ、高名な煉術師《れんじゆつし》である彼らが国を裏切ってまで『グラフの数珠』を欲するとは想像だにしていなかった。

熟練《じゆくれん》した煉術師であるほど、術を効率的に使う。どんなに耐性があろうと煉獄《れんごく》の毒気は有害であることに変わりなく、吸わずに済むに越したことはないからだ。

それは戦いであっても同様で、無闇《むやみ》に大きな扉を開けてしまうような鍵器《けんき》など、ともすれば術を持て余す。故《ゆえ》にこの国の煉術師は『愚者の石《グラクシール》』の内包する扉の大きさを基準に術を構築《こうちく》してきたのだ。或いは——術を極《きわ》めたという勘違いと、限界を超えてみたいという渇望が、彼らを誘惑《ゆうわく》したのかもしれない。

「アルト」

湾刀《わんとう》を手にケネスと対峙《たいじ》しながら、フォグは背後へ呼びかけた。

「この男に『つるぎ』を。小手《こて》調《しら》べといきましょう」

アルトは応《こた》える。

「わかったわ」

少なくとも声は、いつものように。

故《ゆえ》にフォグは、仕掛けた。ケネスへと突撃《とつげき》し一気に距離《きょり》を詰《つ》める。獣《けもの》のように態勢を低くし、逆手《さかて》に持った湾刀を下から上へ跳《は》ね上げるように。

「……は！」

一歩後退したケネスが唇を歪《ゆが》める。

「さあお手並み拝見だよ、舶来物《はくらいもの》。……『起きろ《レェゼ》』！」

それが、扉を開く合図。

高濃度《こうのうど》の毒気が腕輪《うでわ》より立ち上る。甘い芳香《ほうこう》がフォグの鼻にまで届く中、ケネスは右足のつま先で地面を軽く叩《たた》き、身体《からだ》をよじらせて左腕を振った。最後に、がちん、と合扇《ごうせん》。舞士《まいし》の煉術《れんじゅつ》は動作を儀式《ぎしき》とする。

起動させたのは、

「ははっ、凄《すご》いな！」

扇頂からまるで芽《め》のように生《は》え、真《ま》っ直《す》ぐに伸びていく金属質の刃《やいば》——色からして恐らくは『咬毒刀《ブレアド9》』。神経毒を練り込んだ仮想鉄を創成する、第四冠《だいよんかん》術式だ。

さっき見せた簡単《かんたん》な舞程度の儀式では、本来なら短刀ほどがせいぜいだろう。だが、成長した刃の長さはおよそ八十糎《センチ》。規模が五倍か、十倍か。

「そら！」

意気揚々と横薙《よこな》ぎに『咬毒刀《ブレアド9》』を振ってくるのを、身体を沈めて躱《かわ》す。そのまましゃがんで足払いをかけるが、相手には読まれていた。

前にも後ろにも動かず、ほんの僅《わず》かな最低限の跳躍《ちょうやく》。それだけでフォグの攻撃《こうげき》は空振りに終わる。思わず目を見開いた。なるほど戦闘《せんとう》の技量は確《たし》かに一流だ。

だが、それで攻撃が終わるほどこちらも甘くはない。

「……っ、な」

ケネスがようやく気付く。

既《すで》にアルトは、展開を終えていた。

肩と背中が剝《む》き出しになった上半身、つまり自《みずか》らの肌を苗場《なえば》にして煉術で生やした仮想物資の線《せん》。それを幾本《いくほん》も伸ばし、搦《から》め、拡《ひろ》げて作った立体的な図表。

前から見れば羽根《はね》のようにも見える、直線で構成された即席の煉術陣だ。

本来ならば膨大《ぼうだい》な計算が必要なそれを、アルトは感覚だけで描《えが》く。自らの望む煉術を具現化するために必要なのは、そうしようとする意志ただそれだけ。

煉獄《れんごく》を褥《しとね》に、毒気を乳に、煉術を玩具《おもちゃ》に育ってきたが故《ゆえ》に可能な——人を超えた御業《みわざ》。

アルトが、呟《つぶや》く。

「……『つるぎ』」

彼女の周囲に、十三の銀片《ぎんぺん》が出現した。

先端を鋭《するど》く尖《とが》らせたそれらは、アルトの視線がケネスへ向くと同時、一斉に射出される。

「く!?」

さしものケネス＝ブランドンも血相を変えた。

高速で飛来する銀の刃、十三本を前に『咬毒刀《プレアド9》』を解除。扇《おうぎ》を振る。

起動したのは『障壁《エレール2》』だった。

『グラフの数珠《じゅず》』の恩恵か、或いは実力によるものか。『つるぎ』たちはまるで分厚い護謨《ゴム》に阻《はば》まれたように、すべてが鈍《にぶ》い音をたてて勢いを止め、からからと地面に落ちる。

「……冗談《じょうだん》じゃ、ないぞ」

実のところ、アルトの術式を見た者たちの反応はだいたいが同じである。ケネスもまたその例に洩《も》れなかった。驚愕《きょうがく》に喉《のど》を震《ふる》わせ、言う。

「ふざけてる。今、何をした?」

「答える必要が?」

フォグは短く切って捨てる。

と、背後で、レティックがとんでもねえな、と呟《つぶや》いた。

「辺獄院《リンボ》特製の高性能鍵器《けんき》か? いや、それじゃあ、あの妙な即席の陣が説明付かねえ」

腕組みをしたまま、数秒ほど考え込むと、

「煉獄《れんごく》の扉を身体《からだ》の裡《うち》に持つ特異体質……ってとこか」

フォグは、驚《おどろ》きを表情に出さないよう堪《こら》えるのにかなりの努力を要した。

今までアルトのことを見抜けた人間はいなかった。何故《なぜ》なら彼女の体質はあまりに荒唐無稽《こうとうむけい》で常識《じょうしき》から外れているからだ。辺獄院《リンボ》の研究者たちですら、実際に目にし説明されてもなお、信じられない、あり得ないと感嘆するほどなのに。

「何だよ、それは……? そんな、まるでお伽話《とぎばなし》みたいな」

ケネスも同様、レティックの推論《すいろん》を莫迦《ばか》にしたように笑《え》みを浮かべていた。

まあ、いい。

レティックの鋭《するど》さもケネスの頑迷《がんめい》さも、すべてが好都合《こうつごう》だ。

「ところで、ケネス＝ブランドン」

彼は大きな勘違《かんちが》いをしている。

アルトの煉術が、ただ銀《ぎん》の刃《やいば》を飛ばすだけだとでも思っているのか。

フォグは言った。

「さっきの『つるぎ』は銀じゃない。……水銀です」

それが、合図。

落下した十三の水銀片──密《ひそ》かに地面を滑って集合しひとつの塊《かたまり》になっていたものが、まるで生き物のように鎌首《かまくび》をもたげ、柔らかな剣となってケネスへ襲《おそ》いかかる。

「っ⁉」

腹部を狙《ねら》った初撃《しょげき》を咄嗟《とっさ》に避けたのは見事と賞賛《しょうさん》すべきか。だが水銀の剣は不定形、そのまま切っ先をぐねりと変え、再びケネスへと迫る。

フォグも動いていた。下から敵の太腿《ふともも》を狙《ねら》った『つるぎ』に合わせ、右腕を。

「な！　この、っ……！」

ケネスは『障壁《エレール2》』をもう一度、足許《あしもと》へ展開。水銀の刃を防御しつつ、鉄扇《てっせん》でフォグの湾刀《わんとう》を受け止めようとする。驚くべきことに、扇からは再び『咬毒刀《プレアド9》』が生《は》えていた。煉術の展開速度、攻撃中の動作を利用して起動させる業《わざ》、どれも賞賛に値する。

しかしやはり、

「……甘い」

ぶつかり合う鉄と鉄。

けたたましい金属音がする。

勝ったのは、フォグの方だった。

腕を高く跳《は》ね上げられた姿勢で一瞬《いっしゅん》だけ動きが止まるケネス。

隙《すき》は見逃《みのが》さない。扇《おうぎ》を打ち返したのと同時、フォグは即座に空中で湾刀《わんとう》を逆手《さかて》から順手へ持ち替え、斬《き》り上げから振り降ろし。肩口を狙《ねら》う。

――視界の端《はし》に映った影《かげ》に違和感を覚えたのは、その刹那《せつな》だった。

「く！」

首筋に走る悪寒《おかん》に飛《と》び退《の》く。

勘《かん》は正しかった。

いつの間にかケネスの背後に潜《ひそ》んでいたクリスティーナ＝ウェインが、彼の身体《からだ》をかい潜《くぐ》り鋭《するど》い突きを入れてきたのだ。激《はげ》しい動きを見切っての一撃《いちげき》――これも流石《さすが》ではあった。

「あらあら。躱《かわ》されちゃった」

クリスティーナのにやついた顔に、ケネスが振り返って渋面《じゅうめん》を作る。

「……危ないじゃないか」

「ふん、あたしをお舐《な》めでないよ。やるつもりならあんたごと突き刺してるっての。そうじゃなきゃ、あんたに掠《かす》ったりなんていう下手《へた》は打たないさね」

アルトのところまで後退し間合いを取ったフォグを前に、ふたりが向き直った。

「さて。そろそろ、小競《こぜ》り合いはやめにしようかい？　この優男《やさおとこ》のひょろついた戦いを見るのも飽《あ》きちまってね。……あたしもこの腕輪《うでわ》の威力、試したいんだよ」

クリスティーナは刺突剣《レイピア》を構え、ゆっくりと身を沈めた。

「……『血飛沫《ちしぶき》アルエ』。かの名伯楽《めいはくらく》、ザヴィアン＝トロストロイデによる逸品《いっぴん》だよ」

武器の銘《めい》を語るとともに、刀身の周囲で透明な液体が大量に湧《わ》き出てぐずぐじと渦巻《うずま》き始める。フォグたちが戦っている間に術式を準備していたらしい。

液体を一瞥《いちべつ》し、ケネスが顔をしかめた。

「物騒《ぶっそう》なものを使うね。『爛れ羊水《ベドル2》』だろう？　しかもその量、尋常《じんじょう》じゃないね」

それは金すらも侵《おか》す強力な溶解液を創成、意のままに操《あやつ》る第三冠《だいさんかん》術式。本来は言霊《ことだま》の三十編《ぺん》ほども費やしてようやく手鞠《てまり》程度の体積《たいせき》がせいぜいのはずだ。

クリスティーナはそれに一瞥を返す。

「あんたもいい加減に、とっておきを発動したらどうだい？　さっきからちまちまと準備してたんだろ？　あの坊やとの切った張ったの間にさ」

——そんなことを。

フォグは素直に驚《おどろ》く。

まさかあの立ち回りの最中に、影《かげ》で舞踏《ぶとう》による儀式《ぎしき》を行っていたのか。

ケネスはいかにも得意げな笑《え》みを浮かべ、

「見抜かれてたのか、さすがだね。……『起きろ《レェゼ》』」

最後の仕上げとばかりに、扇《おうぎ》を開き、腕を高く上げる。

言葉を鍵《かぎ》に『グラフの数珠《じゅず》』が煉獄《れんごく》への扉を開く。大量の毒気が現世に喚《よ》び込まれる。毒気は彼が積《つ》み重ねてきた舞踏による干渉、つまり儀式《ぎしき》に呼応し、仮想物質へと置換されていく。

ケネスの頭上に――鈍色《にびいろ》の、巨大な鉄球が出現した。

大きさは直径五米《メートル》以上。滑らかな表面は不気味な光沢《こうたく》を放っている。

「……『罪人の枷《コロン4》』」

創成した鉄球を高速回転させて発射、敵の身体《からだ》を内部から破壊《はかい》する第四冠《だいよんかん》術式だった。こちらも本来ならば掌《てのひら》に乗る程度の大きさしかないはずだが、もはや『内部から破壊する』などという範疇《はんちゅう》を超えている。これでは穿《うが》つというよりも磨《す》り潰《つぶ》す、だろう。

術式名を呟《つぶや》いたフォグに、ケネスは鼻を鳴らした。

「それだけじゃないよ。『咬毒刀《プレアド9》』と同じ毒を込めてある。つい最近、僕が発明したものでね。これが終わったら組合《ギルド》に名付け親《ネイムド》の申請《しんせい》を行おうと思ってるんだよ。もっとも、ここまで大きいと毒の方はあまり関係ないかな？」

どうやら、自分の思った以上に巨大化してしまったようだ。

クリスティーナが嬉《うれ》しそうに追随《ついずい》した。

「あたしのも、本当なら傷口を溶かすだけのもんなんだけど……これじゃあ、あんたたちふたりともぐずぐずの泥みたいになっちまうね」

「……フォグ」

と、その時だった。

アルトが不意に、こちらへと呼びかけてくる。

どうしたのか――そう視線《しせん》だけで問うと彼女は、

「私がやるわ」

「え……」

思わず横を向く。意外な言葉だった。

「いいんですか？」

「ええ」

アルトは頷《うなず》く。

「私に、やらせて」

その瞳《ひとみ》がどんな感情を抱いているかは、フォグにも読み取れなかった。悲しみなのか、怒りなのか、或いはもっと別のものか。ただ、戦闘時《せんとうじ》においては常にフォグの命令に従っているだけの彼女が、自分からこうした提案をするのは非常に珍しいことでもある。

「わかりました」

――だったら。

好きにさせよう、と思う。

正直なところ、ここまでの規模の煉術《れんじゅつ》であれば自分が対応した方が労力が少なくて済む。が、アルトの意志を尊重させたい。何よりケネス＝ブランドンは、キリエの仇《かたき》なのだ。

ケネスとクリスティーナが呼吸を合わせ始めている。

しかしフォグは、身構えすらしなかった。

なるほど確《たし》かに、『グラフの数珠《じゅず》』を用いた煉術の威力は凄《すさ》まじい。単独で戦術煉術式を使用できるのもさぞ快感だろう。

だが、彼らはひとつだけ勘違《かんちが》いをしている。それも、致命的な。

「さあ……肉塊《にくかい》になってしまえ！」

ケネスが腕を大きく振る。『罪人の枷《コロン4》』が高速回転しながらこちらへと突っ込んでくる。

過《あやま》たず挽《ひ》き潰《つぶ》される、恐らく傍目《はため》にはそう見えたであろう直後。

時間が止まったかのように、鉄球がアルトとフォグの眼前、五十糎《センチ》の距離《きょり》で停止した。

ぎあああああむ、という形容しがたい耳障《みみざわ》りな轟音《ごうおん》とともに。

「な……っ」

アルトの紡《つむ》いだ『障壁《エレール2》』が『罪人の枷《コロン4》』を受け止めたのだった。

彼女の『障壁《エレール2》』は、外部からの攻撃《こうげき》に対して殆《ほとん》ど反射的に作用する。攻撃を意識《いしき》できてさえいれば発動し、相手の力が大きければ大きいほどそれに伴って強度も増す。

言わばこれは、外の世界を恐れるアルトの、心の有《あ》り様《よう》だ。

「まったく……何だいこりゃあ。出鱈目《でたらめ》じゃないか」

余裕のない表情にそれでも薄笑《うすわら》いを浮かべつつ、クリスティーナが吐《は》き捨てた。

「だったら、これでどうだい!?」

彼女は跳躍《ちょうやく》する。

咄嗟《とっさ》の判断だったのだろう。『爛れ羊水《ベドル2》』の渦《うず》をまとわりつかせた刺突剣《レイピア》を、中空で押しとどめられた鉄球へと突き立てた。

神経毒を含んだ鉄が溶解し液体となり、フォグとアルトに降り注ごうとする。それに紛《まぎ》れて深紅《しんく》の刺突剣《レイピア》が上方から襲《おそ》ってくる。

剣先が蜃気楼《しんきろう》のように歪《ゆが》んでいた。推測するに『切り裂く無《ロゼ16》』だろう。武器の周囲に真空状態を創《つく》り出して殺傷力を高める第五《だいご》冠《かん》術式。

「らあああ!」

クリスティーナたちは、気付けなかったのだろうか。

『障壁《エレール2》』で鉄球を受け止めたのと同時、アルトの背から凄《すさ》まじい勢いで立体の線《せん》たちが伸び、羽根《はね》のような煉術陣《れんじゅつじん》を形成し始めたことに。

まるで衣擦《きぬず》れのような音をたてて、直線《ちょくせん》を折り曲げ編《あ》んだような紋様《もんよう》が拡《ひろ》がっていく。見る間に、花の咲くが如《ごと》く、複雑《ふくざつ》な陣は完成されていく。

そう――彼らは勘違《かんちが》いをしている。

アルトの持つ力は、『グラフの数珠《じゅず》』などの比では、まったくない。

拡がりきった黒線の羽根が、不意にぴたりと成長をやめる。

噎《む》せ返るどころではない、息が止まりそうなほど濃《こ》い毒気が周囲に満ちる。

アルトが、呟《つぶや》いた。


「……『やみ』」


フォグも聞いたことのない術式名だった。

まずは眼前に黒い、小さな球体が出現した。

それはケネスの繰《く》り出した『罪人の枷《コロン4》』にどこか似ている。故《ゆえ》に恐らくは、アルトが今この場で思い付いた新しい術であろうことが想像できた。

もちろん、鉄球などではない。

質量はない。物質ですらない。ただの黒い空間、いや――穴だった。

それはうぉん、と鈍《にぶ》く低い音をあげた後、ぐにゃり、と歪《ゆが》む。

「……え」

クリスティーナがきょとんとした。

「な……？」

その二米《メートル》向こうで、ケネスもまた目を見開いていた。

これが何なのかわからない、見当も付かない、そんな顔で。

黒い空間はしかし歪んだ直後、唐突《とうとつ》に成長する。

先端が裂け、そこから空間自体が口腔《こうくう》のように開き、そして、

襲いかかる。


まずは、液状化した『罪人の枷《コロン4》』。アルトの展開した『障壁《エレール2》』にへばりついていた、饐《す》えた臭《にお》いを放つ鉄色《てついろ》の液体がまるで浸食されるように黒い空間へと取り込まれていく。

それから空中で刺突剣《レイピア》を『障壁《エレール2》』に突き立てていたクリスティーナ=ウェイン。

「な、あ？　う、ひあああああっ！」

目前に迫った暗闇《くらやみ》を前にした絶叫。

音すらも吸い込んでいるのか、その声は急速に小さくなっていき、傍目《はため》には彼女の口がぱく

ぱくと動いているだけという異様な光景へと変貌《へんぼう》する。更には黒い空間が彼女をすっぽりと覆《おお》ってしまった直後、クリスティーナの身体《からだ》はその空間の中へ——どちらが上でどちらが下かもわからないにも拘《かか》わらず——落下して見えなくなった。

最後に、それらの異様を目前にしていたケネス＝ブランドン。

「何だこれ、何だこれ、何なんだよこれはあっ！」

鉄扇《てっせん》を前に『起きろ《レェゼ》』『起きろ《レェゼ》』とひたすら鍵器《けんき》を起動させる。恐らくは可能な限り分厚い『障壁《エレール2》』を張っているのだろう。

けれど無駄《むだ》だった。

「あ、　わああ、　　、　　　！　　　……!?」

ついにはケネスもクリスティーナと同じように。自《みず》らの悲鳴ごと、展開した『障壁《エレール2》』ごと、空間の中へと放り込まれ——その奥へと転がり落ちていく。

次々と、瞬《また》く間《ま》に。

悲鳴も断末魔《だんまつま》も、一切合切《いっさいがっさい》を。

黒い空間『やみ』は、すべてを自《みず》らの体内へ丸呑《まるの》みした。

そいつが暴《あば》れていたのは時間にして、三秒か、五秒か。

「……帰れ」

アルトが再び呟《つぶや》くと、呼応して、空間が瞬時《しゅんじ》に収縮《しゅうしゅく》する。

喰《く》らったクリスティーナたちを内部に孕《はら》んだまま時間を巻き戻すように小さくなり、再び出現した時の球体へと戻り、ぷつり、と。

——消《き》え失《う》せる。

後には何も残らない。

溶解した『罪人の枷《コロン4》』の一滴も、クリスティーナの髪一筋も、ケネスの衣服の繊維《せんい》一本も、残らずこの世から完全にいなくなってしまっていた。

第八章

蒸留器の中で夢を見た

アルトの創《つく》り出した煉術《れんじゅつ》『やみ』が、ケネス＝ブランドンたちを喰《く》らってから十数秒——。

あまりの光景に、しばし敵も味方も言葉を忘れたかのように黙《だま》り込んでいた。

やがて静寂《せいじゃく》を破り、レティック＝メイヤが唐突《とうとつ》に乾いた笑い声をあげる。

「……く、ははっ」

恐怖と、それから羨望《せんぼう》、更には興味《きょうみ》の入り交じった複雑《ふくざつ》な顔のように見えた。

「凄《すさ》まじい、という他《ほか》ないなこれは！　即席の煉術陣を煉術で虚空《こくう》に描《えが》き大規模術式を発動させるときた。しかも既存にあり得ない独自のものをだ。こんなもん、辺獄院《リンボ》に申請《しんせい》しても通らねえだろうなぁ？　何せ機構《こうちく》が複雑すぎて、お嬢《じょう》ちゃんひとりだけしか使えねぇ」

フォグは無意識《むいしき》にアルトの前へ、守るように立った。

さっきもそうだが、この男の観察眼《かんさつがん》は並ではない。ひと太刀《たち》ごとに手の内を暴《あば》かれていく。

「いや……そんな必要はない、か。お嬢ちゃんの有用性は煉術開発者としてなんかじゃねえ。こんな検体がいたらさぞ辺獄院《リンボ》も研究が進むだろう、なぁ？」

「少し黙りませんか、レティック＝メイヤ」

検体、などという言葉に思わず声を荒げた。

確《たし》かにアルトを研究したいという声は辺獄院《リンボ》でも後を絶たない。素性《すじょう》を隠《かく》された彼女は『特異体質を持った王属煉術師のひとり』として認識《にんしき》されているからだ。これはフォグと親しいトリエラ＝メーヴですらも同様である。だが——存在を抹消されたとはいえ、彼女は紛《まぎ》れもなく王族。それも本来なら王位継承《けいしょうけん》権第一位、第一王女なのだ。

何よりフォグ自身が、アルトをそんなふうに扱われることに我慢《がまん》ならない。

「僕たちはあなたのくだらない知識欲に付き合っている暇《ひま》はないんですよ」

湾刀《わんとう》を突き出し、吐き捨てた。

この男を『やみ』で喰らい損ねたのが悔《く》やまれる。キリエとミシェルに手出しをしなかったこととこちらへ襲《おそ》いかかってこなかったことから、アルトがレティックのことをただの有象無象《うぞうむぞう》と認識してしまったのが原因だろう——つまり興味の埒外《らちがい》だった、という訳《わけ》だ。フォグもいつものように「この場にいる全員が敵だ」と教えるのを忘れてしまっていた。

「くく。まあそうかっかしなさんな」

こちらの恫喝《どうかつ》に、相手はまったく動じなかった。

「幾《いく》つか、質問があるんだよ、天堂騎士の坊主」

「……気付いていたんですか」

それどころか、こちらが隠していた事実を更に指摘してくる。

天堂騎士——対煉術師戦に特化した剣士を一般にそう呼ぶ。煉術を熟知《じゅくち》し、しかし煉術を用いず、ただ剣術のみでそれに対抗する者の総称だ。

フォグはまさにその天堂騎士である。が、このことは当然ながら誰《だれ》にも、ミシェルたちにすら教えていない。もちろん今まで煉術こそ起動させてはいなかったが、武器の柄《つか》部分には偽装《ぎそう》のための鍵器《けんき》と引き金を組み込んでいるし、大概《たいがい》はそれを見ればこちらを煉術師《れんじゅつし》だと錯覚《さっかく》してくれる。手の内を隠《かく》しているだけだ、と。

それなのに、攻防を傍観《ぼうかん》していただけで気付くとは。

「戦い方でわかるさ。まあ、そんなことはどうだっていい。それよりも、だ……坊主、なんでお前は無事でいられる？　その嬢《じょう》ちゃんの傍《そば》にいて」

こともなげに笑った後、レティックは問うてきた。

「俺《おれ》の見たところ、嬢ちゃんは煉獄《れんごく》の扉を体内に持った特異体質だ。だが恐らく、その扉、自分では制御できねえ類《たぐい》のもんだろう？　つまり常に毒気を、しかも第二《だいに》冠《かん》相当の規模を持った煉術を発動できるほどの量を垂《た》れ流しにしてる……そんな体質の奴《やつ》と一緒《いっしょ》にいて、お前は何故《なぜ》平気な顔してるんだ？　ケネスとクリスティーナにしたって、腕輪《うでわ》の毒気を前にして動きがちと鈍《にぶ》ってたくらいなのに」

なるほど、彼らは力に酔って本調子《ほんちょうし》でもなかったのか——。

フォグは答えた。

「特異体質なんですよ、僕もね」

もはや隠していても無意味だろう。

「答えは単純です。煉獄の毒気に対して完全な耐性を持っている、ただそれだけだ」

「は、くく……ははは！」

　それを聞き、レティックはまたも笑った。今度はあからさまに、さも嬉《うれ》しそうに。

「こいつはいい、素晴《すば》らしいな！　まったくいい日だよ今日《きょう》は……初めて見るような特異体質の持ち主に、しかもふたりお目にかかれるとは！」

「……あなたは、何を？」

　フォグの背筋に妙な違和感が走った。

　レティック＝メイヤの言葉と、こちらへの関心。まるで彼は今回の事件、ひいては『グラフの数珠《じゆず》』に対して、まったく興味《きようみ》を持っていないかのようだ。

　より魅力的《みりよくてき》なアルトに注目しているのか。或いは、元々腕輪などどうでもよかったのか。だとしたらこの男が作戦に参加したのは、国を裏切った理由は何か。

「……っ！」

　思考は、頭上に感じた殺気《さつき》によって唐突《とうとつ》に中断された。

　反射的に動く。アルトを抱き寄せ大きく飛び退《の》きながら頭上を仰《あお》ぐのと、ヽヽヽヽその違和感が空気を裂いて降ってくるのは殆《ほとん》ど同時だった。一瞬《いつしゆん》でも遅れていたら、躱《かわ》せなかっただろう。

　空中、恐らくは橋の管制塔から。

　アルトとフォグを狙《ねら》って――人影《ひとかげ》が飛び降りてきたのだ。

「おお、よく避けたな！」

　他人事《ひとごと》のようにレティックが感心してみせた。

長剣を両腕で逆手《さかて》に、落下の勢いを利用してこちらを突き刺そうとしていたそいつは、果たせずに着地するや飛《と》び跳《は》ねてそんな彼の横へと移動する。まるで、控えるように。

破れた布きれにも似たぼろぼろの巻外套《クローク》。四肢《しし》を覆《おお》い隠《かく》すだぶついた衣服。右目を除いて包帯で覆われた顔。不気味極《きわ》まりない、奇妙な容貌《ようぼう》。

「ずっと警戒《けいかい》していたんです。いつか奇襲《きしゅう》を仕掛けてくるとは思ってましたから」

フォグは冷や汗を隠しながら、人影《ひとかげ》へと笑った。

ロール製鉄会社前でキリエたちを襲《おそ》い、その後行方《ゆくえ》を眩《くら》ませていた最後の裏切り者——。

「さすが殺し屋なだけはありますね、オットー＝フェイ」

名を呼ぶが、オットーは返事すらしない。

代わりに、にやりとしたのはレティックだった。何故《なぜ》だろう。妙に得意げな、こちらを値踏みするような視線《しせん》だ。疑問に思っていると彼は言った。

「さっきケネスたちが裏切り者だって暴《あば》いた時のあれといい、なかなかいい勘《かん》を持ってるじゃねえか、坊主。頭も回るようだ……でもな。お前さんにはまだ見抜けてないことがある」

「……何を言ってるんです？」

フォグはまた違和感を覚える。こいつが勿体《もったい》ぶっている理由がわからない。

おまけにこちらを見透《みす》かしたかのような口調《くちょう》。

「あなた、さっきからいったい……」

フォグの疑問には答えず、レティックは優越感《ゆうえつかん》に満ちた顔で懐《ふところ》から煙草《タバコ》を取り出すと火を点《つ》ける。燐寸《マッチ》を使わず、僅《わず》かな動作で煉術《れんじゅつ》を起動させて。

「おい」

紫煙《しえん》を吐《は》き出しながら、隣《となり》に控えたオットー＝フェイへ、楽しげに告《つ》げた。

「もうその包帯、取っていいぜ」

「……はい」

オットーが応《こた》える。

思っていたよりもずっと若い、青年のような声。

だが、何故《なぜ》だろう。

フォグはその声を以前にも聞いたことがあるような気がした。昨日今日《きのうきょう》ではない。もっと前、しかも印象に残るか残らないかといった程度の、微《かす》かな記憶の中で。

その既視感《きしかん》は、眼前の光景を見てすぐに明確《めいかく》となった。

レティックに言われてオットーが、顔に巻いた包帯をぞんざいに剝《は》ぎ取る。

その下から現れた素顔に、

「な……」

フォグは唇を震《ふる》わせた。

「……よう」

オットー＝フェイがにやりと笑《え》み、こちらへ不敵な視線《しせん》を送る。

一カ月前の、マグナロア聖堂。

アルトが焼き払ってしまったあの場所で殺した、青年煉術師《れんじゅつし》の顔がそこにあった。

†

そしてレティック＝メイヤは、煙草《タバコ》を川へ投げ捨てると得意げに語り始める。

「人間ってのは、なかなか難儀《なんぎ》なもんでなぁ。一目だけ、しかもちらりと会っただけな奴《やつ》の本質を瞬時《しゅんじ》に摑《つか》むなんてことができる奴はそうそういねえ。まあ、お前さんはそれでも記憶力《きおくりょく》がいい方さ。イパーシのこと覚えてたんだからな」

「……どういうことです」

この青年の名はイパーシというのか。そんなことを頭の隅で思いつつも、フォグの声は低くなる。レティックはまだ事実を隠《かく》していて、それを告《つ》げようとしているらしい。

「お前さんはイパーシのことを覚えちゃいても、俺のことは覚えてねえだろう？　まあ、あの場にいた仲間たちも、俺の正体に気付いてた奴なんかひとりもいやしなかったがな。何度か仕事を一緒《いっしょ》にした、見知った顔もいたってのに、な」

くくく、と嗤《わら》い、

「たとえば肌の色。それから髪型、髭《ひげ》の有無。更には武器の種類。外見の印象がまったく違ってたら、たとえ同一人物でもまず気付かれはしねえってことだ。ましてや俺の通り名は『四《よ》剣《つるぎ》』……杖《つえ》持って後衛《こうえい》務めてるなんて、誰《だれ》も夢にも思うまいよ」

さすがにフォグも、そこまで言われれば思い至る。

あの日、聖堂にいた煉術師のひとり。

浅黒い肌に杖を携《たずさ》えた、三十絡《がら》みの粗野な外見の男――。

「……シギィ＝カーティス。その名を使っていましたね」

「おお、名前は覚えてたのか。本当、たいしたもんだ」

つまり一連の事件は、最初から繋《つな》がっていたという訳《わけ》だ。

過激派《かげきは》によるマグナロア聖堂の爆破《ばくは》計画と、今回の市街地破壊《はかい》活動阻止計画における裏切り。

その両方において裏で手を引いていたのはこの男、レティック＝メイヤだった。

彼らが同一人物だったとしたらアルトの特異体質に勘付《かんづ》けたのも納得《なっとく》がいく。煉術陣を肌を伝って虚空《こくう》に描《えが》く様《さま》を二度も見たのだ。推理に足る材料にもなる。

「本物のオットー＝フェイは？　殺したんですか」

「ああ、半月ほど前にな。イパーシの素性《すじょう》を隠すにはあいつのこのなりが丁度よかった」

こともなげに答えるレティック。

しかし、解《げ》せないこともある。

「レティック＝メイヤ。あなた……何が目的なんです？」

それは、フォグが持った違和感の原因でもあった。

「一カ月前の聖堂破壊《はかい》活動を企《くわだ》てた意図は？　そして、今日《きょう》のこの依頼……何故《なぜ》こんな、裏切りなんていう真似《まね》を、しかも他《ほか》の連中を唆《そそのか》してまで？」

「最初の質問は、悳国《とくこく》から仕入れたこいつの性能を確《たし》かめるため、だな」

レティックは腕に巻いた『グラフの数珠《じゅず》』をちゃらちゃらと振ってみせた。

「もっともこれは残念なことに、お前ら王属煉術師《れんじゅつし》によって未然に防がれちまった。だがな、俺《おれ》は運が良かったよ。その失敗の中でもイパーシとお前らに会えたんだからな」

「何……ですって？」

「ふたつめの質問の答えだ」

言葉とともに、彼は腕輪《うでわ》を自《みずか》らの手首から外し、イパーシへと放る。

それは降参の証《あかし》などではない。理解しているのだ――こんなものに頼る必要はない、と。

「元々俺ぁ、外国の連中による市街地破壊計画の存在については事前に知ってた。まあ当然だわな。本来あちらさんは、聖堂爆破《ばくは》計画でこの腕輪の威力を示すはずだったんだから。それがご破算になっちまったら次の手を打ってくるに決まってる。だが、俺はそこで考えた」

得意げに語るレティックの目は、フォグに既視感《きしかん》を与える。

すぐに思い至った。

これは——辺獄院《リンボ》の職員《しょくいん》たち、つまり煉術研究者に共通する、知《ち》識欲《しきよく》と好奇心とに満ちた、学術的渇望を満たさんとする特有のものだ。

「俺が知ってるってことは、当然、国の諜報部《ちょうほうぶ》の連中だって勘付《かんづ》くだろう。そしてだとしたら……もう一度お前さんたちが出てくると、そう踏んだ。だったらこれを利用してやれって思った訳《わけ》さ。国外から派遣《はけん》されてきた連中を事前に片付け、腕輪を餌《えさ》に裏切り者を煽動《せんどう》して組合《ギルド》の計画も崩壊させ、そうしてお前さんたちを、俺のものにする。……こいつのようにな」

言って、隣《となり》のイパーシを親指で差し示すレティック。

彼は妙に引《ひ》き攣《つ》った、ぎこちない笑《え》みを浮かべる。

「あなたには感謝《かんしゃ》していますよ、レティック様」

その表情と視線《しせん》は、何かおかしい。まるで、人間らしさが欠落しているかのような。

「……ちょっと待ってください」

フォグは思い出した。

一カ月前に聖堂で戦った時、アルトの『ほのお』はイパーシに致命傷を与えたはずだ。確《たし》か右腕の肘《ひじ》から先を吹《ふ》き飛ばし、左足の太腿《ふともも》には木片、更には身体《からだ》の大部分に重度の火傷《やけど》。

とても助かるようには見えなかったし、万が一に助かったとしても、たかだか一カ月で恢復《かいふく》するようなものではない。加えてそれ以前に、

「彼の失った右腕……何故、ちゃんと付いているんです？」

病はともかく、煉術《れんじゅつ》で怪我《けが》を治癒《ちゆ》させることはできない。

人の血肉を仮想物質として創成し傷口を塞《ふさ》いだり神経や骨を繋《つな》いだりなどすることはもちろん可能だが、それらは短い時間で再び毒気へと還元《かんげん》してしまうからだ。つまり、傷に毒を塗《ぬ》り込むのとまったく同じ結果になる。致命傷を負った煉術師が一時的にでも立って戦うために死を覚悟で使うような場合でもない限り意味がない。

もしや、煉禁術《れんきんじゅつ》か。

いや——煉術で創成した血肉を更に現実物質へ置換するには、莫大《ばくだい》な毒気が必要だ。それこそ生命を蝕《むしば》む。イパーシはアルトの毒気を吸ってたじろいでいた。その程度の耐性しか持たない者が、煉禁術に耐えられるはずがない。

フォグの予想とは裏腹に、レティックはさらりと答えた。

「煉禁術、だよ」

「あり得ないっ！　もしそうだったとしたら……」

この青年、イパーシは余命幾《いく》ばくもない身体《からだ》になっているはずだ。毒気に肺と身体を侵《おか》されまともに戦うこともできないだろう。

まさか、そんな惨《むご》いことを？

「……くく、坊主」

だが、返ってきた言葉に――今度こそフォグは、思考を停止せざるを得なかった。

「ローレン＝エヌ＝コーンフィールド。この名前を知ってるか？」

「ロ、……レン？」

知っている。

当たり前だ。その名前は国民に広く知れ渡っている。

十五年前に実在した、天才研究者。またの名を『造物主』。

彼はあまりの才気と知識欲《ちしきよく》に狂い、人の領域を超えた研究に手を染《そ》めた。三角壜《フラスコ》と蒸留器《レトルト》の中で、煉獄《れんごく》の毒気から人間を生み出そうとしたのだ。

人造人間《ホムンクルス》――数ある禁忌《きんき》の中で最も倫理的に嫌悪《けんお》される、罪深い仮想生命。

その咎《とが》でローレンは斬首《ざんしゅ》に処された。既《すで》に死刑の方法は絞首刑へと移行していたにも拘《かか》わらず、敢《あ》えて昔ながらの断頭台《ギロチン》で、しかも公開処刑として。

「まさか……あなたは」

レティックは薄《うす》く笑《え》み、狂気の視線《しせん》で言った。

「俺《おれ》の今の名字《みょうじ》、メイヤ……これも偽物《にせもの》でね。本当の姓は、コーンフィールド」

「……まさか」

「レティック＝ディーエ＝コーンフィールド。かの『造物主』ローレンの甥《おい》にして弟子。彼の研究を受《う》け継《つ》いだ、唯一《ゆいいつ》の男だ」

フォグの心臓《しんぞう》が早鐘《はやがね》を打ち始める。

ローレンの弟子？　研究を受《う》け継《つ》いだ？

——だとしたら、まさか。

「その人……イパーシは」

「こいつは一度死んだ。だが、生き返った」

レティックの得意げな表情は、自《みず》らの成果を誇る研究者の顔だった。

「人造人間《ホムンクルス》として甦《よみがえ》らせた。右腕は適当な奴《やつ》をかっ攫《さら》って、切り落としてくっつけたんだよ。知ってるか坊主？　人造人間《ホムンクルス》ってのはそういう芸当も可能なんだ」

死んでいるから、煉獄《れんごく》の大気が持つ毒性など意味がない。

生きていないから、別の死体から腕を切って繋《つな》げても平気でいられる、と？

「くは。ふふ」

イパーシが不気味に笑った。またしても、引《ひ》き攣《つ》ったような顔で。

「まあ死んだのを生き返らせたから、ちとまともじゃないがな。俺《おれ》の命令に従うための刷《す》り込みのせいかもしれんが。……生前の記《き》憶《おく》もあまり残っちゃいないようだ」

「俺は別に構いませんよ、それでも」

自分の悲劇《ひげき》が語られているにも拘《かか》わらず、彼は嬉《うれ》しそうな表情だった。

本当にまともではないらしい。

「この身体《からだ》はなかなか楽しいですし。毒気がもはや平気だから……こういう芸当もできる」

そう言って彼はレティックから受け取った腕輪《うでわ》を嵌《は》め、剣を構え、

「……『起きろ《レエゼ》』！　『起きろ《レエゼ》』！　『起きろ《レエゼ》』っ！」

唐突《とうとつ》に、叫ぶ。

直後、剣先から粘性の青い液体が湧《わ》き出てきた。『灼き水《シエナ》[6]』。それも尋常《じんじょう》な量ではない。両手で抱えるほどの大きさだった。イパーシはそれを、

「お、らぁ！」

剣を使い、橋の管制塔へ向かって——投げ飛ばした。

「……な、っ！」

轟音《ごうおん》とともに爆発《ばくはつ》が起きた。

フォグは咄嗟《とっさ》に隣《となり》のアルトを抱いて庇《かば》う。

壊《こわ》れた煉瓦《れんが》や鉄骨、割れた硝子《ガラス》が降ってくる。アルトが『障壁《エレール》[2]』を展開してくれはしたが、衝撃《しょうげき》で足許《あしもと》が揺《ゆ》れた。一歩間違えば橋が崩落《ほうらく》していたかもしれない。

「何をするんですっ！　そんな術を使えば、あなたたちだって……」

「ほら、こんなでかい術式を使っても、何ともない。く、あはは！」

ことの重大さを理解していないイパーシ。

そんな彼を見て、レティックは声を高くした。

「という訳《わけ》で、俺《おれ》の目的はお前らの捕獲だよ。生まれながらに煉獄《れんごく》の扉を体内に持った特異体質に加えて、毒気に対する完全耐性……まったく、涎《よだれ》が出るってのはこのことだ」

だから。

故《ゆえ》に――。

フォグは俯《うつむ》き、それとは対照的に声を低くする。

「……そのために？」

握っていた湾刀《わんとう》を再び掲げ、一歩、前へ。

「そんなことのために、こんな馬鹿《ばか》げた計画を？」

匍都《ハイト》の破《は》壊《かい》計画を利用して、アルトを、ひいては自分を引っ張り出し。

ケネスやクリスティーナを唆《そそのか》し。

ミシエルを、キリエを、瑩国《えいこく》を守ろうと名乗りを挙《あ》げた煉術師たちを殺し。

「人造人間《ホムンクルス》？　そんなことのためにみんなを利用したと、そういう訳《わけ》ですか？」

「は、そんなこと？　お前にこの素晴《すば》らしさがわからねえのか？」

レティックはフォグの感情を慮《おもんぱか》りもせず、唇を歪《ゆが》めた。

フォグが怒っていることに気付かずに。

フォグの怒りの理由も、察そうとはせずに。

「俺は人造人間《ホムンクルス》の創成に成功し師《し》匠《しょう》の研究を引《ひ》き継《つ》いだ！　そしてお前らのことを調《しら》べ尽くし

て……師匠を超えるんだよ！　あの師匠を。歴史に名を遺《のこ》した、偉大な『造物主』を！」

高揚していた。

知識欲《ちしきよく》と名誉欲《めいよよく》、探求心に我《われ》を忘れて――嗤《わら》っていた。

「アルト」

そんなレティックを無視し、フォグは振り返った。

「ここから先は、僕がやります。いいですか？」

「ええ、わかったわ」

アルトは頷《うなず》く。いつものように。

ただ、いつもと違い――微《かす》かに、どこかフォグを気遣《きづか》うように、笑《え》んだ。

「大丈夫よ、フォグ。私は大丈夫。……だから安心して戦って？」

「ありがとうございます」

彼女の言葉と表情に安堵《あんど》を覚え。

フォグは再び、レティックたちに向き直った。

†

「……さて」

呼吸を深く一回する。

「何から、話しましょうか？」

「ん？　どうした？　大人《おとな》しく俺《おれ》に協力してくれるってのか？」

言いながらも腰の剣、二本ともの柄《つか》に手を掛けて引き抜くレティック。短めの二刀を構えながらこちらの出方を待っている。

フォグは湾刀《わんとう》を掲げてみせた。

「この短剣。……変わっているでしょう？」

緩《ゆる》やかに曲がった刀身は柄近くよりも刃先《はさき》の方が幅広。刃《やいば》も内反《うちぞ》りに付いており、場に応じて順手と逆手《さかて》に持ち替えながらの戦い方ができる、普通の剣には見られない形状だ。

「特別製なんですよ。制作者の名を教えましょうか？」

「お、銘《めい》の披露《ひろう》か？　面白《おもしれ》え。偽《にせ》の鍵器《けんき》を着けておきつつ、刃は業物《わざもの》って訳《わけ》か」

茶化《ちゃか》すレティック。

だから、短く答えた。

「アイリス＝キャリエル」

「……何？」

「知らないんですか？　有名ですよ。もっとも、ローレンほどじゃないでしょうが」

アイリス＝キャリエル、別名『魔剣《まけん》の母』。

ローレンと同じく煉禁術《れんきんじゅつ》によって、現実にはあり得ない特性を持たせた金属で数多《あまた》の武器を作った、煉術の歴史に名を遺《のこ》す罪人の名だ。

さしものレティックも、表情が固まった。

「この刀の名は、『アイリスの十六番』といいます。彼女が生涯で製造した十八の魔剣、その十六番目ですよ。まあ、たいした特性はないんですけどね」

更に一歩、前へ。

警戒《けいかい》したのか、レティックが後退した。イパーシは相変わらず人間味を失った顔でこちらを睥睨《へいげい》している。仕掛けて来るのは彼が先だろうか。

「さて。僕がこれを愛用しているのには、幾《いく》つか理由があるんです」

何にせよ――どちらが先にどんな煉術で攻撃してこようが、どうでもいい。

「まず、ひとつめ。これはとても壊《こわ》れにくいんですよ。言ってみればそういう特性なんです。全長二十七糎《センチ》の刃に使われている鉄は、およそ二十瓩《キロ》」

「……二十瓩《キロ》、だと？」

レティックが眉《まゆ》をひそめる。

傍目《はため》にはとてもそうは見えなかっただろう。

だが実際、この短刀は異常に重い。二十瓩《キロ》分の密度を持った仮想鉄を煉術で創成し、それを煉禁術で現世に固定してあるからだ。現実にはあり得ない高密度による重量と硬度で破壊力《はかいりょく》と強度を極限《きょくげん》まで追求した剣——それがこの『アイリスの十六番』だった。

「次に、ふたつめ」

言葉と同時。

フォグは仕掛けた。

身を沈めてレティックへ一直線《いっちょくせん》に。

「貴様《きさま》っ！」

反応したイパーシが軌道上に立ちふさがる。

長剣と短剣がぶつかり合う。普通ならば短剣が競《せ》り負けるところだ。

が、フォグの言う通りこの短剣はまともではない、い、い、い。

「一カ月前も……こうして打ち合いましたよね！」

長剣はあっさりと弾《はじ》かれた。当然だ。密度が、重量が違う。この湾刀《わんとう》による一撃《いちげき》は、巨大な金槌《かなづち》で叩《たた》いたも同じ威力を持っているのだから。

「く、っ！」

イパーシが唇を咬《か》み、

「どけっ」

その背後でレティックが剣を構える気配《けはい》とともに叫んだ。

「らあっ！」

裂帛《れっぱく》とともに二刀を重ねながらの振り下ろし。双剣《そうけん》が交叉《こうさ》している部分に宿っているのは薄《うす》青《あお》い氷の塊《かたまり》——触れた瞬間《しゅんかん》に対象へとへばりつく冷気、第四冠《だいよんかん》術式『寒玉《メイヤ2》』。レティック＝メイヤの名を付けられた、彼自身が開発した術式。

横へ飛んで躱《かわ》す。

レティックが剣の交叉を解く。『寒玉《メイヤ2》』がふたつに分かれそれぞれ剣先へと移動した。

それと同時にイパーシもフォグの背後へ回り込み、叫ぶ。

「『起きろ《レエぜ》』！　夢現《ゆめうつつ》／楔《くさび》／縁《えにし》／引き裂く／病／或いは、飛び散れ！」

言霊《ことだま》。聞いた覚えがある。

「黒金《くろがね》／白銀《しろがね》／銅《あかがね》／集《つど》い／こぞって／蠢《うごめ》け／……！」

微細に回転する極小の金属片を刀身に纏《まと》わせ殺傷力を高める術式『断裂鋼《オータム11》』。ただし一カ月前に見たものとは規模が違う。刃《やいば》の表面どころか剣すべてにびっしりと、まるで黒山。羽虫《はむし》がたかっているかのような有様《ありさま》で、こちらを挽肉《ひきにく》にでもしようかというほどの量だった。

正面と背後。それぞれ別の術式による挟撃《きょうげき》を目前に、

「……ふたつめの理由です」

フォグは——足を、止めた。

前からのレティックには、横にした右腕をぞんざいに差し出す。後ろのイパーシには左手。

常識《じょうしき》で考えれば馬鹿《ばか》げた行為だ。煉術《れんじゅつ》を纏わせた武器を素手《すで》で受け止めようとしているのだ

から。戦いを放棄したと思われても仕方ない、狂気の沙汰《さた》。

しかし、違う。

刹那《せつな》。

きぃん、と。

音叉《おんさ》を叩《たた》いたような、甲高《かんだか》い音がフォグの周囲からした。

「……え」

イパーシが絶句する。

「な……」

レティックが目を見開く。

——当然だろう。

腕ごとを氷結させるはずだった『寒玉《メイヤ2》』も、骨ごと肉をぐずぐずにぶち撒《ま》けさせるはずだった『断裂鋼《オータム11》』も、瞬時《しゅんじ》にして消えてしまっていたのだから。

それどころか——たとえ術式がなかろうとも皮膚《ひふ》を切り裂くはずの刀剣、刃《やいば》すらもが止められている。何の防具も着けていない、生身の腕によって。

「この『アイリスの十六番』はね」

フォグは、言った。

「僕と同じなんですよ。……煉禁術によって造られたという意味で、ね」

ぞんざいに両手を振るう。

それだけでふたりは武器をあっさりと弾《はじ》かれ、仰《の》け反《ぞ》りよろめいた。

「な、んだ……って？」

レティックが、困惑《こんわく》と驚愕《きょうがく》に唇をわななかせていた。

意味がわからない、そんな顔だった。

「お前、今……何と」

「あなたが嬉《うれ》しそうに言っていた、人造人間《ホムンクルス》ですよ。もちろん、あなたの造った紛《まが》い物《もの》なんかじゃありません。煉獄《れんごく》の毒気のみから——蒸留器《レトルト》を子宮《しきゅう》に、三角壜《フラスコ》を揺籃《ようらん》に、純水を産湯《うぶゆ》に生まれた、正真正銘《しょうしんしょうめい》、本物の人造人間《ホムンクルス》です」

イパーシを振り返って一瞥《いちべつ》し、それからレティックを睨《にら》み付ける。

「くだらないな、レティック＝メイヤ。死体を弄《いじ》って再生させて、それで人造人間《ホムンクルス》だって？　ただの生ける屍《リビングデッド》を造って、ローレンを引《ひ》き継《つ》いだ？　まったく笑わせる。滑稽極《こっけいきわ》まりない。あなたのような不出来な弟子に、コーンフィールドを名乗る資格はありませんよ」

「お、まえ」

「僕が毒気に完全な耐性を持っているのは、特異体質なんかじゃない。……特性です」

「おまえ、まさ、か」

「ローレンの研究は、完成していたんですよ。斬首《ざんしゅ》されるよりも前にね」

──逆に言えば。

だからこそローレンは処刑された。

創《つく》り出してしまったからこそ、彼の罪は重くなったのだ。

「大方、彼の遺《のこ》した書類を読み込んで研究を引《ひ》き継《つ》いだつもりになり弟子を名乗った、そんなところでしょうね。でも残念ですが、彼は……彼自身が大事だと判断し成果と呼ぶべきだと判断した研究結果は、決して紙に記《しる》さない人でした。ただ頭の中だけに留《とど》めていた」

「ローレン、の」

「ええ、そうです」

愕然《がくぜん》とするレティックに、フォグは頷《うなず》いた。

「人造人間《ホムンクルス》『ローレンの雛《ひな》』。僕はその一番目です」

そして、

「無論《むろん》、人造人間《ホムンクルス》というのはただの人間じゃない。それじゃあ女性が子供を産むのと何ら変わらない。僕はね……煉禁術《れんきんじゅつ》によって、人の範疇《はんちゅう》を超えた能力が与えられているんですよ」

フォグにはその証《あかし》がある。

まともな人間ではない証が、あった。

「僕に与えられた能力は『消失点《カイナ》』」

それは煉獄《れんごく》よりも更に深い地獄の最下層、嘆きの川《コキュートス》における第一円《カイナ》と同じ名。

肉親を裏切った者――つまりは自分を産んだ煉獄の毒気への謀反《むほん》、という意味を持つ。

「僕にとっては煉獄の毒気も、それによって練り上げられた煉術も……有害どころじゃない、い、い、い、い、い、い、い、い、い、い、い、い、い。

僕の力を高めるための、餌だ、だ、だ、だ、だ、だ、だ、だ、だ」


そう。


完全耐性などではない。

むしろそれは、親和性だった。

煉術のすべてを喰《く》らい、毒気《フォグ》のすべてを糧《かて》とする――。

それが、人造人間《ホムンクルス》である自分の、人造人間《ホムンクルス》であるが故《ゆえ》の、能力なのだ。

「う、お……おお、おおおおおおっ！」

絶叫したのは、イパーシだった。

「ふざけるな！　ふざけるな……ふざけるなぁっ！」

それは怒りか、悲しみか、或いはもっと別のものか。

「お前が……貴様《きさま》が人造人間《ホムンクルス》だと言うなら、本物の人造人間《ホムンクルス》だって言うなら！」

長剣を両手に構え、血相を変え、こちらを睨《にら》み付け、
イパーシは、声を張り上げる。

「俺《おれ》は、お、俺は……レティック様に生き返らせてもらった俺は、何なんだ!? もはや人でもない、人造人間《ホムンクルス》でもないんなら、いったい、何なんだ!」

「そんなもの、決まってますよ」

フォグは心を殺し、答えた。

「あなたは、ただの死体だ」

「……『起きろ《レェゼ》』!」

返ってきたのは罵倒《ばとう》じみた、鍵器《けんき》起動の合言葉。

「あああ荒ぶる時/斑点《はんてん》/安らぎの荒野/死傷する十九列の憧憬《しょうけい》っ!」

次いで言霊《ことだま》。

もはや激昂《げっこう》と呼ぶにも生温《なまぬる》い、怨嗟《えんさ》の叫び。

「共鳴/症候に沿う/間隙《かんげき》に渡れ/毒蛇《どくじゃ》の宴《うたげ》/!/追われ/終われ/終《つい》には/滴《したた》れええ!」

それがどんな煉術《れんじゅつ》であったのか、フォグにはわからなかった。

レティックにもわからなかっただろう。

何故《なぜ》ならイパーシの術は、

「これで死、……あ、?」

発動すら――しなかったのだから。

彼が『グラフの数珠《じゅず》』で扉を開けた瞬間《しゅんかん》、フォグがその毒気を喰《く》らった故《ゆえ》に。

煉獄《れんごく》の大気を栄養に、フォグの身体《からだ》に力が満ちる。

人にはあり得ない、人の範疇《はんちゅう》を超えた力が。

『アイリスの十六番』を長剣目掛けて振るう。角度、速度を計算しての一撃《いちげき》。

鈍《にぶ》い金属の破壊音《はかいおん》がした。イパーシの武器は中程《なかほど》から、あっさりと折れ飛んだ。

「終わりです」

間髪入《かんぱつい》れずに一歩近付き、左腕を突き出すフォグ。

生身での貫手《ぬきて》はあっさりと腹部を破り、

「……く、が」

腸腑《はらわた》を、引きずり出す。

皮肉なことに、温かった。生物学的に彼は――生きているのだ。

「眠ってください、イパーシさん」

フォグが呟《つぶや》くと、彼の瞳孔《どうこう》が開いた。

その身体は力を失い、地面へどう、と倒れ伏した。


イパーシが動かなくなったのを見届けてから、フォグは振り返った。

再びレティックへと向き直る。

彼は無表情だった。少なくとも、見た限りでは。

黙《だま》ったまま睨《にら》み付けていると、やがて彼はゆっくりと口を開く。

「……何故《なぜ》だ？」

先ほどまでの余裕は微塵《みじん》もなく。

自《みずか》らの研究に対する自信は欠片《かけら》も感じられず。

優越感《ゆうえつかん》、知識欲《ちしきよく》や探求心、そうした感情の一切を廃した声で、レティックは言った。

「何故お前は、そんな素晴《すば》らしい身体《からだ》を持っていながら王属煉術師《れんじゆつし》などをしている？」

静かな疑問。しかしそれは徐々に激《はげ》しさを、感情を増していく。

「三角壜《フラスコ》と蒸留器《レトルト》、煉獄《れんごく》の毒気によって生まれた肉体……しかも人を超える力。まさにこりゃあ、奇跡じゃねえか。ローレン叔父《おじ》の遺《のこ》した煉獄学の遺産《いさん》だ。なのに何故お前は、そんなくだらない仕事をしている!?　お前がいれば煉術の研究がどれほど進歩するか！　お前がいれば俺《おれ》は……お前のことを調《しら》べ尽くせば、俺は師匠《ししょう》を越えられるってのに！」

両手に持った剣を放り捨て、背中に負った長刀を一本ずつ引き抜き、

「そうか……辺獄院《リンボ》か？　あの国の使い走りが、豚どもが……あいつらがお前のことを独占しているんだろう!?　ふざけるな、お前は俺のものだ！　ローレン叔父が造ったものならば、所有権は俺にある。解剖するも脳髄《のうずい》を採取するも、すべては俺の自由のはずだ！」

がき、と柄《つか》にある鍵器《けんき》の引き金を操作《そうさ》した。

レティックが持っている鍵器は『グラフの数珠《じゅず》』ではなく『愚者の石《グラクシール》』だったが——それで

も煉術には変わりない。毒気に応じ、形をなしていく。

儀式《ぎしき》は、刀身にびっしりと刻み込まれた煉術陣。故《ゆえ》にそれひとつしか使えないが、言霊《ことだま》の詠《えい》唱《しょう》や動作なしに即時発動が可能な仕組みだった。

ふた振りの長刀、その周囲に肉のようなものが発生し始める。

うねり、隆起し、表面が節《ふし》くれ立って外殻《がいかく》に変わる。

蜈蚣《むかで》の脚とも悪魔《あくま》の牙《きば》とも蠅取草《はえとりぐさ》の葉ともつかない、左右十五本ずつの独立した尖角《せんかく》を持った、生物じみた物体へ。

辺獄院《リンボ》所蔵《しょぞう》の煉術登録《とうろく》図表で見たことがある。

剣に仮想生物を寄生させて敵を貪《むさぼ》り尽くす、レティック＝メイヤが発明した最初の煉術——

『造物主の理《メイヤー》』。

事情を知って改めて思えば、ローレンへの憧憬《しょうけい》が詰《つ》まった名だ。

「俺のところへ来い！」

『造物主の理《メイヤー》』によって生まれた生物を両手に、レティックが身構えた。

「そうすればお前はもっと、有意義な存在となれる！　人の礎《いしずえ》として、人類の発展のために役立てる！　そうすれば、お前は！」

フォグは返事をしなかった。

代わりに、ひと呼吸のうちに身を沈め跳躍《ちょうやく》する。

「お前は今よりも、もっと幸せに……！」

それに合わせ、レティックが叫びながら両手の剣を振るう。

突進と迎撃《げいげき》。

無機質《むきしつ》な鉄の刃《やいば》と、仮想生命でできた腕。

人造人間《ホムンクルス》と、研究者。

一瞬《いっしゅん》の——交錯《こうさく》。

すれ違い、三秒後。
まずはレティックの持つ二本の剣に宿った『造物主の理《メイィヤ1》』が、砂状に砕《くだ》けていく。
次いでフォグの肩口が裂け、血が飛沫《しぶ》いた。
それから、最後に。
レティック＝メイヤ——レティック＝ディーエ＝コーンフィールドの首筋から、
血の噴水《ふんすい》が高らかに吹《ふ》き上がり、その身体《からだ》がどう、と、倒れた。
フォグは構えを解き、振り返る。
ゆっくりと歩み寄ると、身体を痙攣《けいれん》させながらレティックは言った。
「何故《なぜ》、だ……？」

だから微《かす》かに笑《え》んで、答える。

「あなたに言っても、理解できませんよ」

レティックの瞳《ひとみ》から光が消え、痙攣が止《や》み、出血を伴った脈動が止むまで——彼が生命を終えるまで、フォグは彼の身体を、その微笑のまま見下ろしていた。

†

レティック＝メイヤが死んだのを確認《かくにん》し、湾刀《わんとう》を鞘《さや》に納める。

敵、四名。これですべて殲滅《せんめつ》。

当初の予定とはかなり違ってしまったが、今回の任務はすべて終わった——。

そう考え振り返ったフォグはしかし、思いがけない光景を目にした。

「……な」

まずは、地面に座り込んでいるアルト。

自分の身体を両手で抱《だ》き締《し》め、がくがくと震《ふる》えながらもそれに耐えていた。

それから、もうひとつ。

さっきフォグが斃《たお》したはずの、イパーシ——出来損ないの人造人間《ホムンクルス》。

その死体がどこにも見当たらない。

「アルト！」

　血相を変えて走り寄る。

「無事ですか!?」

　周囲を警戒《けいかい》しながら、しまった、と思う。

　イパーシがまだ生きていたのだ。

　腹を突き破ったくらいでは甘かった。瞳孔《どうこう》が開いたのを見て死んだと勘違《かんちが》いしてしまった。

　相手はそもそもが異常、頭部を叩《たた》き潰《つぶ》すくらいの処置をしておくべきだった。

「フォ……グ」

　座り込んだ瞬間《しゅんかん》、アルトが堰《せき》を切ったように抱きついてくる。

「あの、ね。……フォグと、あの人が戦おうとしてた時。そこの死体が、起き上がったの。それで、こっちを一回見て、……でも襲《おそ》っては来なくて、橋から、川に……」

　逃げた。逃げられた、か。

「……アルト」

　目に涙を溜《た》め、こちらの胸へ顔を埋めながら彼女は言った。

「私、恐かった。けど……フォグと、約束したから。私は大丈夫って、言ったから。だから」

　——悲鳴を、あげなかった？

　どれほどの恐怖であったかは、見ればわかる。

彼女は外の世界に対して敏感だ。戦闘時《せんとうじ》に堂々とできているのも自分が傍《そば》にいるからで、そうでなければ今のように、ただすべての刺激《しげき》に対して怯《おび》える少女でしかない。

なのに、我慢《がまん》してくれた。

自分のために。

——他《ほか》ならない、この僕のために。

「ありがとうございます、アルト」

だからフォグは、彼女の頭を撫《な》でた。

イパーシを逃《に》がしてしまったのは完全に自分の失態だ。今後、彼が活動を続けるのかそれとも時間とともに動かなくなってしまうのかはわからない。懸念《けねん》は大きく、民間に対して被害もあるかもしれなかった。……けれど今、それを反省していても仕方ない。

アルトに怪我《けが》がなかったことに安堵《あんど》しつつ、彼女の腕を取り、立ち上がらせる。

「もう大丈夫。すべて終わりました。城に帰りましょう？」

アルトは二度ほど深呼吸をした。

次いでフォグの顔を見——さっきまで泣いていたのが嘘《うそ》のように、緩《ゆる》やかに笑い、頷《うなず》く。

「ええ」

そんな彼女に微笑《ほほえ》み返しながら、フォグは思う。

さっきレティックに問われたことについてだ。

何故《なぜ》、と彼は言った。何故王属煉術師《れんじゅつし》の立場などに甘んじているのか、と。

答えは——そんなもの、答えるまでもない。

今のフォグは騎士《きし》である。

九年前、塔の地下で、今とは比べものにならないほど陰鬱《いんうつ》な表情をしたこの銀髪《ぎんぱつ》の少女に受け入れられた日、自分は王から騎士身分を賜《たまわ》った。

では、騎士とは何か？

騎士は、姫君を守るのが役目。そしてアルトは、フォグの姫君なのだ。

自分は実験《じっけん》の結果として生まれた存在だった。真理の探究、知識《ちしき》への欲求、煉獄《れんごく》という世界の持つ可能性の追求、それらの体現として煉獄の毒気より創成され、生を受けた。

実際、まさにレティックの言葉通り、自分の存在には大いに意味が、価値があるのだろう。

この身には、果てしない学術的な可能性が潜《ひそ》んでいるのだろう。

しかし、だったら——。

自分が生きること、生きていくことに、果たして意味はあるのだろうか？

九年前までずっと、そんなことを考えていた。

自分が生まれ、物心ついた時にはもうローレンは処刑されていた。フォグは王がローレンから没収した証拠品《しょうこひん》として飼われ、自由のない生活を送っていた。

そんな自分に光を与えてくれたのは、アルトだ。

あの日の、彼女の言葉が忘れられない。

煉術で造った葡萄酒《ワイン》を飲み干《ほ》したフォグに、毒気を浴びても身体《からだ》を害さないフォグに、この王女は心底《しんそこ》で嬉《うれ》しそうな顔をし、言った。


――わたしと……ともだちになって。


彼女は、自分に居場所を与えてくれた。

フォグという存在は、あの日から。

いつか死ぬその瞬間《しゅんかん》まで、アルトのために生きると、決めたのだ。


「……どうしました？」

歩き出そうとした刹那《せつな》、アルトが不意に足を止める。

『イズス聖骸布《せいがいふ》』を脇《わき》に抱えたままの格好《かっこう》で、上目遣《うわめづか》いにこちらを睨《にら》む。

「……もの」

「え？」

「大丈夫だもの。私、フォグに手を繋《つな》いで貰《もら》わなくっても、ちゃんと歩けるもの」

思わず、胸が痛くなった。

——この前のあのことを、まだ気にしていたのか。

もしかしたら、キリエのことが関係しているのかもしれない。

昨日《きのう》、彼女が外に出られたのもキリエが誘ってくれたからのはずだ。あの時の勇気を思い出し、それを成し遂げさせてくれた彼女に応《こた》えようとしているのかもしれない。

初めてできた、初めて喪《うしな》った友人に——。

だから、いや、だからこそ。

フォグは彼女の傍《そば》まで行き、アルトの手を握った。

「……え？」

「アルトが僕と手を繋《つな》がなくても外を歩けることくらい、知っていますよ。僕だけじゃない、キリエさんだって知ってます。一緒《いっしょ》に遊んだんですもんね？」

「あ、そう、だけど……」

「でも今日《きょう》は、僕があなたと手を繋いで歩きたいんです。……許してくれますか？」

アルトは——フォグの姫君は、一瞬《いっしゅん》だけきょとんとし。

妙に得意げな顔になって、それでも嬉《うれ》しそうな満面の笑《え》みを浮かべ、言うのだった。

「し、仕方ないわね！　今日だけ、特別よ？」

「ええ。ありがとうございます」

そして少年騎士《きし》は、姫君の手を引き踵《きびす》を返す。

同時、厖《ぼう》、と。

†

キリエとミシェルの遺体《いたい》が、青い炎に包まれた。

それはアルトが、一時の友人に別れを告《つ》げた合図。

彼女は——姫君は、けれどももはや涙を流したりはしない。何故《なぜ》ならばどんな悲しみからも、不安からも、繋《つな》いだ手の体温が守ってくれることを知っているからだ。

彼と手を繋ぐということは、アルトにとってつまり、そういうことなのだった。


姫君は目を伏せる。

少年騎士は歩調《ほちょう》を姫君に合わせる。

再びあの地下、牢獄《ろうごく》へと帰るため、ふたりは歩きだした。

終章

暗闇のグレーテル

川へ飛び込み、泳いで逃げ、岸に辿《たど》り着《つ》いた時にはもう腹部の傷は消えていた。

それは彼の創造主であるレティック＝メイヤが施《ほどこ》したとっておきの煉術《れんじゅつ》だった。身体《からだ》が傷付く、つまり記憶《きおく》された初期状態から何らかの変化があると、体内に織《お》り込んだ煉術陣と心臓《しんぞう》の代わりに埋め込まれた『グラフの数珠《じゅず》』によって、復元術式が自律発動するという仕組みだ。『グラフの数珠』は『起きろ《レエゼ》』の言葉ではなく、彼の身体の損傷を合図として煉《れん》獄《ごく》の扉を開くように改造されていた。

もちろん、実質的に傷が癒《い》えている訳《わけ》ではない。

煉術で創成された仮想物質は時を置いて毒気へ還元《かんげん》される。治癒《ちゆ》しているように見えるのは復元術式が延々と起動し続けているからである。やがて彼自身の自然治癒力で傷が癒えるまで、損壊《そんかい》した臓器や細胞の代わりを仮想細胞が務め続ける——本来、煉獄の毒気に晒《さら》されれば体組織は損傷していくのだが、彼の細胞は煉獄の毒気を栄養素とすることができた。レティックの施した煉禁術《れんきんじゅつ》である。奇《く》しくもそれは、彼の叔父《おじ》であるローレン＝エヌ＝コーンフィールドが人造人間《フォグ》に施した処理とまったく同一のものであった。

つまりレティックは、その一点だけにおいては師と同じ領域に辿り着いていたと言える。故に彼は、便宜上《べんぎじょう》、ほぼ不死と形容していい身体を持っていた。

ただしもちろん、難点《なんてん》もある。生前の記憶《きおく》を始めとした、彼の頭の中だ。

元々、死んだ後に時間が経《た》って蘇生《そせい》させられたせいで、彼の脳細胞はほぼ死滅していた。それをレティックが煉禁術によって無理矢理《むりやり》に復元したのだが、知識《ちしき》を学習し直すことはできても記憶自体が戻る訳《わけ》ではない。ただでさえ混濁《こんだく》している記憶に加えてレティック＝メイヤを主人とする刷《す》り込みを与えられたのも手伝《てつだ》い、今では『イパーシ＝テテス』という自分の名前にすら妙な違和感がある。まるで他人のものであるかのような、そんな。

故に、彼は奇妙な状態にあった。

自分の意志もあれば論理的《ろんりてき》に思考することもできたし喜怒哀楽《きどあいらく》も備わってはいたが記憶はなく、一方で「果たして自分は誰《だれ》なのか」という疑問はまったく覚えない。己《おのれ》はレティック＝メイヤによって造られた人造人間《ホムンクルス》であるという確信《かくしん》を持ち、それに矜持《きょうじ》すら感じてもいる。

おまけに――これが最も危険な刷り込みだったのだが――彼はレティックによって、破壊衝動という根源欲求を加えられていた。食う、寝る、犯すに加えて、壊《こわ》す、だ。

物質を見れば破壊したくなる。道行く人を見れば殺したくなる。それに関する自制はもちろん効《き》くのだが、限度があった。いずれは我慢《がまん》できなくなるかもしれないという確信があった。食い気や眠気、色気に人が抗《あらが》えないように。

それと、もうひとつ。

靄《もや》がかかった記憶の中に残っている顔と名前があり、それが彼を悩ませていた。

トリエラ、という少女だ。

トリエラ＝メーヴ。

その名前を、美しい顔を思い出すと、何故《なぜ》か胸が熱《あつ》くなる。欲求が溢れ出てくる。

恋人だったのか、それとももっと別の存在だったのか。

彼にはわからない。ただ、その名を持つ者を捜《さが》そう、と思った。

川に流され、あがった岸は灰色街《はいいろがい》だった。工場から流れる毒気に澱《よど》み、貧しい泥ひばりたちが金になりそうな漂着物を漁《あさ》る、薄暗《うすぐら》くさもしい街。レティックのみすぼらしい格好《かっこう》は幸いなことに目立たずに済んだ。だから、しばらくはここを拠点とすることにした。

まずは武器が欲しい。

それから食い物。寝る場所、女。

すべてを満たした後であの憎い人造人間《ホムンクルス》に復讐《ふくしゅう》しよう。いや、その前にトリエラを捜すべきか。どっちを先にしよう？　人造人間《ホムンクルス》はどうしても殺さねばならない。トリエラも見付けだして殺したい。いっそ女ならどれでもいいのか。犯して、殺したい。とにかく殺して、壊《こわ》したい——待て、駄目《だめ》だ。殺しては駄目だ。……どうして？　こんなに殺したいのに。

まだじくじくと痛む腹部を押さえながら、イパーシ＝テテスはそんなことを考えていた。破《は》綻《たん》した論理でそれでも論理的《ろんりてき》に——思考していた。


これより一カ月後。

匍都《ハイト》を恐怖で揺《ゆ》るがす、娼婦や貴婦人だけを狙《ねら》った連続殺人事件が勃発《ぼっぱつ》することになる――ただしこの時はまだ事件を起こすイパーシ本人ですら、それを予想してはいなかった。

†

王権派議員《ぎいん》からの突き上げは驚《おどろ》くほどになく、むしろ「よくやった」と褒《ほ》められすらした。

それはフォグにとって意外なことだった。

出来損ないの人造人間《ホムンクルス》であるイパーシを取り逃がしたことは確《たし》かに失態だったが、国外の煉《れん》術師《じゅつし》たちによる匍都《ハイト》の破壊《はかい》計画を阻止するという当初の目的が達成できたのだから良し、というのが彼らの認識《にんしき》らしい。何のことはない、政治家たちにとっては諸外国への面子《メンツ》がすべてに優先《ゆうせん》しているというだけだろう。

悳国《とくこく》の開発した『グラフの数珠《じゅず》』は、塋国《えいこく》に何の脅威《きょうい》も損害も与えなかった――その事実さえあれば、煉術先進国としての立場は揺《ゆ》るがない。匍都大橋《ハイトブリッジ》の管制塔が一部破壊されはしたが、ただの事故として処理されたそうだ。

故《ゆえ》に、今回の任務は一部に懸《け》念《ねん》を残すものの大筋では円満に片付いた、と言える。

だがフォグには、そう思えない部分があった。

まずは『グラフの数珠』そのものに対して。

ケネス＝ブランドンやクリスティーナ＝ウェインのような腕に覚えのある煉術師《れんじゅつし》たちですら、強力な鍵器《けんき》の力に魅《み》せられて国を裏切った。もし仮にあれが大量生産され正式に輸入《ゆにゅう》され始めたら、果たしてどうなるだろう。フォグとリチャードは事件前、最終的には市場の主役になれないだろうと予想していたが、その見通しは甘いのかもしれない。

国内の鍵器研究、開発機関《きかん》へ及ぼす影響《えいきょう》も考える必要がある。

現在普及している『愚者の石《グラクシール》』は、扉の大きさをある程度以下に抑《おさ》えられている。つまり、技術的には毒気の量をもっと多くできる、ということだ。『グラフの数珠《じゅず》』が研究され、今よりも大きな扉を簡単《かんたん》に開く方法が確立《かくりつ》し、更に煉術師たちがそれを欲すればどうなるか。煉術師同士の戦いが無闇《むやみ》に凄惨化《せいさんか》するようなことになりはすまいか。

そして、何より——。

『グラフの数珠』の、入手経路について。

首謀者《しゅぼうしゃ》であるレティック＝メイヤは、一カ月前の聖堂爆破《ばくは》計画において初めて『グラフの数珠』を使用した。が、件《くだん》の計画において、あれを持っていたのは彼ひとりだけではなく、使われたのもマグナロア聖堂一箇所という訳《わけ》ではない。他《ほか》の場所においても腕輪《うでわ》は使用された。

レティックが言った通り純粋に威力を試すため《ため》の実験《じっけん》だけであれば、他の連中に渡す必要はまったくなかったはずだ。もちろん製造主である悳国《とくこく》はそもそも瑩国《えいこく》に損害を与えることを目的にしていたから、彼はその意向に沿っただけという可能性もある。

と、なると。

悳国はいったい誰に破壊《はかい》活動を依頼したのかという疑問が、浮かび上がってくる。

聖堂爆破計画において、レティックは瑩国内の過激派《かげきは》——ヘリックス主義者たちに紛《まぎ》れて行動していた、それは間違いない。ならば『グラフの数珠』の密輸《みつゆ》相手は果たしてどちらか。

レティック個人が窓口になり、彼がその隠《かく》れ蓑《みの》として過激派を利用したのか。

それとも、過激派そのものが窓口となり、レティックがそこに紛れ込んだのか。

もしも、後者であれば。

仲介役がいるかもしれない、と思うのだ。

悳国の業者と過激派とを取り持ち『グラフの数珠』を横流しする手助けをした者が。

それも恐らくは、かの国とこの国、両方にひとりずつ——。


「ん、フォグくんか」

王宮の廊下を進んでいると、前から来た人影《ひとかげ》に声をかけられた。

骨張った細い顎《あご》に立派な顎鬚《あごひげ》を蓄《たくわ》え、背広を着て杖《つえ》を片手にしたその老人は、道を譲《ゆず》ろうという気配《けはい》もなく廊下の真《ま》ん中を歩き、フォグの前で立ち止まる。

「また来ているのか？　任務というのはわかるが、少しは遠慮《えんりょ》したらどうかね」

「どうも、メネレック貴族院議員《ぎいん》」

顔をしかめた老人に、フォグは表面上穏《おだ》やかな笑顔《えがお》で応《こた》えた。

「これから罷《まか》るところです、ご安心を」

「ふん」

メネレックは鼻を鳴らし、

「頼むからこの王宮に、あまり毒気を振《ふ》り撒《ま》かんでくれよ」

こちらへ皮肉を投げかけると、廊下の脇《わき》へどいたフォグを見下ろし、去っていく。

その後ろ姿を見ながら、考える。

もしも今回の匍都破壊計画《ハイトはかい》が成功に終わっていれば、悳国《とくこく》と瑩国《えいこく》の関係は間違いなく悪化していただろう。表向きにはともかくとして、水面下ではお互いを敵国同士と見なし、友好的な雰囲気は雲散霧消《うんさんむしょう》していたに違いない。

そしてその皺寄《しわよ》せは目に見える条約や貿易関係にではなく、密約や内々の取り決めといった部分に来る――たとえば、マーガレット王女と悳国王子との婚約のような。

孫《まご》を王家に婿入《むこい》りさせたがっているメネレックにとって、それは都合《つごう》のいい展開だ。

無論《むろん》、証拠《しょうこ》など何もない。今のところはフォグの邪推に過ぎない。

だが警戒《けいかい》しておく必要はある。もしことが起きてからでは、遅いのだから。

フォグは深い溜息《ためいき》を吐《つ》き、メネレックが廊下の角を曲がって姿を消すのを確認《かくにん》した後、再び歩みを再開した。これから中庭を通って外に出るのだが、またマーガレットに発見されてじゃれつかれてしまうとも限らない。その時に備えて、少なくともこの渋面《じゅうめん》をいつもの笑顔に戻しておこうか——などと考えながら。

†

月明かりの下で輝《かがや》く荘厳《そうごん》な硝子絵画《ステンドグラス》は、神を祝福する十二の天使を描いたものだった。

だが絵の下部、地面近くには、血を流す十三番目の天使が横たわっている。彼もしくは彼女は、神を裏切り地の人間を助けようとしたために神罰《しんばつ》を受け羽根《はね》を毟《むし》られ、天使の座を剝奪《はくだつ》されてしまったのだ。これ以外の十二天使は、今から人々を炎で焼き尽くすところである。喇叭《らっぱ》を鳴らしニガヨモギの毒で大地を染《そ》め、すべてに裁きを与えるために——。

つまりは、旧約にある黙示録《アポカリプス》。

これを貌《かたち》取った硝子絵画《ステンドグラス》は、確認される限り世界でもこの部屋《へや》にしかないだろう。題材としても珍しい上に、何よりも宗教画として悪趣味《あくしゅみ》であるからだ。

瑩国《えいこく》から海を隔てて南東に位置する、丁国《ていこく》。

近隣《きんりん》十六カ国において国教となっている正統丁字教《ていじきょう》、所謂《いわゆる》旧教の総本山である法王庁。その一画にある、とある部署の執務室である。

部屋《へや》の中央にある椅子《いす》に座った男は、黙示録《アポカリプス》の硝子絵画《ステンドグラス》を背にし、穏《おだ》やかな笑《え》みとともに深い溜息《ためいき》を吐《つ》いた。椅子はもちろん執務机も拵《こしら》えの立派な高級品だったが、生憎《あいにく》、外は夜。机《き》上《じょう》の燭《しょく》台《だい》に立った蠟燭《ろうそく》一本の灯《あか》りでは、繊細《せんさい》な彫《ほ》り込みも陰影《いんえい》が付き過ぎてしまっていた。

「それで、結果はどうだったのかな？」

正統丁字教《ていじきょう》の司教のみ纏《まと》うことが許された特殊な意匠《いしょう》の祭服《アルバ》は、目の醒《さ》めるような赤。対して肩に掛けた首帯《ストラ》は滴《したた》るような漆黒《しっこく》に白の縁取《ふちど》り。赤は殉教《じゅんきょう》、黒は悲しみ、白は葬送《そうそう》を意味する。いずれも、今日《きょう》のような平時に用いられる色ではない。

男の年齢《ねんれい》は二十代中盤《ちゅうばん》、といったところだろうか。切れ長の目に薄《うす》い唇はいかにも怜悧《れいり》で、長い髪を括《くく》りもせずに垂《た》らし、虚空《こくう》を睨《にら》み付けている。王のような威厳《いげん》と暗殺者のような殺気《さっき》を同時に放ちながら。

名はグイード＝レイス。

法王庁、第禁数局——別名『奇跡認定局』という部署の局長を務める男である。

と、彼に、背後からしっとりと抱き縋《すが》る者があった。

「……グイード様」

少女。

年齢は十三か、四か。つぶらな瞳《ひとみ》と愛らしげな鼻梁《びりょう》、やや厚めの唇にふっくらとした頰《ほお》。藍《あい》色《いろ》の髪をしどけなく垂らし、細い指先を男の頰に添《そ》わす。

「私、お兄様と会ってきましたよ」

「……で、どうだった？」

男は問うた。少女に頬を撫《な》でられるがままに。

「残念ながら、じっくり見る前に殺されちゃった。痛かったわぁ」

「ふん、役立たずが」

吐《は》き捨てたその右隣《みぎどなり》に、また人影《ひとかげ》が立つ。

「そんなこと仰《おつしや》らないでよ」

これも少女だった。

年齢は十三、四。つぶらな瞳、愛らしげな鼻梁、やや厚めの唇。藍色の髪——つまり、髪を肩口で切り揃《そろ》えている以外は、先の少女とまったく同じ顔、背格好《せかつこう》をしていた。

彼女は、笑う。先の少女と同様に。

「代わりに、かの国の王女とは仲良くなれたのよ。とても恐かったわ。でも、とても脆《もろ》い」

「……そうか」

応《こた》える男の左隣、更に人影。

「記憶を消した私には、恐い思いをさせてしまったわ」

年齢、外見、やはりまったく同一な、三人目の少女だった。

「あと、あの私の仮のお兄様になってくれた人にも。偽《にせ》の記憶《きおく》を植え込まれて、きっと最後まであの私のことを大事な妹だと思い込んでいたんでしょうね」

男——グイードが、にやりと笑《え》んだ。

「ミシェル＝スージィとか言ったか？　ふん、異教徒のくせに天使の名など持ちおって。悪いことをしたなどと思う必要はない。私たちに協力できたことを感謝《かんしゃ》すべきだよ」

「あら、酷《ひど》い」

すると背後から抱《だ》き縋《すが》った少女が口を尖《とが》らせ、

「そうよ、酷いわ」

右側の少女も頬《はお》を膨《ふく》らませ、

「酷いわ、まったく」

左側の少女はそっぽを向く。

故《ゆえ》に。

グイードは皮肉げな笑みを浮かべたまま腕を開き、左右の少女を抱き寄せると——言う。

「お前たちもだ……キリエ」

傲慢《ごうまん》に。

「貴様《きさま》のような人間のなり損ない……異教徒ですらない人造人間が、天国へ行けると思うなよ？　救われたければ、これからも私たちに仕え、尽くし、身を捧《ささ》げて祈れ」

高圧的に。

「あの憎々しい異教徒ども。あいつらを、あの国を、この世からひとり残らず消し潰《つぶ》す……お前たちはその手伝《てつだ》いをすればいい。そうすれば、誰《だれ》も彼もが救われる」

憐《あわ》れむように。

「なあ『群体《アンテノラ》』。……多数の『キリエ』で構成される『ローレンの雛《ひな》』の二体目よ」

慈《いつく》しむように――。

地獄《じごく》の最下層、嘆きの川《コキュートス》の第二円《アンテノラ》。

い、い、い、い、祖国に対する裏切りと同じ意味の名を持つ、少女《キリエ》たちに、向かって。

「どうせあいつらは気付いてもいまい？　悳国《とくこく》の技術者たちが、いったい誰のためにあの腕輪《うでわ》を造ったのか。あの腕輪が……いったい誰の指示で瑩国《えいこく》に流れ込んだのか」

それが、グイードの統《す》べる『奇跡認定局』の任務だ。

新教を滅ぼすこと。

異教徒どもを皆殺しにすること。

煉術《れんじゅつ》などという禍々《まがまが》しい業《わざ》を、この世から完全に消し去ること――。

「そのために、私たちを使うのね？」

キリエがくすくすと可笑《おか》しそうに、グイードの頭部に接吻《せっぷん》した。

「煉術《れんじゅつ》を使ってまでも、煉術を否定するのね？」

キリエが嬉《うれ》しそうに眼を細め、グイードの胸板に頬摺《ほおず》りした。

「使い捨ての部署に手を汚させて、最後はそこごと切り捨てるのね？」

キリエが楽しそうに舌舐《したな》めずりをし、グイードの腕に薄《うす》い乳房を押しつけた。

「素敵《すてき》よね」

「素敵ねえ」

「素敵だわ」

「面白《おもしろ》いわ」

「面白いね」

「面白いよ」

三人のキリエが口々に言い合うのを無視し、グイードは机の上に置かれた書類を手に取った。

そこに書いてある文字列のひとつに目を留め、唇の端を歪《ゆが》ませる。

「……アルテミシア《ニガヨモギ》か。気に入らん名だな」

言い、書類をぞんざいに丸めると灰皿の上に放り捨て、今度は燭台《しょくだい》で以《もっ》て、丸めた書類に火を点《つ》ける。見る間に炎があがるのを眺めながら、蠟燭《ろうそく》の火を吹き消した。

いつの間にか、空の月は雲に隠れている。

故《ゆえ》に、紙が燃《も》え尽きたあとは完全な闇《やみ》。
漆黒《しっこく》の中では、少女たちの含むような嬌声《きょうせい》だけが微《かす》かに響《ひび》いていた。

あとがき

初めましての方は初めまして。そうでない方はお久しぶりです。藤原祐《ふじわらゆう》と申します。

『煉獄姫《れんごくひめ》』をお送りしました。

新シリーズの一巻となります。初めましての人もお久しぶりな人もお楽しみ頂けていればいいなと思いつつ、まずは手にとってくださってどうもありがとうございます。

ちなみに今回は久しぶりのファンタジー作品となります。デビュー作の『ルナティック・ムーン』以来です。ただあれは遠未来が舞台だったので、厳密な意味での『異世界もの』はこれが初めてなのかもしれません。なんだか好き勝手に設定を作った結果ちょっぴり不健康な感じの世界になってしまったような気がしますがまあそれはそれとして、売り上げが許してくれれば今後二巻三巻と続けていきたいと思っていますので、どうか皆様、この引きこもりのお姫様(……え?)と苦労性な少年騎士《きし》のコンビを、どうぞよろしくお願《ねが》い致します。

ところで、お久しぶりですな方へ。

僕、前回に出した本のあとがきで『次回は春くらいの予定』とか『メディアワークス文庫で出すかも』とか書いてしまってたのですが……蓋《ふた》を開けてみれば予定など影も形もなく今は八月でありこの作品はいつものように電撃《でんげき》文庫から出ている訳《わけ》で、なんというかほんとすみません。いい加減なこと言わんとけよお前って感じですよ我《われ》ながら。いいや俺《おれ》は嘘《うそ》などついてはいない今は春真っ盛りでありこの本の背表紙には電撃マークなど影も形もありはしないのだなどと言い張るのはさすがに無理がありつつ、楽しみに待っていて下さった皆様には重ねてお詫《わ》びします。いやもうほんとごめんなさい。どうかこれからも見捨てないでくださると嬉《うれ》しいです。何をいけしゃあしゃあとという感じですがががが。

まあそんな感じで（どんな感じで？）以下、恒例のお礼関係です。

イラストを担当して下さったｋａｙａ８さん、どうもありがとうございます。「服装とかお任せするのでいい感じにデザインしてください！」「武器は全体的に外連味《けれんみ》溢《あふ》れる感じで！」などという抽象的極まりないひどい要求に応えて頂きまして、本当に感謝《かんしゃ》しております。送られてくるラフのファイルを開く度に飛び上がって喜んではひとりパソコンの前でにやにやしておりました。今後ともどうぞよろしくお願いします。

担当編集《へんしゅう》の佐藤《さとう》さん。気が付けばお世話になり始めてからもう八年近く、最近めっきり「すいません原稿遅れますごめんなさい」という謝罪が慣習化してきましたが、あれ本当に申《もう》し訳《わけ》ないと思ってるし反省もしてるんです本当ですどうか見捨てないでください。

その他《ほか》、デザイナーさん、校閲《こうえつ》さん、編集部を始めとしたアスキー・メディアワークス各部署の関係者各位など、本書の完成から出版、販売にご尽力頂いている方々。皆様に支えられているからこそ、僕ら書き手は心置きなく自分の仕事に集中できるのだと思います。

それから何より、手にとってくださったあなたに最大級の感謝《かんしゃ》を。

もし僕が二次元美少女だったらお礼の証にメイドとしてあなたの部屋《へや》へ押しかけあんなお世話やこんなお世話を誠心誠意ご奉仕させて頂きたいところですが、あいにく厚みもあれば美少女でもないし実はメイドにそれほど興味《きょうみ》もないので文章での謝辞に留めておきます。興味ないとか書いておきながら二シリーズ連続で作品中に出てますけど、メイド。自分でも気付いていないだけで本当は好きなのかもしれない……。

二巻はできれば今年《ことし》中にお届けしたく思います。

その時はどうかまた、アルトとフォグのふたりにお付き合いくださいませ。

藤原《ふじわら》 祐《ゆう》

はじめまして。イラスト担当のkaya8《カヤハチ》です。
■アルト。
ほんとにかわいくてかわいくて、デザインから気合入れて描きました!!
ドレス＋甲冑に、背中丸出し。このステキ設定を考えた藤原さん、流石です✧
■イオ姉さん。
アルトの次に好きなキャラです。
頼れるお姉さん、実はナイスバディです♥
■脇役3人。
個性的な3人でお気に入り!
■キリエ。
まだ謎だらけ…

■フォグ。
爽やか青年。
あんなに強いとは
思わなかった!
フォグ最強??
以上、今回気になったキャラに
コメントしてみました。
今後はどんな展開になるのか
楽しみですね!
皆様、次巻でお会いしましょう!!
kaya 8

◉藤原　祐著作リスト

「ルナティック・ムーン」（電撃文庫）
「ルナティック・ムーンII」（同）
「ルナティック・ムーンIII」（同）

「ルナティック・ムーンⅣ」(同)
「ルナティック・ムーンⅤ」(同)
「レジンキャストミルク」(同)
「レジンキャストミルク2」(同)
「レジンキャストミルク3」(同)
「レジンキャストミルク4」(同)
「レジンキャストミルク5」(同)
「レジンキャストミルク6」(同)
「レジンキャストミルク7」(同)
「レジンキャストミルク8」(同)
「れじみる。」(同)
「れじみる。Junk」(同)
「アカイロ／ロマンス　少女の鞘、少女の刃」(同)
「アカイロ／ロマンス2　少女の恋、少女の病」(同)
「アカイロ／ロマンス3　薄闇さやかに、箱庭の」(同)
「アカイロ／ロマンス4　白日ひそかに、忘却の」(同)
「アカイロ／ロマンス5　枯れて舞え、小夜の椿」(同)
「アカイロ／ロマンス6　舞いて散れ、宵の枯葉」(同)

本書に対するご意見、ご感想をお寄せください。

■

あて先

〒160-8326 東京都新宿区西新宿4-34-7
アスキー・メディアワークス電撃文庫編集部
「藤原 祐先生」係
「Kaya 8 先生」係

■

電撃文庫

煉獄姫《れんごくひめ》

藤原《ふじわら》 祐《ゆう》

発行 二〇一〇年 八月 十日 初版発行
二〇一〇年十一月十七日 四版発行

発行者 髙野 潔

発行所 株式会社アスキー・メディアワークス
〒一六〇-八三二六 東京都新宿区西新宿四-三十四-七
電話〇三-六八六六-七三一一（編集）

発売元 株式会社角川グループパブリッシング
〒一〇二-八一七七 東京都千代田区富士見二-十三-三
電話〇三-三二三八-八六〇五（営業）

装丁者 荻窪裕司（META＋MANIERA）

印刷・製本 旭印刷株式会社

Printed in Japan
ISBN978-4-04-868772-0 C0193

電撃文庫創刊に際して

文庫は、我が国にとどまらず、世界の書籍の流れのなかで〝小さな巨人〟としての地位を築いてきた。古今東西の名著を、廉価で手に入りやすい形で提供してきたからこそ、人は文庫を自分の師として、また青春の想い出として、語りついできたのである。

その源を、文化的にはドイツのレクラム文庫に求めるにせよ、規模の上でイギリスのペンギンブックスに求めるにせよ、いま文庫は知識人の層の多様化に従って、ますますその意義を大きくしていると言ってよい。

文庫出版の意味するものは、激動の現代のみならず将来にわたって、大きくなることはあっても、小さくなることはないだろう。

「電撃文庫」は、そのように多様化した対象に応え、歴史に耐えうる作品を収録するのはもちろん、新しい世紀を迎えるにあたって、既成の枠をこえる新鮮で強烈なアイ・オープナーたりたい。

その特異さ故に、この存在は、かつて文庫がはじめて出版世界に登場したときと、同じ戸惑いを読書人に与えるかもしれない。

しかし、〈Changing Times,Changing Publishing〉時代は変わって、出版も変わる。時を重ねるなかで、精神の糧として、心の一隅を占めるものとして、次なる文化の担い手の若者たちに確かな評価を得られると信じて、ここに「電撃文庫」を出版する。

1993年6月10日
角川歴彦

電撃文庫

煉獄姫
藤原 祐
イラスト／kaya8
ISBN978-4-04-868772-0

煉獄。毒気と力の満ちる異世界。その煉獄に魅入られた第一王女。彼女は塔の地下に幽閉されている。呪われた子として、同時に王家直属の殺し屋として——。

ふ-7-22　1995

レジンキャストミルク
藤原 祐
イラスト／椋本夏夜
ＩＳＢＮ４－８４０２－３１５１－６

「先輩、朝です。起きて下さい」。平凡な高校生・城島晶の枕元で、毎朝、中華鍋を無表情に叩く美少女、硝子。彼女の正体は、異世界から来た奇妙な存在で……。

ふ-7-6　1149

レジンキャストミルク2
藤原 祐
イラスト／椋本夏夜
ＩＳＢＮ４－８４０２－３２７８－４

相変わらずとぼけた日常を送る城島硝子とクラスメイトたち。だけどその内のひとり、姫島姫には硝子たちにも内緒にしている秘密があって……？

ふ-7-7　1207

レジンキャストミルク3
藤原 祐
イラスト／椋本夏夜
ＩＳＢＮ４－８４０２－３４３５－３

こんにちは、城島硝子です。クラスメイトの男子に海へ誘われてしまいました。あの、マスター……私どうするのが適当なのでしょうか……？

ふ-7-8　1264

レジンキャストミルク4
藤原 祐
イラスト／椋本夏夜
ＩＳＢＮ４－８４０２－３４５２－３

舞鶴 蜜のたったひとりの友達だった少女、直川君子。彼女に訪れた危機に、蜜は昔のことを思い出し、そして——。

ふ-7-9　1279

電撃文庫

レジンキャストミルク5

藤原 祐
イラスト／椋本夏夜

ISBN4-8402-3555-4

夏休みが終わり、二学期。晶たちのクラスである二年三組に、双子の転校生がやって来る。晶は彼らが【虚軸】かどうかを確認しようとするが……？

ふ-7-10 1319

レジンキャストミルク6

藤原 祐
イラスト／椋本夏夜

ISBN978-4-8402-3763-5

この世界に戻ってきた晶の父親、城島樹。彼のもとへと赴いた晶たちに【無限回廊】が真実を語る時——。ほのぼの×ダークな人気シリーズ、緊張の第6弾！

ふ-7-12 1406

レジンキャストミルク7

藤原 祐
イラスト／椋本夏夜

ISBN978-4-8402-3882-3

虚軸たちを消滅させて世界の安定を図ろうとする城島樹。彼の企みを阻止するため、晶たちはついに反撃を開始する——！ 完結へ向け、ついにクライマックスに突入！

ふ-7-13 1442

レジンキャストミルク8

藤原 祐
イラスト／椋本夏夜

ISBN978-4-8402-3976-9

大切な人を守るため、晶と硝子たちは最後の戦いに挑む。この世界そのものに対して抗う彼らは、果たして何を得、何を失うのか——。ついにシリーズ完結！

ふ-7-14 1484

れじみる。

藤原 祐
イラスト／椋本夏夜

ISBN4-8402-3641-0

城島硝子とちょっぴりヘンな仲間たちが贈るほのぼの100%の連作集。蜜ちゃん初めての手作りお弁当、海水浴で大事件などなど、楽しいエピソード満載！

ふ-7-11 1362

電撃文庫

れじみる。Junk

藤原 祐
イラスト／椋本夏夜

ISBN978-4-8402-4124-3

城島硝子とちょっぴりヘンな仲間たちが再び贈る『レジンキャストミルク』番外編、第2弾！ 本編の後日談も含めたほのぼの作品集！

ふ-7-15 1529

アカイロ／ロマンス 少女の鞘、少女の刃

藤原 祐
イラスト／椋本夏夜

ISBN978-4-04-867184-2

夜の美術室。倒れたクラスメイト。エプロン姿のメイドが持つ鳥籠から少女の声が響く。「これより喪着を執り行う」——。藤原祐×椋本夏夜待望の新シリーズ。

ふ-7-16 1683

アカイロ／ロマンス2 少女の恋、少女の病

藤原 祐
イラスト／椋本夏夜

ISBN978-4-04-867424-9

枯葉を受け入れる覚悟ができないまま、景介は本家に敵対する少女ふたりの襲撃を受ける。彼女たちの狙いは、一族の宝刀【つうれん】と、そして——。

ふ-7-17 1694

アカイロ／ロマンス3 薄闇さやかに、箱庭の

藤原 祐
イラスト／椋本夏夜

ISBN978-4-04-867601-1

かつて失踪した景介の姉、雅。彼女がよく諳んじていた詩を、学校帰りの夕方、景介は偶然耳にする。それを口ずさんでいたのは、一族の繁栄派の少女で——。

ふ-7-18 1740

アカイロ／ロマンス4 白日ひそかに、忘却の

藤原 祐
イラスト／椋本夏夜

ISBN978-4-04-867902-2

白州高校の理事である分家【ひじり】の当主、砂姫が国外より帰還した。景介たちは秋津依紗子に関する新たな情報を入手し、攻勢に転じることにするが——。

ふ-7-19 1792

電撃文庫

アカイロ／ロマンス5 枯れて舞え、小夜の椿

藤原 祐
イラスト／椋本夏夜

ISBN978-4-04-867941-1

依紗子の画策。供子の思惑。枯葉の記憶。そして景介の思いと、姉の行方。すべてを巻き込み、すべての謎が明かされた時、運命は残酷にその牙を剥く――。

ふ-7-20 1810

アカイロ／ロマンス6 舞いて散れ、宵の枯葉

藤原 祐
イラスト／椋本夏夜

ISBN978-4-04-868200-8

罪に囚われた景介。絶望を与えられた枯葉。すべてを失ったふたりを待つのは永遠の断絶か、それとも――。人気シリーズ、堂々の完結編！

ふ-7-21 1869

さくら荘のペットな彼女

鴨志田 一
イラスト／溝口ケージ

ISBN978-4-04-868280-0

俺の住むさくら荘にやってきた椎名ましろは、可愛くて天才的な絵の才能の持ち主。だけど彼女は、生活能力が皆無だった。彼女の〝世話係〟に任命された俺の運命は!?

か-14-9 1885

さくら荘のペットな彼女2

鴨志田 一
イラスト／溝口ケージ

ISBN978-4-04-868463-7

天才少女ましろの〝飼い主〟役にまだ慣れない俺。そんな中迎えた夏休み、声優志望の七海がさくら荘に引っ越してくることになり!? 波乱の予感な第2巻!!

か-14-10 1935

さくら荘のペットな彼女3

鴨志田 一
イラスト／溝口ケージ

ISBN978-4-04-868765-2

2学期最初の夜、さくら荘にましろの元ルームメイト・リタがやって来る。彼女の目的は、ましろをイギリスに連れ帰ることだというが!? どうする、俺！な第3巻！

か-14-11 1987